SOY
ADOLESCENTE

SUSAN PICK Y MARTHA GIVAUDAN

SOY ADOLESCENTE

Un libro que responde tus dudas sobre sexo, violencia, depresión, drogas, tareas y muchas cosas más.

alamah

Soy adolescente

Primera edición: marzo de 2016

D. R. © 2015, Martha Givaudan / Susan Pick

D. R. © 2016, derechos de edición mundiales en lengua castellana:
Penguin Random House Grupo Editorial, S.A. de C.V.
Blvd. Miguel de Cervantes Saavedra núm. 301, 1er piso,
colonia Granada, delegación Miguel Hidalgo, C.P. 11520,
México, D.F.

www.megustaleer.com.mx

D. R. © 2015, Alejandro Herrerías, por el diseño de cubierta

ISBN: 978-607-31-4029-4

Impreso en México – *Printed in Mexico*

El papel utilizado para la impresión de este libro ha sido fabricado a partir de madera procedente
de bosques y plantaciones gestionadas con los más altos estándares ambientales, garantizando
una explotación de los recursos sostenible con el medio ambiente y beneficiosa para las personas.

Penguin
Random House
Grupo Editorial

Agradecimientos

Muchas gracias a los facilitadores de Yo quiero Yo puedo (IMI-FAP), quienes imparten talleres de habilidades para la vida que incluyen toma de decisiones, autoconocimiento, comunicación, higiene, sexualidad, prevención de diabetes, enfermedades cardiovasculares, rendimiento escolar, ciudadanía, productividad, obesidad y adicciones; ellos reunieron las preguntas de cientos de adolescentes, así como las respuestas de psicólogos, comunicadores, jóvenes, padres y madres de familia y maestros. Su información da contenido al libro *Soy adolescente*.

En especial deseamos agradecer los comentarios de Yolanda García, Alhelí López, Tania Pérez y Diana Castellanos. A Norma Morales, muchas gracias por su enorme ayuda en las búsquedas y los resúmenes y a Mariana León en las preguntas relacionadas con orientación vocacional. Damos las más entusiastas gracias a los adolescentes que comentaron este libro, especialmente a Carlos Castellanos, José Manuel Cortés, Indhira Esparza, Karen Givaudan, Rodrigo Medina, Lynda Rello y Mayra Ortiz. La revisión del estilo estuvo a cargo de Melania Corona: muchas gracias por haber hecho el texto más amigable, legible y correcto.

Este libro ha sido posible gracias al trabajo de Yo quiero Yo puedo (IMIFAP) y de las fundaciones e instituciones que apoyan nuestro trabajo en estos temas, en especial el Banco Interamericano de Desarrollo, el Banco Mundial, Naciones Unidas, Organización Mundial de la Salud, Population Council, USAID y las fundaciones Baxter, Buffet, Compton, Firestone, Trust, Hatvany, MacArthur, Mentor, Merck, Pfizer, Rapidan y Summit.

NOTA ACLARATORIA

El uso de un lenguaje que no reproduzca esquemas discriminatorios entre hombres y mujeres es una de las preocupaciones de nuestra Organización. Sin embargo, no hay acuerdo entre los lingüistas sobre la manera de hacerlo en español. En este sentido, y para evitar la sobrecarga gráfica que supondría utilizar en español o/a; los/las y otras formas sensibles al género, y con la finalidad de asentar la presencia de ambos sexos, optamos por la forma masculina en su tradicional acepción genérica. Esto en el entendido de que es útil para referirse tanto a hombres como a mujeres, y evitar así la potencial ambigüedad de usar cualquiera de las formas de modo genérico.

Índice

PRIMERA PARTE
Sanos, guapos y con futuro

Introducción

Algunos días me despierto y me pregunto: "¿Quién soy? ¿Realmente habré cambiado tanto como dicen mis familiares y los amigos de mis papás?" A veces me siento muy feliz, otras siento ganas de llorar, y algunas quisiera encerrarme y no ver a nadie. Pensando en eso, leí el Capítulo 1 del libro, que habla de los cambios, de lo que nos gusta, de cómo nos sentimos... creo que aunque muchas personas me han explicado lo que implica "estar en la adolescencia", aquí es mucho más claro y divertido. No me echan rollo... me dicen "la neta".

Me gustó descubrir que el libro está hecho con preguntas y respuestas, supongo que de otros chavos y chavas, porque se parecen mucho a mis preguntas... El otro día hablábamos sobre el cuerpo, creo que aún tenemos muchas dudas. Aunque en Internet podemos enterarnos de lo que queramos, a veces lo que encontramos que está escrito de manera muy formal y otras no sabemos si es verdad. Me gustó conocer las dudas que tienen personas de mi edad, y sobre todo cómo las responden, es fácil y útil. Te dicen lo que necesitas saber y ya... sin rollo, regaños, sermones, ni broncas.

Hablando de broncas, el fin de semana salí con Eva y su hermano. Estábamos en una fiesta muy buena y Eva dijo que ya se tenía que ir porque le habían dado permiso hasta las doce, como a Cenicienta; en cambio, su hermano no tenía hora de llegada y eso que estaban en la misma fiesta. Eva lloró y dijo que era injusto. Cuando llegué a la casa, descubrí que el Capítulo 3 del libro habla sobre las cosas en que hombres y mujeres nos parecemos, y en las que somos diferentes. Al principio me dio risa, hasta dije: "Obvio", pero después me pareció interesante y sí pasan cosas como las que describen en el libro.

Creo que también he aprendido que vivo en mi mundo, a veces parece que no me importa la demás gente y sólo pienso en mí; por supuesto, eso ya me ha ocasionado muchas broncas con mi familia. En el Capítulo 4, que tiene que ver con las relaciones familiares, me encontré con preguntas interesantes y de una vez las leí; las respuestas me ayudaron mucho para entender un poquito mejor a mis papás y saber por qué son como son. Ellos están preocupados, no quieren que me pase nada, creo que el asunto de las drogas les asusta mucho y también que mi hermana diga que está "gorda" cuando no es así. Yo tampoco "quiero problemas de adicciones", ni de alimentación, pero a veces sí que me gustaría tener un cuerpazo, justo de esto tratan los capítulos 5 y 6.

Está bien tener personas de confianza con quienes hablar de lo que nos pasa, pero a veces necesito que no sean familiares. Ya entendí que debemos aprender a buscar ayuda, no sólo en problemas familiares sino para muchas otras cosas... es como trabajar en equipo, eso está en el Capítulo 7.

Dejé el libro cerca de mi cama, porque ahora que ya terminé la primera parte, me gusta abrirlo de vez en cuando y ver en qué tema y en qué pregunta lo consulto para leerlo de nuevo, reafirmar "mis compromisos conmigo mismo" y actuar por convencimiento propio, tal como dice el Capítulo 8. Cada vez que lo leo pienso las cosas de otra manera, creo que sí debo de estar cambiando. Además, aprendí a darme cuenta de lo que quiero cambiar o mejorar. El Capítulo 9 habla de eso, es como una reflexión que ayuda a pensar y evaluar lo que hacemos. Hay muchos temas más en la segunda parte, me emociona imaginar qué descubriré.

1. ¿Quién soy ahora?

Te has dado cuenta de que en la etapa en que estás ahora no siempre tienes seguridad acerca de lo que quieres.¡¡Ya no eres niño pero tampoco adulto!! Quieres encontrar tu propia identidad y resolver los problemas a tu manera. El primer paso para lograrlo es conocerte a ti mismo. Esto te ayudará a cuidar tu salud y tener experiencias y emociones que enriquecerán tu vida y formarán tu historia personal.

> **En la adolescencia te vas abriendo paso para encontrar el camino que deseas seguir al llegar a la edad adulta.**

¿POR QUÉ ES IMPORTANTE QUE APRENDA A CUIDAR MI SALUD FÍSICA Y EMOCIONAL?

Porque valorar y cuidar tu salud te fortalece como persona a la vez que fortaleces tus relaciones con los demás. Si partes de la premisa: "No se puede dar lo que no se tiene", entenderás mejor la importancia de conocerte, cuidarte y quererte y, a partir de ello, conocer, cuidar y querer a otros, incluyendo tu familia, cuates y comunidad.

En muchos grupos sociales no existe la costumbre de enseñar a las personas a cuidarse y quererse. Lograrlo incluye varios cambios que contribuirán a hacerte más sano emocional, física y mentalmente y a que, en conjunto, formes una mejor sociedad.

¿CÓMO SOY EN LA ADOLESCENCIA?

¡¡Pues no es tan complicado como parece!! En la adolescencia te exploras a ti mismo y al mundo que te rodea de manera distinta a como lo hacías en la infancia. Observas a las demás personas, te interesan tus relaciones con ellas, qué hacen, cómo manejan los problemas y se divierten; así exploras diferentes maneras de comportarte ante situaciones nuevas, donde la mayoría de las veces no se encuentran presentes tus padres.

Pero aún no tienes experiencia para saber qué te conviene en cada caso. A veces piensas que todos los problemas son fáciles de resolver y en otras te sientes confundido o quieres correr riesgos para ver cómo resultan las cosas o para ser parte de un grupo.

La exploración muchas veces implica riesgos nuevos, para la mayoría de los cuales no estás realmente preparado. ¡Aguas!

> **¿SABÍAS QUE…?**
>
> No es fácil quererse a uno mismo cuando la vida nos la han organizado alrededor de complacer a alguien más o esperar a que alguien nos quiera.

¿POR QUÉ CREO QUE SOY MÁS INDEPENDIENTE EN ESTA ETAPA?

Porque en la medida en que vas creciendo y descubriendo que eres capaz de hacer nuevas cosas, piensas que no necesitas la ayuda ni apoyo de otros. Este descubrir tus capacidades y habilidades te lleva a considerar que puedes ser totalmente, o casi, independiente al tomar decisiones y llevar a cabo acciones. Y en efecto, puedes ser mucho más independiente que cuando eras niño… lo que no resulta buena idea es no entender que aún no eres adulto y necesitas la guía y el apoyo de personas con más experiencia que tú. De hecho esto es algo útil a lo largo de toda tu vida.

¿QUÉ ES EL AUTOCONOCIMIENTO?

Desde la infancia inicias un proceso de autoconocimiento que permite describirte tanto físicamente como respecto a tus habilidades y características emocionales. Es decir, explicarte a ti mismo y a otras personas cómo te ves internamente (nuestra manera de ser) y externamente (nuestra apariencia física).

También incluye la capacidad para reflexionar sobre tus habilidades y cualidades y reconocer debilidades o fortalezas. Este proceso termina al aceptar lo que no puedes cambiar, ir cambiando lo que sí y, sobre todo, quererte a ti mismo.

¿ES CIERTO QUE ALGUIEN QUE SE QUIERE A SÍ MISMO ES PRESUMIDO, EGOÍSTA O ARROGANTE?

Noooo. ¡¡Todo lo contrario!! Conforme eres capaz de protegerte, crecer y cuidar tu salud, serás capaz de proteger, cuidar y apoyar el crecimiento de otras personas.

¿ES CIERTO QUE AHORA LA ADOLESCENCIA ES "MÁS DIFÍCIL" QUE ANTES?

Algunas personas están de acuerdo con que en esta época los adolescentes tienen más problemas y confusión que antes. Hay varias razones para esto.

Veamos algunas: por un lado, una mercadotecnia mucho más extensa, con un gran número de fuentes (radio, televisión, revistas, Internet, redes sociales, etcétera), para tratar de convencerte de necesidades que en realidad no existen. Te saturan de actividades y objetos que no requieres y… ¡¡¡lo peor!!!... terminas sintiéndote mal, frustrado y enojado por no conseguirlas. Hasta quizá creas que son indispensables para ser feliz.

De ahí que se diga que hay una crisis de valores, donde lo que era importante ha dejado de serlo; ha habido cambios en las prioridades de las personas al valorar acciones no fundamentales para el desarrollo humano; donde consumir y presumir se ha vuelto más importante que ser, aprender y conocer.

> Hay mucha estimulación para consumir... consumir y consumir de todo... ¡¡AGUAS!!

Pero también es cierto que en esta época contamos con más información, más centros de atención para diferentes problemas y más programas educativos que hace algunos años, tanto para chavos como para padres y maestros. Algunos problemas son semejantes a los que hace muchos años tenían nuestros padres y abuelos; otros son distintos a los de generaciones pasadas. Contamos con numerosos y variados elementos para enfrentarlos.

> Los anuncios nos hacen creer que necesitamos productos de determinada marca y muchas actividades que no nos sirven para nuestro desarrollo personal.

¿DE QUÉ DEPENDE SALIR ADELANTE EN ESTA ETAPA?

Pon mucha atención: de tu capacidad para medir retos y riesgos, conocer sus consecuencias; de lo bien informado que estés sobre diferentes temas; del empeño que pongas en desarrollar las habilidades necesarias para enfrentar los problemas, sin causar daño a nadie, y de las expectativas que tengas para tu futuro. De esa manera te sentirás mejor contigo mismo, aprenderás a conocerte y quererte para disfrutar esta nueva etapa.

¿POR QUÉ SIENTO QUE AHORA MI VIDA ES MUY ACELERADA?

Cuando tratas desesperadamente de satisfacer todas las "necesidades" que has creado, sientes que tienes una vida muy acelerada, que muchas veces no disfrutas cada momento como quisieras, es decir, la calidad de tu vida no es la que desearías ni la que favorece tu salud.

A veces te convences de que necesitas actividades, objetos materiales y diversiones. Para obtenerlas presionas a tus padres y a su vez tus padres se dejan presionar creando un círculo en el cual nunca es suficiente lo que tienes ni lo que te dan. Una vida tan llena de "cosas" no te fortalece como persona ni contribuye al desarrollo de tu comunidad.

Por su parte, padres y madres sienten que nunca es suficiente lo que ellos te ofrecen. Es decir, puedes estar permanentemente insatisfecho. Muchos papás creen que si no compran todo tipo de equipos deportivos, ropa a la última moda y aparatos tecnológicos a sus hijos, éstos no crecerán "como deben" o no serán aceptados ni quedarán bien con los demás. Piensan que éstas son necesidades reales cuando no lo son.

Así, muchos de tus amigos ya se creyeron el "rollo" de que quien más cosas tiene más vale. Por otro lado, seguramente has pensado que lo que ocurra en tu comunidad o en el país es problema del gobierno, de la policía o de las personas adultas y no haces nada por participar. Vivimos día a día quejándonos de lo que pasa a nuestro alrededor y sintiendo que no tenemos tiempo para nada.

¿QUÉ REPERCUSIÓN TIENE ESTE ESTILO DE VIDA?

Este estilo de vida y presión por complacer a los demás nos lleva a que, tanto adolescentes como adultos, nos esforcemos menos por conseguir lo realmente importante y en su lugar tengamos:

- Menos tiempo para reflexionar sobre quiénes somos, qué queremos y hacia dónde vamos.
- Menos calidad y cantidad de tiempo para nuestros verdaderos amigos.
- Más confusión acerca de cómo comunicarnos con la familia, los amigos y las parejas.
- Menos claridad de los límites, en casa, la escuela y en nuestra comunidad.
- Más presión para consumir de todo, incluyendo drogas, y a tener conductas sexuales sin protección ni responsabilidad.
- Menos tiempo para actividades que favorecen nuestro desarrollo personal y contribuirán de manera definitiva a la calidad de vida que tendremos como adultos: estudiar, aprender, demostrar amor, ayudar a otras personas, pensar, reflexionar sobre qué nos pasa y sobre los problemas de nuestra comunidad, hablar de lo que pensamos y sentimos, hacer planes a futuro, pensar y diseñar nuestras metas y realizar acciones concretas para llegar a ellas.

¿SABÍAS QUE...?

El desarrollo de una vida se puede comparar con la construcción de un edificio. Si se utilizó material de baja calidad, porque sale más barato o es más fácil conseguirlo y si se utilizó varilla chueca y luego se le agregaron ladrillos que no fueron horneados suficiente tiempo, es más probable que haya problemas con el edificio, incluso puede causar daños a las personas.

En cambio, si desde el principio se informa bien acerca de los tipos de varilla y ladrillo que existen y se hace el esfuerzo de invertir en los mejores materiales, es muy probable que se construya un edificio sólido y firme que protegerá y será un patrimonio para toda la vida.

¿POR QUÉ A VECES ME DICEN QUE NO ESTOY HACIENDO ALGO POR MÍ MISMO?

Hoy en día está más extendida la creencia de que "alguien" debe resolver los problemas, de que "alguien" tiene la obligación de complacer tus gustos y deseos, de que dependes de los demás para casi todas tus decisiones. Muchas veces este tipo de percepciones se asocia con la idea de que puedes tener una vida fácil y que "alguien" o "algo" se hará cargo de las consecuencias de tus acciones. De hecho, el consumo de drogas es un ejemplo de este comportamiento.

Muchas veces te educan para una actitud pasiva y demandante y piensas que tienes más derechos que obligaciones, aunque realmente desconoces tus verdaderos derechos y la manera de ejercerlos.

> A veces nos educan para estirar la mano, para que otro nos regale o nos resuelva problemas, en lugar de levantar la mano para participar.

¿QUÉ ES LA TOLERANCIA A LA FRUSTRACIÓN?

Se refiere a la capacidad de cada quien para entender que las cosas no van a salir siempre como queremos ni al primer intento. Se refiere a entender que se requiere esfuerzo, paciencia, constancia y responsabilidad ante las consecuencias de nuestros actos. Si algo no sale a la primera, necesitas probar otra vez y varias más. Si aún no lo logras después de diversos intentos… ¡¡Pues a buscar otras opciones!! NO te frustres o enfurezcas, ni le eches la culpa al mundo por la "mala suerte".

Es necesario e importante aceptar que NO TODO saldrá como deseas, si no te esfuerzas lo suficiente y le echas ganas.

En lo que respecta a los papás, recuerda que para algunos no es fácil entender el proceso de cambio de sus hijos. Inclusive pueden acceder a sus demandas porque temen perder el control sobre ellos. Tratan de explicar esto diciendo que sus hijos están en "la peor edad" pero que "ya se les pasará". Algunas veces les es difícil llegar a acuerdos y mantenerlos hasta ver cambios positivos que permitan renegociar con los adolescentes. Esta situación causa frustración en las personas adultas al ver que sus hijos no cumplen con sus obligaciones o con los acuerdos obtenidos porque las expectativas que las personas adultas tienen hacia ellos difieren de los intereses de los adolescentes.

¿DEBO OBEDECER CIEGAMENTE O PENSAR POR MÍ MISMO?

¡¡¡Pensar por ti mismo!!! En la medida en que puedas negociar, con base en información, en lugar de sólo obedecer ciegamente, te harás más responsable de tus decisiones; es decir, responderás por las consecuencias de tus actos. Si en lugar de obedecer por presión tomas decisiones *motu propio*, es decir, por deseo propio, sabrás que si te equivocas debes hacer algo para reparar el error y aprender de la experiencia.

Si simplemente sigues instrucciones como máquina o robot, no sentirás que la responsabilidad de los hechos es tuya sino de quien giró las instrucciones.

REFLEXIONA

Es fundamental elegir de manera sana y responsable, no sólo obedecer.

¿POR QUÉ ENTRE MÁS PRESIONADO ME SIENTO, MÁS ME REBELO?

Porque la mayoría de las personas simplemente no aguantan presiones fuertes y constantes ya que van en contra de la naturaleza humana. Las personas buscan maneras de entender lo que sucede a su alrededor, desean conocer sus derechos y obligaciones, necesitan libertad y límites claros para decidir y compartir sus ideas.

Es muy probable que si te educan sin aprender a elegir y sólo obedeces, te rebelarás poco a poco. Es como una olla de presión: cuando una persona está muy controlada, se le presiona permanentemente y se le niegan opciones, a pesar de que podría tener acceso a ellas, llega un momento en que estalla.

¿TIENE ESTO QUE VER CON LA DEMOCRACIA?

Sí, muchooooo. La democracia empieza con la persona, se puede dar en la pareja, en la familia, en la comunidad y en toda la nación. Cada persona con derechos y obligaciones puede y debe elegir entre diferentes opciones y negociar. El ser humano es la base de la pareja, la familia, la comunidad y la nación.

Una DEMOCRACIA ofrece a todos sus miembros los elementos necesarios, mental y legalmente, para que cada quien cumpla con sus responsabilidades. Hay reglas y derechos para elegir a los gobernantes y apoyar diferentes iniciativas. Así, por ejemplo, se enseña cuáles son los derechos de cada quien, cómo ejercerlos, cómo informarse acerca de sus orígenes y motivos promoviendo su análisis.

Por lo general, en los países en vías de desarrollo, aun cuando se rijan por gobiernos democráticos se le da más importancia a la información que a transmitir los hechos que suceden en el país; es decir, a recabar opiniones y menos a la formación y participación para resolver problemas.

En una democracia se deben fomentar las habilidades necesarias para conocerse, comunicarse, decidir, manejar el estrés, las emociones, las frustraciones y para negociar de manera pacífica y llegar a acuerdos que contribuyan al bien común.

REFLEXIONA

La democracia empieza en casa… no basta que se dé sólo en las leyes.

NO SE VALE QUE…

Las personas adultas traten a niños, niñas y adolescentes como si fueran cosas y no personas. Esto sucede en la casa, la escuela y el trabajo. Les dan instrucciones: "come más rápido", "ponte otro pantalón", "vete a la escuela", "no me rezongues", "obedece", "saluda", "sonríe".

Los presionan para quedar bien ante los demás y no consigo mismos: "¿Qué va a pensar tu abuelita si te llevo con esa ropa?", "No, no te dejo trabajar, eres mujer, qué van a pensar mis amigos", "Ni modo, eso es lo que quiere el jefe, hay que hacerlo, aunque sea un desperdicio", "Si no te portas bien, te acuso con tu papá."

Es común que este estilo de educación fomente personas pasivas que sólo se limitan a recibir órdenes o, por el contrario, que promuevan la reacción opuesta y aquéllas se rebelen ante las reglas sin reflexionarlas y realicen lo contrario de lo que se les indica. En ningún caso es lo que nos conviene como personas, pues no nos conduce a lo que deseamos hacer. La pasividad llega a extremos en que las personas aceptan situaciones de abuso.

Imagínate cuántos casos de abusos, entre ellos el sexual, se podrían prevenir si se nos enseñara a hablar clara y directamente, en lugar de dar rodeos para no comprometernos a algo; debemos tomar decisiones y evaluar las consecuencias de nuestros actos en lugar de simplemente obedecer o quedar bien; tenemos que analizar y pensar críticamente, en lugar de sólo dejarnos influir.

Seguramente no desaparecerá este problema pero sí estaremos en mejores condiciones de defendernos y denunciar en la mayoría de los casos.

SÍ SE VALE QUE…

Aprendas a tomar decisiones, a hacerte responsable (es decir responder por las consecuencias, positivas o negativas) de tus actos, lograr que te traten como ser humano y no como objeto.

También se vale que hables de manera abierta, clara, aunque no agresiva, sobre tus sentimientos y necesidades en casa o la escuela. Que exijas al sistema educativo que te dé los elementos necesarios para decidir de manera responsable, autónoma e informada. A cambio se vale que te comprometas de manera responsable, que cumplas tus compromisos y cooperes en la casa y en la escuela.

Sí se vale pedir que en lugar de que te eduquen para copiar del pizarrón o memorizar sin analizar, hagas investigación; que en vez de tomar dictado pienses y opines sobre lo que leíste, y hagas propuestas para mejorar tu nivel individual y comunitario. A nivel político se vale exigir que te comuniquen los planes de gobierno que los candidatos piensan seguir con el fin de informarte.

Recuerda que tenemos derechos pero también obligaciones. Si cumplimos, asimismo ganamos.

EJERCICIO

Un ejercicio que hacemos en los talleres de Yo quiero Yo puedo (IMIFAP) consiste en pedir a los participantes que algunos se comporten como "cosas" y otros como "personas". Las cosas reciben la instrucción: "no pueden hacer nada al menos que reciban órdenes". Por ejemplo, no se pueden levantar, no pueden hacer preguntas y no pueden pedirles nada a sus vecinos de silla. Las personas, por su parte, pueden moverse, decidir, pararse, cambiarse de lugar.

Al concluir este ejercicio se les pide que digan cómo se sintieron al representar "cosas" y "personas". Las "cosas" dicen que se sintieron usados, que sentían que no tenían derechos, que se entristecían al darse cuenta de que no tenían el control de sus vidas en sus manos, se sentían inútiles, no responsables, sin compromiso, inseguros de sí mismos, con una baja autoestima.

Quienes actuaban como "personas", por su parte, afirman que sienten que valen, que tienen el control de sus vidas, pueden expresarse con libertad, se sienten tomados en cuenta, pueden decidir qué hacer, son responsables de las consecuencias de sus actos, tienen la obligación de cumplir, tienen compromisos.

Reflexiona sobre lo siguiente y escribe tus respuestas:

¿Cómo te sentirías si durante este ejercicio fueras cosa?

_____

_____

¿En qué momento te has sentido cosa?

_____

_____

¿Cómo te sentirías si en el ejercicio fueras persona?

_____

_____

¿En qué momento te has sentido como persona?

_____

_____

¿Cómo quisieras vivir el resto de tu vida?

_____

_____

¿Qué tendrías que hacer para lograrlo?

_____

_____

2. ¿Qué hago con este cuerpo?

Te has preguntado en algún momento… ¿Qué hago con este cuerpo? En esta sección hablaremos de tus dudas más comunes respecto a tu imagen, salud y sexualidad. Aquí no hablaremos de los cambios físicos de la adolescencia, ya que estos temas son cubiertos por otros estudios.

¿ES CIERTO QUE EN LA ADOLESCENCIA LAS MUJERES MADURAN SEXUALMENTE ANTES QUE LOS HOMBRES?

Sí. Esto se debe a que los cambios físicos en la pubertad y en la adolescencia, por lo general ocurren primero en las mujeres que en los hombres. Las mujeres aumentan de estatura antes que los hombres y además a ellas se les desarrollan los senos, esto las hace verse más grandes que ellos. Lo anterior muchas veces lleva a que los adultos esperen que ellas se comporten en esa etapa de su desarrollo de manera más adulta de lo que en realidad pueden.

¿CUÁLES SON LOS CAMBIOS EMOCIONALES RELACIONADOS CON LOS CAMBIOS FÍSICOS QUE SE DAN EN LA ADOLESCENCIA?

Son frecuentes los estados de ánimo variables y la exageración de algunas reacciones emocionales. Podemos exagerar nuestras tristezas, alegrías o preocupaciones y pasar de la alegría a la tristeza y viceversa en un momento, muchas veces sin razón.

¿A poco no hay días en que todo te molesta? (¡hasta porque vuela una mosca!); hay inseguridad respecto a lo que quieres, cómo te ves, qué vas a estudiar o en qué deseas trabajar. Tienes dudas en cuanto a las relaciones con tus papás: un día te parecen los más comprensivos y al siguiente crees que no te entienden. Date cuenta que sólo es una etapa de adaptación a un nuevo carácter, diferente al que tenías en la infancia, y a otra manera de relacionarte con las personas.

Por lo general queremos estar a solas cuando estamos en casa… pero estamos en casa… y buscamos la compañía de los amigos con los que podemos estar horas y horas, ya que lo que menos deseamos es estar solos…. ¡Ni nosotros nos entendemos! Poco a poco todo se acomoda… PACIENCIA.

El principal cambio es que nos enfrentamos día a día a múltiples cambios.

Existe un libro que se llama *Estoy cambiando* que explica a detalle y de manera muy sencilla cada uno de los cambios físicos y emocionales que surgen en la pubertad.

¿POR QUÉ A ALGUNAS MUJERES LES CRECE MUCHO VELLO EN LOS BRAZOS?

El crecimiento del vello corporal se asocia con el nivel de andrógenos (hormonas masculinas) de las personas, y el cuerpo de algunas mujeres produce muchos andrógenos, por lo que pueden tener más vello que otras… nada del otro mundo.

¿POR QUÉ ME PREOCUPA MI APARIENCIA FÍSICA?

Porque en esta etapa tu cuerpo empieza a trabajar de manera un poco distinta a como lo hacía: las hormonas aumentan su trabajo y son las responsables de que te interesen otras personas de que sientas atracción hacia ellas, de que quieras establecer mayor intimidad que la que tienes con tus amigos; lo más común es que quieras verte bien para esas personas.

Además, eres más consciente y crítico contigo mismo y pruebas muchas maneras de verte frente al espejo antes de querer que otras personas te vean.

¿POR QUÉ ME INTERESA LO QUE LOS DEMÁS PIENSAN DE MÍ?

Como estás tan alerta de lo que pasa a tu alrededor, también eres sensible a las opiniones y críticas de los demás. Tienes una mayor capacidad de abstraer, de ponerte en la situación de otras personas, de ver las cosas que te gustan y las que no de manera más profunda, te vuelves más reflexivo y observador, aumenta tu capacidad crítica y de análisis, tanto hacia los demás, como hacia ti mismo.

Lo importante es reflexionar sobre lo que los demás piensan de ti… si crees que esas ideas son verdaderas o se alejan de la realidad; es esencial ver qué te gusta o disgusta sobre lo que piensen de ti y por qué. Esto te ayudará a conocerte mejor y, sobre todo, te hará quererte y aceptarte como una persona con virtudes, defectos, errores y aciertos.

¿LA SEXUALIDAD ES MALA?

No, ¡¡claro que no!! La sexualidad es una parte importante de nuestra vida, es fuente de mucho placer, conforme nuestros cuerpos pasan de la infancia a la adolescencia y de ésta a la edad adulta; empezamos a experimentar diferentes placeres al descubrir nuevos aspectos de nuestra sexualidad.

> Debes aprender las responsabilidades que acompañan los placeres de la sexualidad y esto se logra con una adecuada educación sexual.

¿QUÉ ES LA EDUCACIÓN SEXUAL?

Comienza desde que somos bebés, cuando recibimos mensajes verbales y no verbales respecto a nuestro cuerpo y a la manera de comportarnos con nosotros mismos y con otras personas. También mediante los mensajes que recibimos de familiares y amigos, de los medios masivos; por otro lado, en la escuela observamos lo que la gente a nuestro alrededor cree y siente sobre la sexualidad.

Así, los mensajes serán muy diferentes si cada vez que se toca el tema hay silencio o enojo o si se promueven pláticas abiertas y naturales sobre el tema.

¿ES VERDAD QUE SI NOS DAN EDUCACIÓN SEXUAL SIN MIEDOS, PENA, NI CULPAS LOGRAREMOS PREVENIR MUCHOS PROBLEMAS RELACIONADOS CON LA SEXUALIDAD?

Sí, sí, sí. Varios estudios demuestran que cuando se ven la sexualidad y la educación en torno a ella como parte normal e integral del desarrollo y la formación de cada persona, hay una mayor probabilidad de crecer con una sexualidad saludable y placentera. Además, al hablar abiertamente y con respeto del tema, al entenderlo y aceptarlo como parte de cada uno de nosotros, es más fácil buscar información sin temores, disfrutar nuestra vida sexual, no tenerle miedo al placer y protegernos de una infección de transmisión sexual o de un embarazo no planeado. El manejar e integrar la información y la comunicación abierta y directa sobre el tema en una relación, donde existe amor, respeto y satisfacción, nos aleja de buscar relaciones para experimentar y tener prácticas no protegidas.

Es clave que la educación sexual incluya respeto a la pareja, reconocer el papel que tienen el amor y el compromiso en la pareja y los derechos sexuales y reproductivos de cada persona.

¿A QUÉ ME ARRIESGO SI VEO LA SEXUALIDAD COMO NORMAL?

A verla como **algo muy tuyo**, tal vez erótico o tierno, una forma de alcanzar placer, de gozar, conocerte y conocer a tu pareja, de estar empoderado; es decir, tener el control necesario sobre tu vida para cuidarte y disfrutar del ejercicio sano de tu sexualidad.

¿POR QUÉ EN MUCHOS PAÍSES TODAVÍA EXISTE EL "ANALFABETISMO SEXUAL"?

Porque en muchos grupos sociales hay temor a hablar sobre cualquier cosa relativa al cuerpo humano; en otros, se teme tocar temas relacionados con la sexualidad o el placer... y peor aún... ¡en algunas sociedades hay miedo a las tres cosas! Por falta de conocimientos y exceso de temores inventamos mitos o creencias equivocadas sobre estos asuntos. Los temores surgen básicamente por falta de información. Hay grupos que no tienen información científica sobre el funcionamiento del cuerpo o la sexualidad o creen que el placer puede hacer daño y se la viven hablando y promoviendo estas creencias equivocadas. Muchos lo hacen para controlar a los demás y así se sienten más seguros… ¡si supieran el daño que hacen! ¡Qué difícil ha de ser darse cuenta de que uno está en la ignorancia y además elije seguir en ella, en vez de tratar de abrirse a nuevos horizontes!

> **Y, por más obvio que sea… la falta de información la promueven personas a quienes les falta precisamente información.**

¿POR QUÉ SE DICE QUE HAY MENOS RESPETO A LAS NORMAS DE ANTES RESPECTO A LA SEXUALIDAD?

Porque las relaciones sexuales, hasta mediados del siglo XX, se consideraban básicamente para tener hijos. Por ello eran necesarias normas que evitaran a los jóvenes tener hijos a edades tempranas, ya que ello afectaría muchos aspectos de su desarrollo. Ésa es probablemente una de las razones por las que se atribuía tanta importancia a la virginidad. Hoy en día la actividad sexual y la procreación son vistas por los jóvenes como aspectos que no necesariamente van de la mano, por lo cual muchas restricciones o convenciones de antes dejaron de tener sentido.

¿ES CIERTO QUE HABLAR SOBRE SEXUALIDAD A ALGUNAS PERSONAS LES METE IDEAS NEGATIVAS?

¡¡¡No!!! Las investigaciones muestran que los chavos tienen curiosidad natural por muchos aspectos que conforman la sexualidad. En la medida en que se hable CON NATURALIDAD, seremos capaces de entenderla así y actuar de manera responsable y moral.

¿SABÍAS QUE...?

Es precisamente cuando se oculta la información o se da de forma parcial y con actitudes contradictorias que se despiertan dudas del tipo: "¿Será tan malo como para que hagan tanto esfuerzo por ocultarme información?"

¿QUÉ QUIERE DECIR CONTROLAR MIS DECISIONES EN TORNO A MI CUERPO Y A MI SEXUALIDAD?

Que seas capaz de regular las decisiones que influyen en tu cuerpo y tu sexualidad; si tú decides estarás más dispuesto a hacerte responsable de todo lo placentero que puede darte tu cuerpo, además de las consecuencias negativas de no cuidarlo adecuadamente.

Bajo este concepto y con este tipo de educación, sabrás cuándo estás listo para tener relaciones sexuales, sabrás ir paso a paso… No sentirás remordimiento ni pena, sino que entenderás que es parte natural y normal de un desarrollo integral saludable.

Entre más información correcta tengas sobre sexualidad…
y entre más habilidades para comunicarte y tomar decisiones poseas sobre este tema… es más probable que tengas relaciones sexuales de manera responsable, es decir, cuando estés preparado para ello de manera sana y segura.

¿CUÁL ES LA DIFERENCIA ENTRE PENA Y PUDOR?

El pudor se refiere a un tipo de vergüenza relacionada con la sexualidad… que alguien nos vea desnudos. La pena y la vergüenza son sentimientos generales que van más allá de la sexualidad.

¿QUÉ OCURRE DURANTE LA MENSTRUACIÓN?

Ahí te va de manera sencilla…

El útero de una joven está cubierto por un tejido llamado endometrio que cada mes se engrosa un poco y se prepara así para recibir un óvulo fecundado por un espermatozoide.

Cuando el óvulo no fue fecundado el endometrio es expulsado a través de un sangrado vaginal. Cuando inicia la producción de hormonas del siguiente grupo de folículos, empieza también el desarrollo del endometrio para el nuevo ciclo menstrual y así cada 26 a 30 días.

¿SABÍAS QUE...?

La salud no es sólo ausencia de enfermedad. La salud es un concepto que abarca calidad, armonía y bienestar, en relación con tres sistemas:

- Biológico
- Psicosocial (emociones, afectos y relación con otras personas)
- Ecológico

Por lo tanto, para ser personas sanas debemos cuidar nuestra salud física, emocional y mental así como el ambiente en que vivimos.

¿QUÉ ES EL SÍNDROME PREMENSTRUAL (SPM)?

Hay jóvenes que unos días antes de menstruar se sienten más sensibles, irritables, deprimidas, agresivas, ansiosas, hinchadas o con más cambios emocionales que durante el resto del mes. Estos cambios se asocian con cambios hormonales, aunque no está claro qué los ocasiona ni cómo prevenirlos. Uno de los factores asociados con el SPM es la tensión, por lo que se aconseja practicar algún deporte de manera constante y disciplinada, lo cual genera un sentimiento de bienestar y ayuda a liberar las tensiones. Los ejercicios de relajación también son recomendables. Para algunos casos existen medicamentos que alivian las molestias, pero se recomienda pedir orientación médica.

¿QUÉ ES LA OVULACIÓN?

Es un proceso que ocurre aproximadamente a la mitad del ciclo menstrual durante el cual se libera un óvulo de los ovarios. Éste comienza un recorrido por la trompa de Falopio para llegar al útero… precisamente durante los días de la ovulación es más probable que ocurra un embarazo si se tienen relaciones sexuales.

¿QUÉ ES EL CICLO MENSTRUAL?

Es el periodo que va desde el primer día de la menstruación hasta el primer día de la siguiente y puede durar entre 25 y 30 días e incluye menstruación y ovulación.

¿DESDE QUÉ EDAD SE PRESENTA LA MENSTRUACIÓN?

Aparece de los 11 a los 13 años de edad y dura hasta los 50, aproximadamente. En cada joven es diferente… en algunas aparece de manera regular cada determinado número de días y no varía… en otras varía un poco, a veces cada 25 o 26 días… y en otras aparece de manera menos regular, a veces cada 21, cada 28, luego se salta hasta cada 32 días.

Si después de empezar a menstruar la irregularidad dura más de seis u ocho meses, es recomendable consultar a un ginecólogo para asegurarse de que no hay ningún problema. En algunas no aparece la menstruación hasta los 17 o 18 años y en otras empieza desde los 10 años.

¿QUÉ ES UN TAMPÓN Y CÓMO SE USA?

Tan sólo es… algodón suave prensado de manera cilíndrica… o sea un tubito… para insertarse con facilidad en la entrada de la vagina. Absorbe el flujo menstrual. Para colocarlo, debemos lavarnos las manos con agua y jabón. Luego se saca del empaque y se introduce en la vagina asegurándonos de que quede fuera el hilito, ya que así podremos jalarlo. También hay que lavarse las manos después de introducirlo… Los paquetes traen instructivos que explican cómo se colocan.

"Nadie me habla de eso… Tengo miedo." En efecto, muchos adultos no recibieron información sobre temas relacionados con la sexualidad o la recibieron con pena, miedo, culpa; algunos hasta fueron castigados por preguntar o hablar de estos temas. Busca información… ¡¡Ya lo estás haciendo al leer este libro!!... Y si quieres hablar con alguien más, ya con la información que recibirás de este libro, intercambia puntos de vista. Lo bueno es que ya no te podrán asustar tan fácilmente… ¡ya estarás mucho mejor informado!

¿QUÉ ES UNA ERECCIÓN?

Es cuando el pene aumenta de tamaño, grosor y firmeza en lugar de estar flácido (como se encuentra la mayor parte del tiempo); esto se debe a que las arterias que transportan la sangre y lo atraviesan están constreñidas, pero cuando hay excitación, se dilatan dejando pasar más sangre; así aumenta tamaño y grosor... nada del otro mundo.

Las erecciones se dan por una combinación de factores neurológicos, psicológicos, hormonales y vasculares.

¿QUÉ ES UNA EYACULACIÓN?

Es la expulsión de semen a través de la abertura del glande. El semen es un líquido viscoso y blanco que contiene espermatozoides, secreciones de las vesículas seminales y fluidos de la próstata. Normalmente la cantidad de semen expulsada en cada eyaculación va de 2 a 5 ml. Aunque las cantidades varían, es similar a la que cabe en una cucharadita de café.

¿QUÉ SON LOS SUEÑOS HÚMEDOS?

Son las eyaculaciones que ocurren mientras duermes. A veces se presentan por un sueño erótico que nos excitó y en consecuencia hay una eyaculación. Es posible alcanzar un orgasmo estando dormidos.

Los sueños húmedos son normales y comunes, no causan ningún daño o enfermedad física o mental... es simplemente otra forma de placer... cuéntale a tus cuates que existen y también compártelo con tus amigas... no te dejes asustar.

¿QUÉ SON LAS FANTASÍAS SEXUALES, HACEN DAÑO?

Muchas veces se nos educa para creer que sólo hay una forma correcta de ejercer la sexualidad y las otras deben evitarse. Eso nos hace creer que imaginarnos otras posibilidades es malo o perjudicial... y no, no hacen daño... la neta que no. Las fantasías son sólo eso y como tales las deseamos, no queremos que sucedan en realidad. Se dan de manera voluntaria y podemos imaginarlas como queramos. Muchas de ellas, si sucedieran en la vida real, irían en contra de nuestra voluntad.

Las fantasías sexuales nos abren las puertas a todo tipo de experiencias que suceden sólo en la imaginación... las podemos gozar sin vivirlas en la realidad.

¿QUÉ ES LA MASTURBACIÓN?

Es una forma de darnos placer a nosotros mismos, de gozar con nuestro cuerpo. ¡¡Qué rico!! Se lleva a cabo estimulando zonas erógenas del cuerpo, muchas veces hasta llegar al orgasmo. Mediante la masturbación sabemos cómo nos excitamos sexualmente y, más adelante, cuando tengamos una pareja sexual, le diremos qué nos gusta y qué no. La masturbación nos permite explorar y experimentar con nuestro cuerpo.

¿HACE DAÑO MASTURBARSE?

No, ¡claro que no! Es lo más natural. Desde la infancia nos tocábamos los órganos sexuales y esto nos da placer. En algunos casos nos regañaban o nos decían que eso no debía hacerse.

Seguramente has escuchado creencias del tipo "si un hombre se masturba se desperdicia semen" o "una mujer que se masturba no estará interesada en tener relaciones sexuales" o "se volverá loca". Incluso hay quienes dicen que "salen pelos en la mano" a la persona que se mastur… ¡¡¡que absurdo!!! No hay que temerle a la masturbación, es una forma más de gozar con tu cuerpo la cual no le hace ningún daño a nadie. Después de todo no es nada más que tocarse y sentir rico. ¿Cuál sería la lógica de que algo así pueda hacer daño?

> La masturbación es una forma de sexo seguro, es una alternativa para tener relaciones sexuales no coitales, es una forma de darse placer y, en el caso de masturbar a otra persona, es una forma saludable de darle placer.

¿ME PUEDO QUEDAR ESTÉRIL SI ME MASTURBO?

No. De ninguna manera.

¿DEMASIADA MASTURBACIÓN PUEDE HACER DAÑO?

Sólo si es lo único en lo que piensas y haces. Al igual que cualquier actividad que se practica en exceso o como actividad única, no permitirá una vida balanceada.

¿UNA CHICA QUE SE MASTURBA DEJA DE SER VIRGEN?

La virginidad se ha definido de varias maneras. Para algunos es nunca haber tenido placer sexual… en ese caso, si te masturbas dejas de ser virgen. Para otros, es que la mujer tenga el himen. En ese caso la masturbación puede o no relacionarse con el himen. Muchas mujeres nacen sin himen y a muchas otras se les rompe por algún movimiento. Algunas pueden masturbarse con algún objeto que rompa el himen, otras lo tienen tan delgado que se rompe con mucha facilidad.

¿Y SI NO ME DA PLACER LA MASTURBACIÓN?

No la practiques… escucha a tu cuerpo, a tus deseos, no te masturbes si es algo que te incomoda o no te gusta. Por otro lado, si esto es por miedo es importante entender que los miedos irracionales te dañan. Busca la manera de quitarte los temores… el miedo paraliza... la libertad con responsabilidad nos permite avanzar.

¿SABÍAS QUE…?

Pitágoras estudió la relación entre los sonidos y la longitud de las cuerdas que los producen de donde dedujo la noción de "armonía" que aplicó luego a todo el Universo.

Para él, la salud es la armonía del cuerpo y la música puede ayudar a restablecerla.

¿ES VERDAD QUE SI TENGO PERFORACIONES O TATUAJES ESTOY DAÑANDO MI CUERPO?

No necesariamente. Hacerse un tatuaje o perforación es una actitud común entre chavos, es una manera de demostrar rebeldía, independencia, capacidad de tomar decisiones, una manera de ser diferente a los demás.

Debes pensar que un tatuaje es para toda la vida y removerlo implica un procedimiento difícil y muchas veces costoso. Es importante fijarse que los lugares donde te hagan perforaciones o tatuajes sean fáciles de lavar y de mantener en condiciones de higiene. Es indispensable que la aguja que se usa para ello sea desechable y nueva, que la desempaquen frente a ti. Recuerda que enfermedades como la hepatitis o el VIH se transmiten a través de fluidos como la sangre. Si ya te hiciste una perforación o tatuaje mantenlo en condiciones higiénicas y acude al médico en caso de inflamación o infección. Lo más conveniente es hablarlo con tus padres antes de hacerlo.

SÍ SE VALE QUE...

Te consientas a ti mismo, acariciarte, quererte, buscar los aspectos que te gustan de tu cuerpo y admirarlos. Cuidarte al evitar riesgos que puedan dañar tu cuerpo y tu salud.

NO SE VALE QUE...

Creas que serás una persona sana toda la vida sin hacer algo para lograrlo. La salud es una meta por alcanzar, la ventaja es que hay muchas actividades placenteras para lograrla: comer alimentos nutritivos, beber mucha agua, tomar el sol, hacer ejercicio al aire libre y dormir bien.

¿CÓMO PUEDO CUIDAR MI CUERPO?

Lo más recomendable para cuidar tu cuerpo y tu salud se reduce a la palabra PREVENIR. Prevenir quiere decir adelantarse a los hechos, pensar anticipadamente en el resultado de nuestras acciones, tener un compromiso con nuestro cuerpo, cuidarlo y quererlo.

De esta manera puedes evaluar fácilmente qué acciones debes realizar para evitar enfermedades. Las acciones básicas son tener hábitos de higiene, bañarte, lavarte las manos antes de comer, antes de preparar alimentos y después de ir al baño, lavarte los dientes tres veces al día, comer alimentos sanos, hacer ejercicio, etcétera.

Piensa qué quiere decir… "¡Más vale prevenir que lamentar!" No es sólo una frase común, es todo un estilo de vida sano, barato, libre y responsable.

EJERCICIO

- Haz una lista de los mensajes que recibes en un día, de diferentes personas y medios de comunicación en relación con tu cuerpo y tu salud.

- Escribe cuáles crees que te benefician y cuáles crees que te perjudican.

- Incluye todo lo que escuchas, por ejemplo: "Usa este o aquel champú, fuma, compra tal cosa, prueba estas papitas, bebe el nuevo producto energético, baja de peso…"

Por ejemplo:

Mensaje: Come verduras.
Fuente: Mi amiga.
Mi opinión: Beneficia mi salud porque tienen vitaminas.

3. ¿En qué nos parecemos y en qué somos diferentes hombres y mujeres?

Reflexionemos: existen diferencias entre los sexos más allá de las funciones que cada uno tiene en la reproducción, pero no existe una prescripción exacta de lo que por naturaleza es "típicamente masculino" o "típicamente femenino".

En diferentes épocas y en diversos grupos sociales y económicos los roles, los derechos y obligaciones de las personas han sido definidos de maneras diferentes. Muchas veces un grupo social está realmente convencido de que la forma de tratar a hombres y mujeres es la "correcta". Han adoptado ciertos patrones de conducta como convenciones y consideran que así "debe ser".

¿QUÉ ES GÉNERO?

Se refiere al papel o roles que la sociedad determina para hombres y mujeres. Los que desempeña cada género se forman a través de un proceso educativo y social y no de un proceso biológico. Es decir, al nacer hombres y mujeres tenemos la misma capacidad para desarrollar todas nuestras habilidades y talentos como seres humanos.

¿QUÉ SON ROLES DE GÉNERO?

Se refiere a los comportamientos que social y culturalmente se asignan a hombres o mujeres. Éstos son las tareas, actividades, profesiones, trabajos, formas de expresarse, tipo de lenguaje, modales, formas de vestir y actuar, etcétera, que se consideran distintivos entre los sexos.

Así, se puede esperar que el rol o el papel de la mujer sea el de limpiar la casa y educar a los hijos, y el del hombre salir a trabajar para traer bienes materiales a la casa. O que el rol de la mujer es obedecer lo que su pareja le solicita esté o no de acuerdo con él, y el del hombre tomar las principales decisiones en el hogar.

¿QUÉ ES SEXO?

Sexo se refiere simplemente a ser hombre o mujer, es decir, pertenecer al sexo masculino o al sexo femenino. Se basa únicamente en las diferencias biológicas, dadas por factores hormonales y por las diferencias en los órganos sexuales, entre mujeres y hombres.

¿QUÉ ES SEXUALIDAD?

Es la unión de los conceptos biológicos, psicológicos, sociales y culturales. En la sexualidad se integran los aspectos de la reproducción humana, las sensaciones, percepciones y sentimientos hacia ti y hacia otras personas; y también aspectos relacionados con la cultura, la religión y los principios sociales predominantes de la sociedad a la que pertenecemos, como comportamientos, trabajos, ocupaciones, leyes, juegos, uso de ropas, formas de hablar y de comportarnos, tareas del hogar, etcétera.

¿QUÉ ES EQUIDAD DE GÉNERO?

Es un término para referirse a una distribución justa de derechos y obligaciones entre los géneros con base en las necesidades de los seres humanos, sin que se limiten o favorezcan por el hecho de ser mujeres u hombres.

¿CÓMO SE EDUCA TRADICIONALMENTE A LOS HOMBRES?

En muchas familias de nuestro país y de otros, todavía se educa a los hombres dándoles un mensaje de que son más fuertes tanto física como emocionalmente que las mujeres y tienen menos necesidades emocionales que ellas. Se espera que desde niños resuelvan los problemas sin llorar y sin expresar lo que sienten. Posteriormente, se espera que sean expertos en una variedad de temas incluyendo la sexualidad. Sin embargo, algunas investigaciones muestran que al creerse expertos no hacen preguntas acerca de sus dudas y tampoco reciben información en la familia.

Las mamás dicen que no hablan de "ese tema con sus hijos" pues "es cosa de hombres" y los papás dicen que "eso lo aprenderán con los cuates" y a los cuates les pasa lo mismo, lo cual deja a los hombres con pocas posibilidades de hablar sobre el tema.

¿QUÉ SUCEDE CON LOS HOMBRES QUE FUERON EDUCADOS TRADICIONALMENTE?

Lo más seguro es que se les dificulte enormemente hablar sobre sus deseos y necesidades sentimentales y sexuales. Pero esto afortunadamente ha ido cambiando, los hombres se atreven ya a hablar más sobre lo que esperan emocional y sexualmente, a expresar que desean también caricias y ternura. ¡Todo será más fácil para todos!

> La equidad de género también se refleja en la manera en que padres y madres se relacionan con sus hijos y en la manera en que ellos perciben el papel de estos.

¿QUÉ DIFICULTADES OCASIONA A LOS HOMBRES UNA EDUCACIÓN RÍGIDA?

Cuando vivimos bajo la idea de que debemos comportarnos de tal o cual manera de acuerdo con nuestro género, difícilmente desarrollaremos habilidades que se consideran del "otro" géne-ro, lo que limita que seamos personas completas y que seamos nosotros mismos. Por ejemplo, creer que no tenemos derecho a expresarnos emocionalmente, que debemos ser más fuertes de lo que somos, hacernos cargo de todos los aspectos económicos y sexuales de una relación, puede llevar a la inconformidad, a la infelicidad, al silencio, a diferentes tipos de violencia, al coraje o a enojos y frustraciones al no "darnos permiso" para disfrutar otras cosas de la vida que "no son para hombres". De hecho, se han detectado muchos problemas de salud relacionados con las expectativas de género. En el caso de los hombres, por ejemplo, no expresan sus sentimientos, no lloran y cargan con todos los aspectos económicos, lo cual se relaciona con mayor tensión arterial, mayor estrés y problemas gástricos.

¿SABÍAS QUE...?

Una de las palabras más usadas para dar educación sexual es "aguas"... "aguas con los hombres porque nada más te quieren utilizar", "aguas con las mujeres que te van a controlar", "aguas si muestras que sientes mucho placer sexual porque va a creer que eres una cualquiera y te deja", "aguas si no tienes mucho placer sexual porque van a cambiarte por otra", "aguas si no te ligas a muchas... ¿qué van a pensar de ti?", "aguas si te ligas a muchas, ¡no vas a poder con el paquete!"... O sea la manera más frecuente de dar educación sexual es la confusión. Mejor busquemos información científica y clara no escuchemos mitos, estereotipos, miedos y prejuicios.

¿ES VERDAD QUE A LOS HOMBRES LES GUSTAN LOS RETOS?

No necesariamente. Muchos hombres y mujeres se fijan retos para alcanzar metas. Sin embargo, en algunos grupos sociales la presión para que los hombres sean desafiantes es más fuerte que para las mujeres.

¿POR QUÉ LOS HOMBRES NECESITAN MOSTRAR SU SUPERIORIDAD A LOS DEMÁS?

Según el medio en que se desenvuelven los hombres (casa, escuela, trabajo, etcétera) muestran necesidad de reconocimiento y aprobación de sus acciones, por lo que quieren mostrar independencia y éxito en lo que hacen. Sin embargo el mostrarse superiores a los demás pueden caer en falta de respeto hacia las demás personas, por lo que sentirse superior no es la mejor manera de convivir ni de compartir las habilidades que se tengan, siendo hombre o mujer.

¿CÓMO SE EDUCA TRADICIONALMENTE A LAS MUJERES?

En muchas familias todavía se educa a las mujeres partiendo del concepto de que son más débiles tanto física como emocionalmente y con más derecho a expresar sus sentimientos que los hombres. Se espera que consigan uno que les resuelva los problemas y, por lo tanto, a que se dediquen a servirlo y a cuidarlo. Así, en cuanto a la sexualidad, se les educa como si tuvieran menor interés, menor necesidad y menos derechos a expresar su deseo sexual. Por otro lado, se les forma para que se dediquen a tener hijos y a trabajar dentro del hogar. Una buena mujer se define en términos de "una mujer dedicada a sus hijos y a su hogar".

A veces la mujer trabaja fuera de casa y muchas veces para tener el "permiso de hacerlo" también necesita trabajar dentro de la casa... ¡Qué absurdos podemos ser los humanos!

¿QUÉ DIFICULTADES CAUSA A LAS MUJERES LA EDUCACIÓN TRADICIONAL?

Al igual que en el caso del hombre, muchas veces la educación tradicional limita sus posibilidades de desarrollo como ser integral. Esto puede llevar al enojo, la frustración, la amargura, el silencio, la pasividad y diferentes tipos de violencia. Enfermedades que se asocian con estas presiones son depresión, enfermedades psicosomáticas (es decir, cuando no hay una razón física pero la mujer se siente enferma) y los problemas cardiacos causados por estrés. ¡AGUAS!

¿QUÉ PROBLEMAS PUEDE OCASIONAR UNA EDUCACIÓN DIFERENTE ENTRE HOMBRES Y MUJERES?

Al hacerlo creamos expectativas muy diferentes entre hombres y mujeres acerca de sus necesidades y de lo que esperan de la otra persona. Cuando ya conviven juntos y descubren que las semejanzas y diferencias están dadas por ser seres humanos y no por ser hombres o mujeres, se dificulta hacer compatible esa realidad con lo que han venido oyendo durante años. O sea, es como si a unos les enseñamos a hablar chino, a otros japonés, y luego esperamos que se entiendan.

Descubren que hay una distancia muy grande entre lo que son y lo que les dijeron que "deben ser". Cuando hay presión para comportarse como "debe ser" se causan problemas en la pareja. Toma tiempo comprender que pueden ser como son y no como otros esperan que sean.

¿HAY DIFERENCIAS EN LA FORMA DE VIVIR LA ADOLESCENCIA EN HOMBRES Y MUJERES?

Es común encontrar que los adolescentes hombres tienen más libertades y menos obligaciones que las mujeres de la misma edad. Lo importante no es recalcar quién es mejor o quién tiene más privilegios, sino discutir esto con amigos, amigas, maestros, padres y madres para buscar relaciones de mayor equidad en todos los ambientes y en todas las edades.

La adolescencia es una etapa de nuevas oportunidades tanto para hombres como para mujeres.

¿POR QUÉ ES MÁS FRECUENTE QUE LAS MUJERES DEJEN LA ESCUELA QUE LOS HOMBRES?

Esto sucede cuando hay mayor presión social para que los hombres sigan en la escuela y tengan más adelante un buen trabajo, lo que no ocurre con las mujeres. No es por diferencias de capacidades sino de expectativas que se tienen ante unos y otros. Nuevamente refuerza la idea de que la mujer se casará y tendrá "quien la mantenga" y el hombre deberá trabajar para mantener a una familia.

La educación igualitaria para hombres y mujeres promueve que ambos se desarrollen plenamente, puedan interactuar entre ellos como iguales y sean personas adultas, productivas, autosuficientes y útiles para su país.

¿ES CIERTO QUE LOS HOMBRES SON MEJORES PARA LAS MATEMÁTICAS Y LAS CIENCIAS QUE LAS MUJERES?

Durante mucho tiempo se consideró que esta diferencia podía explicarse con bases biológicas. Cada vez más estudios muestran que el motivo básico de las diferencias en niveles de habilidades entre sexos radica en la menor confianza que unos tienen en su capacidad para desenvolverse en áreas que han sido definidas como "más difíciles" o "más aptas para el otro sexo", como las matemáticas. También se dice que las mujeres son mejores para aprender idiomas que los hombres. ¡Lo curioso resulta que en la misma área cerebral se llevan a cabo los procesos matemáticos y los de lenguaje!

¿ES CIERTO QUE LOS HOMBRES SON MÁS CAPACES INTELECTUALMENTE QUE LAS MUJERES?

Algunas investigaciones muestran que los hombres tienden a sobrevaluar sus capacidades mientras las mujeres evalúan sus habilidades como inferiores a lo que realmente son. Recientemente se han reportado estudios que muestran diferencias en los cerebros de hombres y mujeres, sin embargo, coinciden en que ambos pueden desarrollar las actividades que les interese y que son capaces de aprender y adaptarse a cualquier situación, lo que finalmente demuestra la inteligencia humana.

¡Las diferencias en capacidad intelectual son individuales no por sexo!

¿SABÍAS QUE...?

A la salida de una película infantil, se realizó una serie de preguntas a los menores.

Se les cuestionó cómo se imaginan al papá muchos respondieron que se lo imaginaban fabricando monedas y billetes para ganar dinero.

Esto muestra como niños y niñas pueden llegar a ver al hombre como una figura que desaparece a un mundo lejano en el cual fabrica el dinero. Lo que nos indica que no les estamos dando suficiente información, ejemplos y formación sobre todos los aspectos que conforman a un hombre como un ser humano integral.

¿ES VERDAD QUE LOS HOMBRES TIENEN MÁS NECESIDAD DE TENER RELACIONES SEXUALES QUE LAS MUJERES?

¡Noooo! No existe un instrumento que mida la necesidad sexual. Una chava que dice que le gusta un chavo con frecuencia puede ser descrita como "chica fácil". Un chavo, en cambio, que dice que le gusta una chava será visto como sano. Durante mucho tiempo se les ha dicho a ambos géneros que los hombres tienen mayor necesidad de tener relaciones sexuales y ya lo estamos creyendo, actuamos como si fuera cierto.

De hecho, a veces hasta se presiona a las mujeres para tener relaciones sexuales para no perder al novio porque él "necesita" y las mujeres "deben cubrir esa necesidad" o por el contrario, decimos que las mujeres interesadas en tener relaciones sexuales son "chicas fáciles" y que una "buena mujer" no está interesada en el tema.

Otros aspectos que ejercen presión para tener relaciones sexuales entre los hombres son que se les enseña a estar menos a gusto con la cercanía emocional o al hablar sobre sus sentimientos y más a gusto enfocándose a aspectos físicos de la sexualidad.

> Puede resultar muy útil empezar una relación de noviazgo con una amistad. De esta manera, ambos pueden ir conociendo los aspectos de la persona más allá de los sexuales.

¿POR QUÉ LAS MUJERES MUCHAS VECES SIENTEN QUE LO QUE DEBEN HACER ES COMPLACER AL HOMBRE?

Porque a algunas… es más, a MUCHAS MUJERES, se les enseña que su objetivo debe ser servir o cuidar a los demás. Por otro lado, que valen menos o no valen si no tienen un hombre junto a ellas. Este tipo de educación hace que crean que lo más importante es cuidar o servir a un hombre.

¿ES VERDAD QUE LOS HOMBRES NECESITAN QUE LOS MANIPULEN?

Mitos, mitos, mitos. No, ¡claro que no! Tanto hombres como mujeres necesitan y merecen un trato de respeto, justicia y equidad.

¿ES CIERTO QUE LAS MUJERES TOMAN DECISIONES SOBRE LO QUE QUIEREN ESTUDIAR O SOBRE EL TRABAJO CON BASE EN LO QUE SE ESPERA SOCIALMENTE DE ELLAS?

Los estudios muestran que por lo general así es, pero se ha visto que este tipo de estereotipos ha disminuido, y cada vez hay más mujeres que eligen actividades que anteriormente eran sólo para hombres, como pilotear un avión o ser chefs y hay hombres que se dedican a actividades que eran típicas de las mujeres, como enfermeros o maestros de educación preescolar.

¿ES CIERTO QUE LA FAMILIA ES MÁS IMPORTANTE PARA LAS MUJERES QUE PARA LOS HOMBRES?

No. Tradicionalmente había más presión para que las mujeres enfocaran sus principales esfuerzos en tener y cuidar a una familia y los hombres en mantenerla económicamente. Cada vez hay mayor reconocimiento a la equidad entre hombres y mujeres en la familia y en la atención y comunicación dentro de ésta para ambos géneros. Así, en muchos países europeos, por ejemplo, se le da al hombre un periodo de "incapacidad laboral" al igual que a la mujer cuando nacen sus hijos, entendiendo que es un proceso que pertenece a la pareja y no sólo a la mujer. En muchas comunidades en América Latina, incluyendo México, los papás están cada vez más involucrados en la educación de sus hijos.

¿ES VERDAD QUE SI LAS MUJERES SON EDUCADAS MÁS HACIA SU PROPIO CUIDADO QUE PARA SERVIR A LOS DEMÁS SERÁN EGOÍSTAS?

¡¡No!!, esto no es verdad. En la medida en que a ambos géneros los eduquemos equilibrando sensibilidad hacia las necesidades de los demás con atención para sí mismos, estaremos formando personas más sensatas.

> Si proporcionamos una educación similar a hombres y mujeres se entenderán mejor entre sí.

¿POR QUÉ A ALGUNAS MUJERES ADULTAS SE LES PROTEGE COMO SI FUERAN NIÑAS?

Muchas veces se cree que las mujeres deben obedecer a los hombres como si fueran niñas que no pueden valerse por sí mismas. Se les educa para obedecer, seguir instrucciones en lugar de darles información y preparación para tomar sus propias decisiones. Tratar a las mujeres como objetos sin capacidad de movimiento ni decisión limita su desarrollo y hace que se sientan incapaces de resolver sus problemas. Lo que no se hace, lo que no se aprende, difícilmente lo haremos… como afirma el refrán "¡Lo que no se usa, se echa a perder!"

¿ES VERDAD QUE LAS MUJERES SÓLO VALEN SI TIENEN UN HOMBRE A LADO?

¡No!... Claro que no es verdad. Tanto una mujer como un hombre valen por sí mismos independientemente de si tienen o no pareja. Muchas veces a las mujeres se les educa para que su fin en la vida sea conquistar a un hombre (¡qué cursi!, ¡que falta de respeto!), se les enseña incluso todo tipo de trucos y formas de atrapar a un hombre, porque se cree que si no tienen quien las cuide y mantenga no lo podrán hacer por sí mismas. Esto ha llevado incluso a que las mujeres toleren todo tipo de agresiones y actos de violencia física, sexual, económica y verbal, con tal de mantener una pareja a su lado. Desde luego, por otro lado está el deseo de tener pareja, para compartir, para querer y amar, para acompañarse, etcétera… pero eso es otro rollo.

¡Si me educan para bulto... bulto seré!

¿POR QUÉ A ALGUNOS HOMBRES LES VA MEJOR EN SUS TRABAJOS QUE A LAS MUJERES?

Dado el sistema de división de tareas, los hombres tienen más facilidad para enfocarse en una cosa y más oportunidades de crecimiento, mientras que las mujeres tienen más obligaciones en el hogar, además de las del trabajo que realizan fuera de éste. Asimismo, las decisiones de ascensos en el trabajo son tomadas por quienes tienen más poder, que tradicionalmente han sido los hombres. Cada vez más se tiene una perspectiva diferente en cuanto a que ambos, hombres y mujeres, pueden tener una doble carrera: en el hogar y en el trabajo; si aumenta la equidad en las oportunidades de estudio y de trabajo, como hasta ahora, esta tendencia se verá más favorecida.

Si crecemos más parejo... parejas más parejas podremos ser.

¿POR QUÉ DICEN QUE LAS MUJERES SON MÁS FÁCILES QUE LOS HOMBRES?

¡Un mito más de nuestra educación! Es necesario no hacer generalizaciones ya que sólo traen más prejuicios y distancia entre las personas.

¿QUÉ ES UNA EDUCACIÓN CON UN ENFOQUE DE EQUIDAD?

Ofrece oportunidades semejantes a todas las personas. No se decide de antemano que por ser hombre o mujer, por ser alto o chaparro, por ser el primer hijo o el segundo se va a educar a alguien de determinada manera. Se ofrecen las oportunidades de acuerdo con los intereses de la persona y las posibilidades de la familia.

¿ES CIERTO QUE LAS MUJERES QUE HAN ADOPTADO PATRONES DE CONDUCTA COMO LOS DE LOS HOMBRES VIVEN MEJOR?

No es verdad. A lo que se refiere la equidad es que ambos sexos tengan las mismas posibilidades de tomar decisiones respecto a su desarrollo. Esto no implica que las mujeres tomen el rol del hombre. Ambos pueden cuidarse a sí mismos y cuidar a los otros; hombres y mujeres se pueden dividir el trabajo de la casa y de la educación de los hijos sin necesidad de sustituir los roles de unos y otros. ¡Mucho más divertido y productivo es compartirlos!

¿SABÍAS QUE...?

En mayo de 2004, la revista New Scientist publicó que los hombres tienen más probabilidad de morir antes que las mujeres a cualquier edad, pero principalmente entre los 20 y 24 años, cuando la atracción por las emociones fuertes, la velocidad y la toma de muchos otros riesgos alcanza altos niveles.

La tasa de mortalidad para los hombres en la adolescencia es casi tres veces más alta que para las mujeres. Las principales causas son accidentes, problemas relacionados con el consumo de alcohol y otras drogas, suicidios y VIH/SIDA.

¿QUÉ SIGNIFICA "MASCULINIDADES"?

Son las distintas maneras de ser hombre, no hay una sola sino muchas. Cada hombre puede descubrir cómo quiere ser, replanteándose el modelo estereotipado que hasta este momento se tiene de cómo debe ser.

> Cada hombre puede conocer sus necesidades, habilidades, talentos, afectos e intereses y así construir su propia identidad y masculinidad.

EJERCICIO

- ¿Qué cosas de las que se espera de ti, según tu rol de género, disfrutas hacer y cuáles no?
- ¿Qué te gustaría hacer y no haces por ser hombre o por ser mujer?
- ¿Qué podrías hacer para ampliarlas independientemente de ser hombre o mujer?
- ¿Cómo crees que debería ser el hombre o la mujer que fuera tu pareja?
- Describe su forma de ser, de pensar y de hacer equipo contigo.

4. Las relaciones con mi familia

Cada persona tiene una historia familiar, cada familia tiene su estructura particular y su estilo de interacción. En cada familia se crean ciertas expectativas y roles; se tienen ciertas metas, algunas en común y otras individuales y asimismo, la conducta de cada quien tiene diversas interpretaciones.

En esta sección veremos algunas características que diferencian a las familias y hablaremos del efecto que tienen las diversas interacciones entre los miembros de cada familia. De esta manera reflexionaremos sobre la familia a que pertenecemos, entenderemos algunas interacciones para intentar cambiarlas y finalmente pensaremos en el tipo de familia que nos gustaría tener.

¿QUÉ ES UNA FAMILIA?

El término familia puede variar según el contexto, la época, los grupos sociales o étnicos. En general podemos decir que una familia es el conjunto de personas unidas por vínculos de sangre, adopción o matrimonio. Algunas familias también tienen una residencia en común, mientras otras se vinculan por lazos de parentesco aun cuando vivan en diferentes países.

La familia también relaciona a personas de diferentes generaciones. Es un ambiente donde existen relaciones de poder, autoridad, afecto, cooperación, solidaridad y metas en común además de las individuales.

¿POR QUÉ SE DICE QUE LA FAMILIA ES LA BASE DE LA SOCIEDAD?

Al ser un sistema complejo de relaciones e interacciones, representa un núcleo donde se ejercen reglas y límites, se camina hacia una meta en común, se respeta a todos los miembros que, además, desarrollan metas individuales, un núcleo donde se cubren necesidades, se tienen obligaciones y derechos. Todas estas funciones también se ejercen en las comunidades donde vivimos. La familia es el núcleo de las relaciones entre las personas.

Esto contribuye a desarrollar una identidad y un sentido de pertenencia; es decir, sentirás que perteneces a una familia con una historia. A través de la familia también adquieres el lenguaje y aprendes a comunicarte con otros.

En la familia aprendes que existen valores, reglas, autoridades, responsabilidades, obligaciones y límites. Aprendes que existe una economía familiar y una división del trabajo.

En la familia aprendes a dar y a expresar afecto. La familia es un agente de socialización, aprendes costumbres y patrones culturales y los roles de género, es decir, qué se espera de hombres y mujeres.

¿PODEMOS VER A NUESTROS AMIGOS COMO SI FUERAN NUESTRA FAMILIA?

Existen diferentes tipos de familia y cuando falta algún miembro de la familia, cuando vive lejos o la relación es mala, puedes ver a algún amigo como familiar.

EN MI FAMILIA YA NO HAY LEALTAD, CON MIS AMIGOS SÍ, ¿POR QUÉ?

Al sentirte enojado o incomprendido por algún miembro de tu familia, puedes experimentar que ya no cuentas con él y buscas apoyos en otros lugares. Muchas veces es un sentimiento transitorio. Por otro lado, en efecto sucede que no cuentes con la familia y debas buscar otros apoyos y guías. Es importante tener claro qué sucede realmente en cada una de tus relaciones y preservar la mayoría. No se vale que por un enojo o sentimiento de rechazo eches por la borda una relación. Hablando se entiende la gente. ¿Por favor… podemos hablar?

¿EN QUÉ CONSISTE UNA EDUCACIÓN BASADA EN EL MIEDO?

El objetivo al educar a partir del miedo es que nos hagan caso, que nos obedezcan, mantener el control de las acciones de la otra persona; no que la persona a la cual estamos educando se forme como un ser independiente.

Muchas veces, padres, madres y maestros utilizan este mecanismo en la educación de sus hijos o de sus alumnos, simplemente porque no conocen otra opción o no saben cómo abrirse a nuevas oportunidades.

> **Cuando se educa en el miedo se es autoritario: se quiere controlar, no educar; sólo dar información, no formar seres integrales.**

¿A QUÉ SE REFIERE EDUCAR MEDIANTE LA CULPA?

Consiste en hacer sentir mal a la persona si no cumple con lo que se espera de ella. Por lo general se utiliza el chantaje o la manipulación. Se forma a personas de carácter débil, asustadizas, con temor a equivocarse, por ello no toman decisiones ni tienen iniciativas.

¿Has escuchado frases como las siguientes: "he hecho todo por ti, ahora tú respóndeme", "¡cállate y siéntate!", "aquí el que manda soy yo", "copia lo que te di y deja de hacer tantas preguntas", "a los niños no se les debe oír, todo en silencio por favor", "cochino, cómo se te ocurre pensar en algo así", "quítate las manos de ahí",

"¡qué horror!, eso es pecado", "se te va a secar la mano", "te voy a lavar la boca con jabón para que aprendas", "directito a la dirección", "me la vas a pagar", "te voy a acusar con tu papá".

REFLEXIONA

Si se educa con miedo, culpa y pena será más difícil ser responsable que si se educa en la confianza, la libertad y la responsabilidad.

¿HAY ALGUNA RELACIÓN ENTRE EDUCAR A TRAVÉS DEL MIEDO O LA CULPA Y EL MENTIR?

Sí. Como la motivación principal de quien fue educado a través del miedo, la pena o la culpa es complacer a los demás, se facilita mentir con tal de quedar bien. Estas personas, en lugar de aceptar un error prefieren ocultarlo, incluso mienten.

Bajo este sistema difícilmente se tiene oportunidad de aprender de los errores propios o de aceptar críticas constructivas. Este tipo de educación promueve verse a la luz de cómo nos ven otros, no de manera independiente, sino de acuerdo con lo que otros esperan o desean de nosotros.

¿QUÉ QUIERE DECIR SER EDUCADO PARA SER REACTIVO EN VEZ DE PROACTIVO?

Muchas veces se educa a la gente para reaccionar sólo cuando sucede algo. No se da a las personas los elementos necesarios para tomar iniciativas y estar al frente de las cosas y ser líderes. A muchos les da pena o se sienten inseguros al tomar decisiones y esperan a que se presente un problema o situación difícil para actuar. Entonces se movilizan, reaccionan; es decir, son reactivos en vez de proactivos. Cuando se es proactivo, se tiene iniciativa, se hace uso de la creatividad, no espera uno que le digan qué hacer, busca, aprende por cuenta propia, propone soluciones fundamentadas en este aprendizaje.

Si estás de acuerdo con lo planteado hasta ahora en este libro, muy probablemente veas el ser proactivo como algo que te ayudará a ser más productivo, a tener más iniciativa, a conocer más, a analizar y tal vez a vivir más en paz contigo. Si no estás de acuerdo con esta posición, es muy probable que te sientas más a gusto siendo reactivo.

¿CÓMO SABEMOS SI ALGUIEN ES REACTIVO O PROACTIVO?

En ocasiones puede ser muy fácil. La misma manera de expresarnos nos ayuda a decidir si queremos asumir nuestra responsabilidad o pensamos que lo que sucede es ajeno a nosotros. Algunas frases muestran una educación en que las decisiones no son nuestra responsabilidad y dependen de algo fuera de nuestro control:

REACTIVO	PROACTIVO
Se descompuso.	No funciona porque yo…
Se rompió.	Se me cayó y por eso está roto.
No se pudo.	Yo no pude…
Se entregó.	Yo lo entregué.
Igual y te caigo.	Tengo planeado visitarte.
Me reprobaron.	Reprobé porque no estudié lo suficiente.
Nadie me entiende.	¿Dónde puedo buscar ayuda?

SÍ SE VALE…

Sentir que necesitas límites, aunque no te guste que te los pongan.

NO SE VALE…

Seguir sólo los límites y reglas que te gustan, sin pensar en asumir responsabilidades y obligaciones a cambio de confianza y libertad.

¿CUÁLES SON LAS CARACTERÍSTICAS DE LAS FAMILIAS ACTUALES?

Si comparamos las familias actuales con las de hace algunos años, vemos que en las últimas décadas se ha elevado la edad promedio de las mujeres en lo que respecta a contraer matrimonio y el primer parto, lo cual ha retrasado la formación de muchas familias.

Las familias se han hecho más pequeñas debido a que tienen menos hijos. Se ha incrementado la carga de trabajo para padres y madres debido a que los adolescentes y adultos jóvenes permanecen en el hogar más años, muchas veces estudiando, lo cual representa menos recursos en la familia original.

Además hay problemas de desempleo entre la población joven lo que afecta la economía de los hogares. La participación de las mujeres en el mercado laboral ha crecido, así como el ocupar puestos de mayor responsabilidad. Todo esto ocasiona que la dinámica familiar cambie constantemente y se busque apoyo en la familia extensa y en instituciones educativas para cuidar de niños y niñas desde edades tempranas.

¿CUÁLES SON LOS VALORES QUE SE EJERCEN EN UNA FAMILIA DEMOCRÁTICA?

Los mismos que en una pequeña comunidad o país que busca la democracia. Entre ellos están: libertad, responsabilidad, tolerancia, igualdad, equidad, justicia, respeto y solidaridad.

¿QUÉ ES LIBERTAD?

Probablemente pienses que libertad es hacer lo que se nos antoja, no ser esclavos de nadie, no dar explicaciones a nadie, ir a donde queramos, etcétera. Sin embargo, sólo no ser esclavo se relaciona con libertad estrictamente.

La libertad está ligada a responsabilidad y convivencia social. Somos libres sólo en relación con otras personas. Tenemos libertad para desplazarnos de un lugar a otro en nuestro país y hacia otros países y, sobre todo, somos libres para pensar, soñar, imaginar y amar a las demás personas. Una persona libre actúa de acuerdo con lo que piensa y siente tomando en cuenta a los demás, no por presión o tan sólo para quedar bien con ellas. Es alguien que ejerce sus derechos pero también cumple sus obligaciones, de no hacerlo no sería una persona libre sino libertina. Y de asumir esta actitud en grado extremo, cometería algún delito que la privaría de toda libertad.

¿QUÉ ES LA IGUALDAD?

Es un valor que parece difícil de alcanzar, sin embargo es realizable. Se refiere a la semejanza que debe existir entre las personas respecto a sus condiciones sociales, oportunidades, derechos y obligaciones. Este principio debe seguirse en la aplicación de las leyes. La igualdad de condiciones sociales es más difícil de alcanzar.

¿QUÉ ES JUSTICIA?

Se dice que es un fin social que pretende impartir las leyes de manera igualitaria para todos, así como exigir responsabilidades de modo semejante. La justicia tiene una estrecha relación con las leyes. Tanto en una familia como en un gobierno hay quien hace las leyes, quien las imparte y quien las ejecuta.

En una familia democrática el ideal es que los integrantes negociemos cuáles son las leyes o reglas de la familia, quién se encargará de que todos las conozcan y en conjunto se analice qué debemos hacer para cumplir esas reglas y saber qué sucederá en caso de no hacerlo.

¿QUÉ ES EL RESPETO?

También se relaciona con justicia, la igualdad y lo que llamamos "reciprocidad". Es decir, para que nos respeten debemos respetar. Esto se resume en el famoso dicho "No hagas a otros lo que no quieres que te hagan a ti." El respeto se basa en reconocer que todos somos iguales ante la ley pero diferentes entre nosotros, que tenemos los mismos derechos, y seguir las mismas reglas establecidas en la familia ayudará a que también nos respeten a nosotros.

> **El respeto se refiere a los individuos, es decir, a respetar su manera de ser siempre y cuando no dañe a otros, y también a los acuerdos y leyes entre comunidades y países.**

¿QUÉ ES LA TOLERANCIA?

Es una actitud abierta, objetiva, de respeto, de interés y de no agresión a otras personas, específicamente a quienes tienen formas de pensar, religiones, preferencias sexuales e ideales diferentes a los nuestros.

La tolerancia nos permite escuchar y conocer otros puntos de vista al estar abiertos a las diferencias. De esta manera aprendemos de otras personas e incluso podemos seguir su ejemplo si es lo que deseamos para nosotros mismos. La tolerancia es el principio de la convivencia pacífica.

¿QUÉ ES LA SOLIDARIDAD?

Tal vez esto nos suena más familiar. Ser personas solidarias lo relacionamos con ayudar a los demás. Es una actitud relacionada con la empatía (ponerse en el lugar de otra persona) y de esa manera pensar qué nos gustaría que hicieran los demás si nosotros estuviéramos ante un problema.

En ese momento entendemos las necesidades, los sentimientos de otras personas ante alguna situación, y ayudar ya sea escuchando, consolando, apapachando, buscando información, trabajando en equipo o apoyando como se requiera.

EJERCICIO

Busca algún artículo en el periódico que hable de la participación de la mujer en algún trabajo. Coméntalo con tus amigos e imaginen cómo es la dinámica de la familia de esa mujer y cómo se reparten las responsabilidades en su hogar.

¿Cuáles crees que sean las reglas y las obligaciones de los miembros de esa familia? _____

_____

¿Cómo es tu familia en estructura y en estilo de autoridad?

_____

_____

¿Cuáles son los principales valores dentro de tu familia?

_____

_____

¿Qué mantendrías y qué cambiarías en la familia que tú formes? _____

_____

¿Qué papel desempeñan libertad, tolerancia, solidaridad, miedo y justicia en ese ejemplo? _____

_____

5. No quiero problemas de adicciones

Hoy en día los chavos consumen drogas principalmente por curiosidad, para experimentar, para sentirse grandes, importantes, más seguros de sí mismos, con más poder, o por convivir. La sociedad impone facilidades y obstáculos, por ejemplo, aceptando el consumo de drogas legales, como tabaco y alcohol, rechazando el consumo de drogas ilegales y dándole menos importancia al consumo de las drogas de uso médico al facilitar su adquisición.

¿CÓMO INFLUYEN LOS MEDIOS MASIVOS EN EL CONSUMO DE DROGAS?

Los mensajes transmitidos por los medios de comunicación asocian en sus anuncios algunas drogas con valores reconocidos como socialmente deseables, tales como poder, dinero, elegancia, sensualidad, belleza o moda para vender sus productos. Por eso, es importante analizar las razones que nos llevan a consumir alguna droga.

> ¿Realmente eso es lo que quieres? ¿Estás dispuesto a sacrificar tu salud por influencia de los medios?

¿ES VERDAD QUE PARA CELEBRAR SE DEBE BEBER?

¡Claro que no! Se puede festejar de muchas maneras. ¿Tú qué quieres? Cada quien puede y debe decidir beber o no hacerlo, beber en exceso o en cantidad moderada.

¿POR QUÉ ALGUNOS PAPÁS NO QUIEREN QUE CONSUMAMOS DROGAS SI ELLOS LO HACEN?

Tal vez se dan cuenta de que fue un error que ha perjudicado la vida de sus ciudadanos pero no han sabido controlarlo y quieren hacer lo mejor para que la siguiente generación no caiga en el mismo error.

> Lo ideal es enseñar con el ejemplo, pero no todos podemos hacerlo con facilidad.

¿POR QUÉ LO PROHIBIDO ES MÁS ATRACTIVO?

Muchas veces nos gusta llevar la contra. Como que eso nos da placer. ¿Te ha pasado? Además lo prohibido genera curiosidad.

Te puedes preguntar "¿por qué no lo puedo hacer? ¿Por qué se considera prohibido?" Quizá lo que no puedes tener, hacer, pensar o decir es lo que más quieres o resulta más atractivo, sin importar las circunstancias que rodean al "objeto prohibido."

Pero luego de obtener lo que buscabas se pierde el interés y por tanto se desvanece la curiosidad por lo cual te pareció atractivo. Es importante que si tienes curiosidad acerca de algo preguntes por qué lo prohíben e investigues para saber sus consecuencias, antes de lanzarte a probarlo nada más por llevar la contraria.

¿CUÁL ES EL EFECTO DE LAS DROGAS EN NUESTRO CUERPO?

Cualquier droga tiene un efecto directo en nuestro cuerpo. Las drogas modifican el funcionamiento del cerebro dado que influyen en la manera en que se comunican las neuronas entre sí. Actúan sobre estructuras específicas del cerebro por lo que es posible que cambien algunas interacciones neuronales y dejen intactas otras. Así es como nos explicamos que algunas drogas limitan la posibilidad de comunicarnos mientras otras estimulan la facilidad para hacerlo.

¿SABÍAS QUE...?

El uso de una droga o sustancia tóxica se refiere al consumo experimental en alguna ocasión o a su uso moderado. El abuso se refiere al uso excesivo que lleva a problemas de salud y muchas veces a la dependencia.

¿PODEMOS CONSIDERAR QUE TODOS LOS MEDICAMENTOS SON DROGAS?

En cierta manera sí. Una droga es cualquier sustancia capaz de alterar el funcionamiento de nuestro cuerpo. El uso que demos a las drogas determina si tiene una utilidad curativa o preventiva o si, por el contrario, causa alguna alteración o daño en el funcionamiento del organismo. Existen sustancias que se utilizan con fines curativos y su uso excesivo provoca dependencia, convirtiéndose así en una sustancia adictiva para la persona. Algunas sustancias utilizadas en medicamentos y que causan adicción son la cafeína, los derivados del opio y el alcohol.

Algunos medicamentos que causan adicción sólo se pueden obtener con una receta médica que indica las dosis necesarias para el paciente. Dicha receta médica es entregada en la farmacia con el fin de que no pueda volverse a utilizar.

¿ES ILEGAL UTILIZAR DROGAS?

Depende de las regulaciones de cada país pero en la mayoría son ilegales, a excepción del alcohol y el tabaco. Entre las más comunes se encuentran mariguana, hachís, crack, cocaína, anfetaminas, éxtasis y LSD.

¿HA HABIDO CAMBIOS EN EL GRADO DE USO Y ABUSO DE SUSTANCIAS TÓXICAS?

¡¡Sííí, muchosss!! A nivel mundial se observa un incremento en la variedad de sustancias y en la frecuencia de su uso además de una disminución en la edad en que empiezan a utilizarse. Vale la pena agregar que en muchas sociedades se usan drogas de manera controlada y en pequeñas cantidades, por ejemplo en ritos religiosos.

¿POR QUÉ ALGUNAS PERSONAS SE DEJAN CONVENCER DE EXPERIMENTAR CON DROGAS?

Puede ser por varias razones. Las personas que experimentan con drogas generalmente son más inseguras que otras, con más necesidad de ser aceptadas por los demás o un grupo de amigos que las consume, carecen de la información necesaria y no conocen los verdaderos efectos de cada una de estas sustancias.

En principio creen que a ellos no les va a pasar nada y les han dicho que las drogas no causan adicción física ni psicológica, que es muy fácil quitarse una adicción. También experimentan con drogas porque se sienten desesperados ante algún problema y creen que es la mejor salida, porque quieren sentirse diferentes o llamar la atención de alguna manera. Cuando alguien no respete nuestro deseo de no consumir debemos ser firmes en decir "no gracias, yo no le entro"… y alejarnos.

¿POR QUÉ LA MAYORÍA DE LAS PERSONAS NO SE DEJA CONVENCER DE PROBAR UNA DROGA?

Por lo general están informadas acerca del daño que pueden hacer, se sienten más seguros de sí mismos, son capaces de decirle no a sus "cuates" cuando los presionan y seguir diciendo que no una y otra vez.

¡Los chavos que no se dejan convencer de probar una droga están informados acerca de los daños a su salud física, emocional y mental!

¿SON MENOS PELIGROSAS LAS DROGAS LEGALES QUE LAS ILEGALES?

El uso del tabaco y el alcohol es legal y es socialmente aceptado. Esto hace que su uso se asocie con la FALSA idea de que "si su uso está permitido, entonces no hace daño".

Tanto el alcohol como el tabaco siguen siendo la causa de una gran cantidad de muertes y enfermedades.

¿SON LEGALES LOS INHALABLES?

Los inhalables son drogas legales ya que su venta no se castiga (se venden para otros usos como pegamentos, solventes o sustancias químicas) pero a diferencia del tabaco y el alcohol, su consumo NO es socialmente aceptado.

¿SON LEGALES LAS DROGAS DE USO MÉDICO?

Sí lo son. Se trata de medicinas que pueden conseguirse en farmacias con receta médica. El uso continuo de muchas de ellas crea dependencia y afecta la salud. Algunas medicinas pueden causar adicción. Su uso puede ser peligroso cuando se origina en la automedicación o para fines completamente diferentes al tratamiento de una enfermedad como, por ejemplo, sentirnos tranquilos o para darnos energía y realizar algunas actividades.

¿CUÁL ES LA DIFERENCIA ENTRE USO Y ABUSO DE DROGAS?

El uso es el tipo de consumo que no genera consecuencias negativas para las personas. Por ejemplo, cuando una persona dice "hoy tomaré una aspirina porque me duele la cabeza". En este caso el consumo del medicamento hace mucho más bien que daño a la salud emocional, física o mental de la persona.

El abuso pone en situación de riesgo a quienes las consumen. Por ejemplo el uso excesivo lleva a actitudes violentas, dependencia o intoxicación, la cual puede surgir aun cuando sea la primera vez que se esté consumiendo alguna droga ilegal o alguna bebida alcohólica.

¿QUÉ QUIERE DECIR "DEPENDER DE UNA DROGA"?

Cuando no se puede vivir sin la droga por lo que se utiliza continuamente y de manera compulsiva. Se siente la necesidad de consumirla para realizar alguna actividad o interactuar socialmente. En estos casos se tiene tanta dependencia física y psicológica que ya no se realizan las actividades cotidianas sin ella y, por lo general, niegan ser dependientes.

Frases típicas de alguien que depende de la droga son: "aunque sean las dos de la mañana necesito conseguir una tienda abierta", "sólo puedo ir a trabajar si me tomo unas cervezas antes de empezar", "puedo parar cuando quiera, no dependo de la droga".

A la dependencia también se le llama adicción.

¿QUÉ ES LA TOLERANCIA A LA DROGA?

Se trata de personas adaptadas al consumo de una droga. Se puede observar cuando el cuerpo requiere de cantidades mayores de alcohol u otra droga para experimentar los mismos efectos que antes experimentaba con menores cantidades. La tolerancia es el resultado de la adaptación del cuerpo a la sustancia. Esto con frecuencia es admirado por los jóvenes con frases como "él sí sabe tomar porque aunque toma mucho, no se emborracha". Pero probablemente lo que está pasando es que la persona está en camino de convertirse en un dependiente de la droga… ¡¡¡Aguas!!!

¿CUÁLES SON LAS DIFERENTES ETAPAS DEL CONSUMO DE DROGAS?

Podemos resumirlas de la siguiente manera:

Experimentación: muchas personas creen que experimentar no trae problemas; muchos lo ven normal. Te pueden decir algo como "todos lo hacen". De hecho, algunas sustancias causan problemas desde esta primera etapa. Por ejemplo quien decide manejar un coche estando intoxicado con alcohol y tiene un accidente. Su uso más frecuente sucede cuando la persona quiere obtener los efectos relajantes o eufóricos de una sustancia tóxica. En esta etapa puede buscar consumir más. Se nota por cambios en amistades, costumbres, problemas escolares o en el trabajo, tal vez menos motivación.

Preocupación intensa por el deseo de consumir: puede haber depresión, pensamientos suicidas, búsqueda de consumo diario. Aumentan los problemas familiares, escolares y laborales. Se necesita más droga sólo para mantenerse al mismo nivel que en la etapa anterior. Hay tos, garganta irritada, pérdida de peso, fatiga, desconectes más largos y frecuentes, a veces delincuencia como forma de conseguir la droga y muchos problemas más.

¿EL TABAQUISMO ES GRAVE?

Las muertes relacionadas con esta adicción ocupan los primeros lugares; destacan tumores malignos en tráquea, bronquios y pulmón. Estos padecimientos ocupan el primer lugar de mortalidad de personas en edad productiva. El tratamiento de quien busca la suspensión permanente del hábito es, desde el punto de vista psicológico, una de las consecuencias frecuentes.

El humo del tabaco te puede hacer tanto daño como fumar. Tú tienes el derecho de pedir espacios libres de humo del tabaco en tu casa y en lugares públicos.

¡El tabaquismo en México es un problema de salud pública!

¿POR QUÉ EMPIEZAN A FUMAR LOS CHAVOS?

Por lo general creen erróneamente que así se ven "guau" o "chidos" o para quedar bien con los cuates, sentir que ahora sí son parte del grupo. Creen que no hace tanto daño y que igual lo pueden dejar cuando quieran.

La población más expuesta al tabaquismo son los jóvenes, quienes inician el consumo en promedio a los 12 años, muchos antes de esa edad.

¿ES VERDAD QUE FUMAR O BEBER DURANTE UN EMBARAZO HACE DAÑO?

Claro que sí. Fumar puede llevar a que el bebé tenga un peso menor al normal o a que nazca antes de tiempo. El abuso del alcohol puede entorpecer el embarazo y que cuando nazca el bebé tenga retraso mental, problemas de conducta o dependencia de la bebida o características físicas anormales. Cuando pensamos en esta posibilidad nos puede ser más fácil no fumar durante el embarazo.

¿ES CIERTO QUE TAMBIÉN ME HACE DAÑO ESTAR CON ALGUIEN QUE FUMA AUNQUE YO NO LO HAGA?

Sí. ¡Qué difícil es aceptarlo, pero es verdad! Afectas tus pulmones al respirar el humo de los fumadores. Hay varios estudios que muestran que el fumador "pasivo", como se le conoce, también tiene un alto riesgo. Por eso es tan importante que en zonas públicas, como restaurantes, aeropuertos o estaciones de camiones, existan áreas libres de humo de cigarro.

¿SABÍAS QUE...?

El tabaquismo es un síndrome que avanza lentamente, daña todos los órganos y sistemas de nuestro cuerpo y se asocia con la adicción a la nicotina.

La nicotina es una de las 4000 sustancias que tiene el tabaco y es responsable de que los fumadores sigan fumando a pesar de conocer las enfermedades con que se asocia.

La nicotina se absorbe rápidamente en cuanto alcanza las membranas de los pulmones.

Esta droga llega al cerebro entre 7 y 19 segundos después de su inhalación. La vida media de la nicotina en el cuerpo varía de una a cuatro horas. Además de sus propiedades adictivas, daña diferentes órganos.

Las otras sustancias que contiene el cigarro ocasionan la mayor parte de las enfermedades asociadas con su consumo. Las cuatro afecciones más frecuentes son cardiovasculares, vascular cerebral, enfisema y cáncer pulmonar. El uso del tabaco limita el rendimiento físico de las personas.

¿QUÉ CONSECUENCIAS TIENE EL TABAQUISMO?

A corto plazo, mal aliento, el mal olor que se impregna en la ropa, irritación de garganta y estómago, disminución de habilidades físicas, dificultad para respirar, aparición de arrugas prematuras, carencias en el sentido del gusto y del olfato y color amarillo en dientes y dedos. A mediano plazo, fumar lleva a bajas temperaturas del cuerpo, dificultades para respirar, gripas frecuentes o cáncer del esófago; a largo plazo, destruye los pulmones e incluso causa la muerte por cáncer del pulmón o enfisema.

¿ES VERDAD QUE EL ALCOHOL OCASIONA MUCHOS PROBLEMAS?

¡¡Sí, muchísimos!! El alcohol es un depresor del sistema nervioso central que adormece progresivamente el funcionamiento de los centros cerebrales superiores, produciendo que se sienta uno desinhibido, emocionalmente y al actuar. No es un estimulante, como a veces se cree, la euforia inicial se debe a que influye en los centros cerebrales responsables del autocontrol. O sea… te adormece partes del cerebro y por lo tanto te puede llevar a hacer locura y media… ya no te inhibes, ya no controlas tus acciones.

El alcohol es la droga más consumida en nuestro entorno sociocultural, de la que más se abusa y la que más problemas sociales y sanitarios causa (accidentes de tránsito y laborales, malos tratos, problemas de salud, familiares, etcétera).

¿DE QUÉ DEPENDE QUE UNAS PERSONAS SE EMBORRACHEN Y OTRAS NO?

Los efectos del alcohol dependen de diversos factores:

- La edad (beber alcohol mientras el organismo todavía se encuentre madurando es especialmente nocivo).
- El peso (afecta de modo más severo a personas con menor masa corporal).
- El sexo (por factores fisiológicos, la tolerancia femenina es, en general, menor que la masculina).
- La cantidad y rapidez de la ingesta (a más alcohol en menos tiempo mayor intoxicación).

- La ingestión simultánea de comida (el estómago lleno, sobre todo de alimentos grasos, dificulta la intoxicación).
- La combinación con bebidas carbónicas (agua tónica, Coca-Cola, etcétera) que aceleran la intoxicación.

¿CUÁLES SON LOS EFECTOS PSICOLÓGICOS DEL ALCOHOL?

De acuerdo con la cantidad que ingieras experimentas diversos efectos: desinhibición, euforia, relajación, aumento de la sociabilidad, dificultades para hablar, dificultad para asociar ideas, poca coordinación motora.

¿CUÁLES SON LOS EFECTOS DEL ALCOHOL EN EL FUNCIONAMIENTO DEL CUERPO?

Los efectos del alcohol dependen de la cantidad presente en la sangre (tasa de alcoholemia, medida en gramos por litro de sangre), por ejemplo:

0.5 g/l: euforia, sobrevaloración de facultades y disminución de reflejos.

1 g/l: desinhibición y dificultades para hablar y coordinar movimientos.

1.5 g/l: embriaguez, con pérdida del control de las facultades superiores.

2 g/l: descoordinación del habla y de la marcha, y visión doble.

3 g/l: estado de apatía y somnolencia.

4 g/l: coma.

5 g/l: muerte por parálisis de los centros respiratorio y vasomotor.

¿SABÍAS QUE...?

No se necesita ser alcohólico para tener problemas relacionados con el alcohol, unos tragos de más pueden causar un accidente.

¿QUÉ DAÑOS CAUSA EL ALCOHOL?

El abuso de alcohol daña todos los sistemas: muscular, nervioso, digestivo, cardiovascular y además afecta los órganos sexuales, causando impotencia, atrofia testicular e infertilidad. El alcohol "inhibe al inhibidor", de manera que cuando se está bajo sus efectos es muy probable que no se adopten las medidas preventivas al tener relaciones sexuales (uso de condón o preservativo), con lo cual aumenta el riesgo de infección por VIH.

El alcohol, en muchos casos, origina violencia y agresividad que se manifiesta en riñas callejeras o violencia intrafamiliar.

¿ES CIERTO QUE HAY BEBIDAS QUE TIENEN TAN BAJA DOSIS DE ALCOHOL QUE NO TE DAÑAN?

¡No, no es cierto! Porque si tienen alcohol, aunque sea poco, si te tomas varias claro que SÍ dañan.

¿ES CIERTO QUE UNA INTOXICACIÓN DE ALCOHOL PUEDE LLEVAR A LA MUERTE?

¡¡Claro que sí!! Triste pero real. Una sobredosis de alcohol puede llevar a una intoxicación, lo cual requiere atención médica inmediata, porque los problemas respiratorios pueden ser mortales. La intoxicación puede darse desde la primera vez que se consume el alcohol o de manera ocasional como en fiestas o reuniones con amigos.

¿QUÉ ES UN BEBEDOR RESPONSABLE?

Una estrategia para establecer una relación de uso en lugar de abuso del alcohol es consumirlo de manera responsable. Un bebedor responsable limita su número de copas, conoce sus límites, evita intoxicarse, bebe en reuniones sociales y nunca de forma regular. Un bebedor responsable sólo acepta beber cuando realmente tiene ganas, no por presión social y lo hace con medida; puede inclusive usar como estrategia el planear cuántas cervezas tomará y asegurarse de cumplir su plan.

¿QUÉ HAGO SI VIVO CON UNA PERSONA QUE TIENE PROBLEMAS CON SU MANERA DE BEBER?

Vivir con una persona que bebe demasiado como, por ejemplo, tu papá o a tu hermana, puede ser muy doloroso y difícil. Su condición muchas veces hace sentir vergüenza, tal vez te sientes mal por el ridículo que hace esa persona. Por otro lado, hay mayor probabilidad de violencia emocional, física, económica o sexual.

Primero, si te sientes incomodo o sufres, tienes el derecho a confiar en tus sentimientos, cree en ti mismo; estás incómodo y seguramente tienes razón.

Por otro lado, NO te sientas culpable. Él o ella lo decidieron, es su problema, no "caches" culpas o responsabilidades que no son tuyas, esa persona decidió beber. No te desesperes si no te quiere escuchar. Lo mejor es buscar ayuda profesional y acudir a uno de los grupos que ayudan a estas personas, por ejemplo, Alcohólicos Anónimos. También te recomendamos leer libros[1] sobre el tema y que ayudan a manejar la situación.

SÍ SE VALE QUE...

Si bebes alcohol es buena idea comer algo antes de tomar o mientras lo haces. Tomar la bebida a sorbos, en lugar de tomarla de un golpe, también disminuye la velocidad en que el alcohol entra en el torrente sanguíneo. Una persona que pesa entre 45.50 y 63.50 kilogramos dejará pasar aproximadamente dos horas para que su cuerpo metabolice o "queme" cada copa. Una persona que pesa más dejará pasar al menos una hora entre cada copa para evitar efectos que no pueda controlar. Además bebe muy lentamente, un sorbito cada diez o doce minutos.

Una copa equivale a 95 ml de vino, 340 de cerveza o 30 de licores fuertes.

---

[1] Pick, S. y González, F. (2013). *Cómo sacamos al alcohol de la familia*. México: Editorial Idéame.

NO SE VALE QUE...

Si bebiste alcohol no manejes. Hasta en pequeñas cantidades obstaculiza juicio, coordinación, visión y tiempo de reacción, importantes para conducir de manera segura. Pueden hacer un trato entre los cuates que están en alguna reunión designando a uno que no beberá y será el encargado de manejar.

¿CÓMO PUEDO SABER SI SOY DROGADICTO?

La drogadicción es dependencia y tolerancia a la droga. Dependencia o adicción significan que no se puede vivir sin la sustancia, se depende de ella para estar a gusto o tranquilo. Tolerancia indica que la dosis usual no provoca el mismo efecto y se requiere una mayor. Muchas veces esta necesidad es tan fuerte que se cometen delitos, incluyendo el homicidio, para conseguir dinero y comprar más droga.

¿SABÍAS QUE...?

Cuando se toma alcohol junto con cualquier otra droga se multiplican peligrosamente los efectos de cada sustancia, con resultados que van desde dolores de cabeza, náuseas y calambres hasta la pérdida de conciencia o incluso la muerte. El cuerpo es especialmente vulnerable al alcohol, cuando te sientes enfermo o cansado. Las mujeres son vulnerables a los efectos del alcohol, sobre todo, justo antes de la menstruación, por lo que se sugiere no beberlo en ese lapso para aliviar incomodidades premenstruales. Y durante el embarazo, lo más sano es no beber.

Evita el uso del alcohol como solución a los problemas. Muchas personas alcohólicas recuperadas señalan que empezaron a tomar constantemente para enfrentar problemas, pérdida del empleo, depresiones crónicas y ansiedad. Ahogar los problemas con la bebida nos aleja de la posibilidad de lidiar con nuestras dificultades más importantes y nos hace cada vez más dependientes del alcohol, al grado de hacernos adictos a él.

¿CUÁLES SON LOS EFECTOS DE LAS DROGAS ILEGALES?

A continuación se describen los principales. Las drogas se presentan en orden alfabético.

Drogas de diseño

Muchas veces especialistas en drogas legales o ilegales las alteran introduciéndoles componentes químicos. Este tipo de droga está aumentando, así como su distribución y uso. Dado que con frecuencia se cambian sus componentes químicos, es difícil que un médico pueda tratar sus efectos en un hospital o clínica, cuando le llevan a alguien con problemas de sobredosis.

Esteroides anabólicos	Se ingieren como tabletas o cápsulas o se inyectan en un músculo. Son una versión sintética de la hormona masculina testosterona, que estimula el desarrollo de huesos, músculos, piel y vello, y también ocasionan cambios emocionales. Las usan generalmente deportistas para obtener un mejor rendimiento. La mayoría de la gente usa esteroides para incrementar masa muscular, potencia o resistencia muscular para entrenar con más dureza o para reducir el tiempo de recuperación tras el esfuerzo físico. Los efectos secundarios y reacciones adversas son más de 70, entre los que se encuentran un incremento del riesgo de ataques cardiacos, aparición de acné, alteración del estado de ánimo y agresividad. El uso de esteroides afecta gravemente al hígado, y a los sistemas cardiovascular, sexual y reproductivo. En hombres puede causar infertilidad, reducción del tamaño de los testículos y crecimiento de los pectorales. En mujeres, voz más grave, crecimiento del vello corporal y apariencia masculina.
Éxtasis	Se hace con anfetaminas combinadas con otras sustancias. Además de ser estimulante también es alucinógena. Generalmente se toma por la boca, pero puede fumarse o inyectarse, y esto último conlleva el riesgo de compartir jeringas. Altera la percepción del tiempo y la capacidad de concentración y coordinación. Puede causar ansiedad y ataques de pánico. Al disminuir estas sensaciones la persona se vuelve impredecible, pasa de la tranquilidad y la actitud amistosa al enojo y furia además causa insomnio y falta de apetito. Puede también presentarse mucho sueño, ansiedad, depresión e irritabilidad. En dosis altas o cuando hay una predisposición genética o hipersensibilidad hacia alguno de sus componentes se desarrollan complicaciones graves, como profunda alteración de la conciencia, agitación, convulsiones e insuficiencia renal aguda, que pueden causar la muerte.
Hachís	Es el nombre de la resina que se extrae de la *Cannabis sativa*. Se vende en barras de forma alargada y color marrón verdoso. Por lo general se fuma mezclada con tabaco. El consumo de hachís reduce la capacidad de coordinación y concentración, como en los deportes, al conducir o al estudiar. Ocasiona los mismos síntomas, efectos secundarios y consecuencias que la mariguana. Aunque la dependencia fisiológica que produce por lo general no es fuerte, produce adicción al crear en la persona que lo fuma un vínculo o necesidad psicológica de volver a hacerlo.

Heroína	Es una sustancia que se extrae del opio. Es un polvo que a veces se parece al alquitrán. Se puede fumar, aspirar por la nariz o inyectarse, en cuyo caso tiene otros riesgos por el uso de jeringas, como contagio de hepatitis y VIH. Los síntomas son ojos llorosos, nariz goteante, bostezos, inquietud, irritabilidad, insomnio, pérdida de apetito, temblores, estornudos, calambres abdominales y diarrea, aumento en el ritmo cardiaco y la presión sanguínea, escalofríos alternados con transpiración excesiva, acaloramientos repentinos y debilidad, espasmos musculares o convulsiones. Su exceso produce coma y muerte. Su consumo también causa pérdida de deseo sexual y falta de erección. Además, provoca conductas homicidas y suicidas. Es muy adictiva porque desarrolla tolerancia con mucha rapidez y genera fuerte dependencia.
Hongos alucinógenos	Se pueden comer crudos, cocidos o se puede ingerir el líquido después de hervirlos. Hay riesgo de envenenamiento en el caso de hongos venenosos. Provoca la sensación de percibir cosas en lugares extraños. Con frecuencia se ven alucinaciones muy coloridas, se tiene la sensación de ligereza y mucha relajación. Causa diarrea y dolores estomacales. El efecto comienza aproximadamente a los quince minutos después de la ingestión y puede prolongarse hasta nueve horas. La tolerancia a ellos se establece muy rápido, por lo que al día siguiente la persona necesitaría duplicar la cantidad para alcanzar los mismos efectos.
Inhalables	Son sustancias como pegamentos o gasolina inhalados por la nariz. Producen alteración de las funciones mentales. Se siente como una borrachera con sensación de bienestar, habla confusa, visión borrosa, desorientación, torpeza mental, somnolencia, etcétera. Se debilita la coordinación física y el sentido común, por lo que los consumidores sufren con frecuencia caídas y accidentes, y su comportamiento puede ser violento. Su uso repetido daña de manera permanente al organismo con temblores, falta de coordinación, pérdida del equilibrio, reducción de memoria e inteligencia, estados de depresión o psicosis, infartos cerebrales, trastornos del lenguaje, epilepsia, trastornos en la sensibilidad y movimiento de las extremidades, daño al hígado y riñones, bronquitis crónica, ceguera, sordera, daño cerebral permanente, problemas respiratorios crónicos.

LSD

El ácido lisérgico o LSD se vende en pequeños sellos o estampas con diferentes formas y colores. Se toma por la boca tragando pequeños papeles impregnados con LSD.

Los efectos son descritos como un "viaje" porque se experimenta la sensación de ir a otro lugar, otro espacio y otro tiempo. Un "viaje" puede durar más de 12 horas. El uso de LSD produce graves alteraciones mentales como paranoia, alucinaciones, esquizofrenia, ansiedad extrema o ataques de pánico. Debido a estas posibles alteraciones mentales, cuando se ha tomado LSD se cometen muchas imprudencias y actos peligrosos.

Su uso frecuente produce cambios drásticos en la personalidad del individuo. Es una droga adictiva porque cada vez se requiere una dosis mayor para lograr una experiencia intensa.

¿QUÉ PUEDO HACER PARA ENFRENTAR MI PROBLEMA CON LAS DROGAS?

El primer paso es reconocer que existe. Así que acepta que tienes un problema, luego contacta a un grupo especializado y admite con tu familia o alguien de tu confianza que tienes el problema y pídeles su apoyo para resolverlo.

¿CÓMO PUEDO CONVENCER A UN "CUATE" PARA QUE DEJE LA DROGA, EL TABACO O EL ALCOHOL?

No es fácil. Primero pregúntale por qué lo usa, ve si sabe el daño que le causa; o sugiérele que busque ayuda profesional antes de complicar el asunto. Lo más importante es que la persona se convenza de que requiere ayuda; si no, será muy difícil. También puedes buscar una persona de confianza para que te ayude.

¿CÓMO SÉ SI ALGUIEN QUE CONOZCO USA O ABUSA DEL ALCOHOL Y OTRAS DROGAS?

Fíjate en su comportamiento y movimientos, si dice cosas raras o si imagina situaciones fuera de la realidad. Hay diversas señales que nos muestran si alguien está usando drogas o bebiendo demasiado. Aunque estas observaciones no son cien por ciento seguras, si las hacemos a lo largo de varias semanas y observamos varias, tendremos una idea de lo que está pasando.

En lo que se refiere al alcohol:

1. ¿Bebe la persona como reacción inmediata ante un problema o situación difícil?
2. ¿Muchas veces bebe hasta intoxicarse?
3. ¿Falta al trabajo por beber o trata de disfrazar su aliento en el trabajo?
4. ¿Maneja un coche bajo los efectos del alcohol?
5. ¿Se vuelve intolerable su vida por beber o por dificultades derivadas de la bebida?
6. ¿Siempre que festeja algo bebe?

En lo que se refiere a drogas:

1. ¿Tiene cambios repentinos de humor?
2. ¿Baja de manera constante su rendimiento escolar o laboral?
3. ¿Se resiste a tener límites o disciplina?
4. ¿Tiene muchos problemas en sus relaciones interpersonales?
5. ¿Explota con facilidad?

6. ¿Pide prestado con frecuencia?

7. ¿Tiene excesiva privacidad acerca de sus actividades y pensamientos?

8. ¿De repente tiene un nuevo grupo de amistades?

Si alguien te cuenta que tiene un problema de este tipo es importante ser comprensivo, no critiques ni ridiculices, no te eches la culpa ni lo encubras, tampoco te enganches. No dejes que te culpe, que te haga sentir responsable por él ni le des dinero… esa persona tendrá que buscar ayuda profesional. Lo único que puedes hacer es recomendarle a alguien. Escucha sus razones pero ni las apoyes, ni las critiques, se firme explicándole que las drogas hacen daño y debe buscar ayuda con personas de confianza, orientadores, psicólogos y maestros que lo auxilien. Pueden consultar centros de salud o de atención a adolescentes.

6. Problemas con la alimentación

Hoy en día, con tanta promoción de comida rápida, una y otra vez tratando de convencernos de consumir cosas que no necesitamos con la idea de hacernos la vida más fácil, nos exponemos a gran cantidad de comida chatarra o que parece "rica" o "está de moda". Es comida por lo general poco sana y con facilidad nos lleva al sobrepeso o, por el contrario, tratando de evitarlo, nos vamos al otro extremo donde la excesiva preocupación por no subir de peso nos lleva a otros problemas que ponen en riesgo nuestra vida.

Se ha llegado a decir que somos lo que comemos.

¿POR QUÉ EXISTEN PROBLEMAS DE ALIMENTACIÓN?

Actualmente existe presión, en especial hacia las mujeres, para ser MUY MUY flacas, como esas modelos que aparecen en las revistas, pasan mucha hambre y sacrifican su salud. A veces esta presión no viene de los medios masivos sino de amigas, novios y hasta de mamás o papás. Ceder ante esta presión nos lleva a problemas como la bulimia o la anorexia. Problemas asociados con la alimentación también pueden ser ocasionados por una distorsión en la imagen que tenemos de nuestro cuerpo, la cual nos impide vernos a nosotros mismos como realmente somos. Es decir que aun cuando seamos flacas nos vemos gordas.

Saber en qué consiste una alimentación sana nos ayudará a comer de manera balanceada y evitar problemas relacionados con la alimentación.

¿EN QUÉ CONSISTE UNA ALIMENTACIÓN SANA?

Es variada, contiene proteínas, hidratos de carbono y lípidos, además de pequeñas cantidades de algunos elementos y compuestos, conocidos con el nombre de vitaminas y nutrimentos inorgánicos (antes llamados minerales). Asimismo, tomar por lo menos 8 vasos de agua natural al día. En lugares calurosos la cantidad mínima es de 12 vasos.

Al final del capítulo hay un cuadro que resume los más importantes nutrientes, sus funciones, en qué alimentos se encuentran y algunos datos acerca de cuidados y limitaciones para su consumo.

¿CUÁNDO SE DICE QUE HAY SOBREPESO?

El sobrepeso es exceso de grasa respecto a la composición corporal. El sobrepeso y la obesidad con sus diversos grados se determinan con el Índice de Masa Corporal, IMC, o índice de Quetelet, el cual consiste en dividir el peso entre la talla o estatura, elevada al cuadrado. El IMC (kg/m2 o kg · m2) resulta de dividir la masa corporal del individuo entre el cuadrado de la talla de dicha persona. Esto se puede expresar en la siguiente fórmula: IMC = MC (kg)/T2 (m).

Por ejemplo: si mides 1.60 y pesas 58 kilos, primero elevas 1.60 al cuadrado, es decir multiplicas 1.60 por 1.60 = 2.56 y después divides 58 entre 2.56 lo que da por resultado 22.6. Si consultas la tabla sabrás si estás en tu peso normal, que se encuentra entre 18.5 y 24.9. Si tuvieras un resultado menor a 18.5 te falta peso según tu estatura.

CATEGORÍAS	IMC
Normal	18.5-24.9
Sobrepeso	25-29.9
Obesidad Grado I	30-34.9
Obesidad Grado II	35-39.9
Obesidad Grado III	Más de 40

¿POR QUÉ SE PRESENTA EL SOBREPESO?

Por acumulación de grasa en el organismo cuando comemos más calorías de las necesarias o de las que gastamos. A veces sucede que no comemos mucho, hacemos ejercicio y aun así engordamos. En esos casos tenemos ver a un nutriólogo para descartar problemas de tipo glandular o endocrino y analizar en detalle qué comemos, cómo lo preparamos, a qué hora comemos y qué alimentos extra agregamos a la dieta. A veces galletas, papitas, chocolates o refrescos entre comidas no los contamos como parte de la comida formal y seguimos pensando que no comimos mucho… ¡Pero sólo a la hora del desayuno o de la comida!

¿POR QUÉ ENGORDAMOS?

Hay tres motivos principales: alimentación excesiva, malos hábitos al elegir los alimentos, falta de ejercicio o de movimiento físico. La alimentación excesiva a su vez tiene múltiples causas y es importante mencionar los factores emocionales. Por ejemplo, comer mucho cuando estamos nerviosos, vamos a tener examen, no tenemos nada que hacer, estamos tristes o contentos, etcétera.

> **Es importante saber que comer en exceso e ingerir bebidas alcohólicas casi siempre resulta en… ¡sobrepeso!**

También engordamos cuando nuestra vida es MUY SEDENTARIA, por ejemplo cuando vemos televisión o estamos en la computadora nos movemos lo menos posible. Tal vez sólo usamos unos dedos para activar el control remoto o el teclado y después de pasar ahí toda la tarde nos vamos a dormir. ¡Auch!

¿POR QUÉ SE DICE QUE LAS PERSONAS OBESAS ESTÁN ENFERMAS?

Algunas veces, sobre todo en casos de obesidad severa, se afecta el funcionamiento de una o varias glándulas de secreción interna (hipófisis, tiroides, páncreas, glándulas sexuales o glándulas suprarrenales) o ciertas zonas del sistema nervioso (hipotálamo).

Entonces es necesario que un endocrinólogo haga una valoración y la mayoría de las veces se recurre a medicamentos que regulan la función de las glándulas para controlar el peso de la persona. Además, debes seguir una dieta.

¿SABÍAS QUE…?

Para estar bien nutrido, debes ingerir los nutrimentos que se necesitan de acuerdo con edad, actividad física, trabajo, género y estado de salud. Consumir alimentos en cantidades demasiado pequeñas o grandes, provoca enfermedades como desnutrición y obesidad o deficiencias de vitaminas y minerales que ocasionan diferentes enfermedades.

¿QUÉ ES LA BULIMIA?

Es un trastorno psicológico que causa un desorden en la alimentación: la persona come y se siente culpable e incómoda por hacerlo y se fuerza a vomitar de manera repetida, hasta que se vuelve una costumbre, una forma de vivir. También suelen comer por atracones y forzar el vómito después. Por lo general, las personas que la sufren tienen problemas con la imagen de su cuerpo; casi siempre creen que están demasiado gordas.

¿QUÉ CONSECUENCIAS PUEDE TRAER LA BULIMIA?

Daña los intestinos y el esófago, genera problemas en los dientes y afecta de manera peligrosa el equilibrio electrolítico del cuerpo. Lo que pasa es que al vomitar se pierde una gran cantidad de líquidos y minerales que a su vez afectan el equilibrio del cuerpo. Además, se desechan muchos ácidos que incluso queman los conductos por los que pasa el vómito y los dientes.

¿QUÉ ES LA ANOREXIA?

Es un desorden psicológico porque la persona se obsesiona con no comer más de la cuenta para ser delgada. Esta persona, al igual que en el caso de la bulimia, tiene problemas con la imagen de su cuerpo; casi siempre cree que está demasiado gorda. Quienes sufren de anorexia comen cada vez menos o incluso no lo hacen durante días.

¿POR QUÉ SON TAN FRECUENTES LA BULIMIA Y LA ANOREXIA?

Son una respuesta a la enorme presión social para que seamos delgados, a la falta de aceptación de nuestro cuerpo y al deseo de cumplir con una imagen ideal de lo que debe ser el cuerpo para estar a la moda.

¿CÓMO SÉ SI SOY ANORÉXICA O BULÍMICA?

Algunos datos relacionados con anorexia y bulimia son: estar debajo del peso de acuerdo con la estatura, tener obsesión por contar calorías y por la manera en que se preparan los alimentos, pesarse constantemente, tener periodos en los que no se presenta la menstruación, mentir sobre lo que comemos, tener frío, debilidad, falta de energía, no desear cambiar la situación sino rechazar los alimentos…y en el caso de bulimia, además vomitar.

SÍ SE VALE…

Comer raciones pequeñas, principalmente frutas, verduras, cereales y alimentos de origen animal.

NO SE VALE…

Comer sólo un tipo de alimento, tener una dieta que no combine diferentes nutrientes. Cambiar de dieta cada semana y tomar medicamentos sin prescripción médica para bajar de peso.

¿QUÉ CONSECUENCIAS TRAE LA ANOREXIA?

Debilidad, falta de energía. Incapacidad para comer, sangrados de esófago, falta de fuerza, caída del cabello, anemia y a veces la muerte.

¿SABÍAS QUE…?

Una persona puede estar varias semanas sin alimento, pero no podría sobrevivir más de 10 días sin beber agua.

¿QUÉ RELACIÓN HAY ENTRE ANOREXIA Y BULIMIA?

Muchas personas empiezan con uno de estos dos problemas y de ahí pasan al otro. Así, pueden comer mucho y vomitar (bulimia) y después de un tiempo forzarse a no comer nada y pasar a la anorexia; o comer muy poco y luego mucho y vomitarlo.

Estos problemas suelen ser más frecuentes en mujeres que en hombres; sin embargo, unos y otras presentan estos trastornos psicológicos.

Es muy importante entender que estos problemas se resuelven con un equipo multidisciplinario de profesionales de la salud; se debe consultar a un médico, un psicólogo y un nutriólogo para controlar la situación.

¿CÓMO SÉ SI TENGO UN PROBLEMA CON LA COMIDA?

Hazte las siguientes preguntas. Si tu respuesta es afirmativa a varias de ellas, es muy posible que debas buscar ayuda para no caer en un problema con tu alimentación: ¿Me molesta mucho mi cuerpo? ¿Estoy siempre a dieta? ¿Vomito después de comer demasiado? ¿Hago mucho ejercicio cuando siento que comí demasiado? ¿Uso la comida para distraerme cuando estoy deprimido, angustiado, preocupado o me siento solo? ¿Me salto varias comidas? ¿Me paso muchas horas pensando en la comida? ¿Mi talla de ropa mide mi valía como ser humano? ¿Me siento con sobrepeso aunque todos me digan que estoy delgado? ¿Me enojo conmigo mismo cuando no me quedan las tallas pequeñas?

¿QUÉ DAÑOS CAUSAN ANOREXIA Y BULIMIA?

La falta de alimentación y la desnutrición dañan diversos aparatos del organismo. Por ejemplo, ocasionan lesiones cardiovasculares al miocardio (músculo cardiaco).

Otras complicaciones cardiacas por trastornos de la alimentación son las arritmias (latido cardiaco rápido, lento o irregular), bradicardia (latido cardiaco lento) e hipotensión (presión sanguínea baja).

Además, alrededor de una tercera parte de las personas que presentan anorexia o bulimia padecen anemia, lo que las pone en mayor riesgo de contraer enfermedades. También hay complicaciones gastrointestinales (del estómago e intestinos) ya que disminuye el movimiento normal del tracto intestinal por falta de alimento.

En lo que se refiere a complicaciones renales (del riñón) la anorexia produce orina altamente concentrada por deshidratación. También se desarrolla poliuria (aumento de la producción de orina) al disminuir la capacidad de los riñones para concentrarla.

Como ya mencionamos, en las mujeres se presentan trastornos hormonales como amenorrea (interrupción del ciclo menstrual).

Por último, también se afectan los huesos porque aumenta el riesgo de sufrir fracturas.

¿QUÉ TAN DIFÍCIL ES SOLUCIONAR LOS PROBLEMAS FÍSICOS QUE CAUSAN ANOREXIA Y BULIMIA?

Afortunadamente estos problemas se solucionan cuando la persona recupera su peso corporal. Pero se requiere de un tratamiento de meses y a veces años, con apoyo psicológico y gran vigilancia médica y nutricional para evitar recaídas.

¿CÓMO PUEDO AYUDAR A ALGUIEN QUE TIENE UN DESORDEN CON LA COMIDA?

Lo primero es EVITAR decirle algo que la haga sentirse acusada o que la "cachaste", o sea: "¡qué bárbara te ves muy flaca!" o "¡qué gorda estás!" Mejor dile "te veo triste, ¿en qué te puedo apoyar?" Y al mismo tiempo sugiérele que platique con un adulto de su confianza, un psicólogo o psiquiatra especializados en el tema.

¿CÓMO INFLUYEN LOS MEDIOS EN ANOREXIA Y BULIMIA?

Muchas veces la sociedad ejerce presión sobre nosotros. En el caso de los trastornos alimenticios, se vende ser delgado como algo indispensable para tener éxito. Éste se relaciona con la apariencia física, los medios muestran cuerpos perfectos (de hombres y de mujeres), trabajos perfectos y muchos éxitos por medio de la invitación al consumo dejando a un lado la salud.

¿CÓMO PUEDO RESISTIR LA INFLUENCIA NEGATIVA DE LOS MEDIOS MASIVOS?

Analiza en qué casos influyen y de qué manera. Una vez aclaradas estas dos cosas, decidirás en qué casos aceptas la influencia y en cuáles no. Es importante saber que no todo lo que lees en revistas o ves en televisión es tal como parece.

Tú decide cuándo harás ejercicio. En cambio, si ves historias cursis en que la mujer debe enflacar a toda costa para que no la deje su pareja o que asocian belleza o sexualidad con fumar, comer mucha chatarra o beber de más, puedes tener consciencia de qué es lo mejor, y, además, hacer conscientes a otros de su inutilidad.

> ¡Abre bien los ojos! Es la mejor manera de hacerte consciente de que esto puede suceder.

¿QUÉ ES DIABETES?

Enfermedad del páncreas, que tiene más probabilidad de aparecer si se consumen demasiados hidratos de carbono y azúcares. Se da con mayor frecuencia en mujeres que en hombres. Cuando se padece cambia la manera en que el cuerpo usa los almidones y azúcares haciendo que se pierda su equilibrio. Se habla de que hay un exceso de azúcares. Dentro del páncreas se secretan diferentes hormonas, una de ellas es la insulina, cuya función es "meter" el azúcar que nos comemos en los diferentes órganos.

Cuando alguna persona tiene diabetes se deja de secretar insulina y aumentan los niveles de azúcar en la sangre.

Normalmente mediante el uso cuidadoso de insulina y dieta baja en azúcares o inclusive sin azúcares (por ejemplo eliminando pan, dulces, chocolate y pastas) se restaura el equilibrio de estas sustancias en el organismo. Si no se sigue una estricta dieta es difícil recuperarse de esta enfermedad que, además, tiene muchos efectos colaterales.

¿SABÍAS QUE...?

Algunas enfermedades crónico-degenerativas se pueden prevenir si llevas una alimentación correcta y realizas ejercicio por lo menos tres veces a la semana.

¿CÓMO PREVENIR LA DIABETES?

Manteniendo una dieta baja en azúcares y grasas, que además equilibre hidratos de carbono, fibras y proteínas. Haciendo ejercicio de manera regular en todas las etapas de la vida. Haciéndote revisiones médicas al menos una vez al año para determinar los niveles de azúcar en sangre y detectar a tiempo cualquier anormalidad.

PRINCIPALES NUTRIENTES Y ALIMENTOS QUE LOS CONTIENEN

Vitaminas

Nutrimento	Principales Funciones	Fuentes principales	Recomenda-ción diaria	Deficiencia
Vitamina A Retinol Retinal	Interviene en el manteni-miento de los tejidos epite-liales. En el creci-miento, re-producción y visión (como rodopsina).	Fracción gra-sa de la leche y derivados, hígado, huevo, tejidos anima-les, frutas y verduras.	Adolescentes 700-900 µg	Ceguera nocturna Xerosis Xeroftalmia Queraco-malacia Manchas de bitot Retardo en el crecimiento
Carotenos	Algunos caro-tenos actúan como antioxi-dantes y otros dan lugar a retinol.	Verduras y frutas de color rojo, naranja y amarillo y en verduras de color verde.	No se ha establecido.	No se des-cribe.
Tiamina	Interviene en el metabolismo de hidratos de carbono. Actúa como coenzima en diversas reac-ciones en el organismo.	Cereales (pericarpio), leguminosas, hígado, ver-duras, hojas verdes.	Adolescentes 1.1 mg	Beriberi. Trastornos en el sistema ner-vioso y cardio-vascular.
Riboflavina	Interviene en reacciones de oxidación en el metabolismo energético.	Leche, hojas verdes, pes-cado, hígado, huevo.	Adolescentes 1.2 mg	Quelitis Quelositis Glositis Fotofobia

Nutrimento	Principales Funciones	Fuentes principales	Recomenda-ción diaria	Deficiencia
Piridoxina	Coenzima de aminotransfe-rencias des-carboxilacion y otras del meta-bolismo de los aminoácidos.	Tejidos animales, leche, derivados, aguacate, plátano y oleaginosas.	Adolescentes 1.2 mg	Dermatitis seborreica, depresión, irritabilidad, convulsiones, glositis. Riesgo de enfermedad cardiovascular por hiperho-monocistehi-nemia.
Cobalamina	Como coenzi-ma B	Sintetizada por la flora intestinal, hígado, riñón, carnes magras.	Adolescentes 2.4 µg	Anemia perniciosa
Vitamina C Ácido ascórbico	Metabolismo de la colágena. Antioxidante en diversidad reacciones.	Frutas y verduras frescas.	Adolescentes 70 mg	Escorbuto. Mala cicatriza-ción. Hemorra-gias.
Vitamina D Ergocalciferol Colicalciferol	Absorción de fósforo, mine-ralización de los huesos.	Yema de hue-vo, pescado, se sintetiza en la piel por ex-posición al sol.	Adolescentes 15 µg	Raquitismo (niños). Osteomala-cia (adultos)
Vitamina E Tocoferoles	Antioxidantes en diversas re-acciones.	Aceites, espe-cialmente los que tienen alto contenido de ácido linoleico.	Adolescentes 15 mg	Anemia hemolítica del recién nacido

Nutrimento	Principales Funciones	Fuentes principales	Recomendación diaria	Deficiencia
Vitamina K Filoquinoca Menaquinona Menadiona	Síntesis de protrombina.	Sintetizada por la flora intestinal Hojas verdes.	Adolescentes 70 µg	Coagulación retardada.
Ácido fólico	Síntesis de los ácidos nucleídos y la hemoglobina.	Hojas, hígado, leguminosas, particularmente en los frijoles.	Adolescentes 600 µg	Glositis anemia megaloblástica posible daño neurológico elevación de la concentración plasmática de homocisteina factor de riesgo para enfermedad cardiovascular.
Ácido pantoténico	Interviene como coenzima A en el metabolismo de los hidratos de carbono y en la síntesis de ácidos grasos.	Presente en casi todos los alimentos y la flora intestinal la produce en cantidades importantes.	Adolescentes 5 mg	No se ha informado.
Biotina	Interviene en reacciones de carboxilación.	Sintetizada por la flora intestinal. Se encuentra en huevo, hígado, riñones.	Adolescentes 25 µg	Poco frecuente en el ser humano. Dermatitis.

Nutrimento	Principales Funciones	Fuentes principales	Recomendación diaria	Deficiencia
Niacina	Interviene en la respiración celular como nucleótidos de niacina y adenina.	Hígado, huevo, leche, leguminosas, carnes y maíz nixtamalizado. El organismo lo sintetiza a partir de triptófano.	Adolescentes 16 mg	Pelagra (diarrea, dermatitis, demencia, defunción).

Food and Nutrition Board, National Research Council; Recommended Dietary Allowances. 10th Ed. Washington, D.C National Academy Press, 1989, p. 284.

Ingestión diaria recomendada (IDR) por el Instituto Nacional de Ciencias Médicas y Nutrición Salvador Zubirán de energía, proteína, vitaminas y nutrimentos inorgánicos para la población mexicana en: Tablas de composición de alimentos mexicanos. INCMNSZ, México DF 2000

Nutrimentos inorgánicos

Nutrimento	Principales Funciones	Fuentes principales	Recomendación diaria	Deficiencia
Calcio	Interviene en la coagulación de la sangre, activación de varias enzimas. Transmisión de impulsos nerviosos, contracción muscular, secreción de varias hormonas, capacidad de adhesión de unas células con otras.	Tortilla de maíz, charales, sardinas, quesos, leche, berro, epazote, hoja de chaya, verdolaga.	Adolescentes 1,250 mg	Osteomalacia Osteoporosis Alteraciones del sistema nervioso.

Nutrimento	Principales Funciones	Fuentes principales	Recomendación diaria	Deficiencia
Zinc	Forma parte de varias metaloenzimas. Participa en la modulación del sistema inmune. Interviene en el metabolismo de hidratos de carbono, aminoácidos y lípidos.	Vísceras, pescado, huevos, cereales.	Adolescentes 9-11 mg	Retraso del crecimiento, anemia, hipogonadismo, alopecia, ceguera nocturna, trastornos en la conducta.
Cloro	Equilibrio acido básico. Forma parte del jugo gástrico. Actúa como electrolito, activador de algunas enzimas, interviene en la contracción muscular y la transmisión nerviosa.	Contenido en casi todos los alimentos.	No se ha establecido.	No se conoce deficiencia.
Cobre	Interviene en la síntesis de hemoglobina y en la absorción de hierro.		Adolescentes 2.0 mg	Anemia hipocrómica, osteoporosis, venas superficialesprominentes, dificultad para crecer.
Cromo	Interviene en la activación de la insulina.		24-35 mg	Hiperglicemia Disminución de peso neuropatía periférica.

Nutrimento	Principales Funciones	Fuentes principales	Recomendación diaria	Deficiencia
Flúor	Forma parte de los huesos y dientes haciendo a los dientes más lisos y otorgándoles resistencia contra la caries. Ayuda a fortalecer los huesos.	El agua dependiendo del lugar de origen, mariscos, hojas de té, pescados que se ingieren con huesos como sardinas.	Adolescentes 2.0 mg	Mayor susceptibilidad a las caries.
Fosfatos	Enlaces de alta energía. Parte de numerosas coenzimas y de la forma activa de algunas vitaminas hidrosolubles y de los ácidos nucleicos. Interviene en la formación de las membranas celulares y en la síntesis proteica.	En la mayoría de los alimentos, refrescos gaseosos (cuidar que haya fuentes de calcio para asegurar su absorción).	Adolescentes 1000 mg	Hipofosfatemia, debilidad, anorexia, fragilidad ósea, susceptibilidad a infecciones, parestesia aguda, hemolisis.

Nutrimento	Principales Funciones	Fuentes principales	Recomendación diaria	Deficiencia
Hierro	Interviene en la respiración celular. Forma parte de la hemoglobina, de la mioglobina de los citocromos de varias enzimas.	Moronga (embutido elaborado con sangre), hígado, carne magra de res, yema de huevo, cereales, leguminosas, oleaginosas (pepitas).	Adolescentes 13 mg	Retardo en el crecimiento, susceptibilidad, infecciones, prematurez, fatiga.
Magnesio	Síntesis proteica Transmisión neuromuscular biosíntesis de los aminoácidos.	Pescados, mariscos, habas, frijoles, maíz, avena	Adolescentes 350-400 mg	Disminución en respuesta motora, alteraciones en el ritmo cardiaco, convulsiones, cambios de personalidad.
Manganeso	Ion bivalente que constituye el grupo prosteico de la arginasa de la carboxilasa de piruvato.	Remolacha, arándanos, granos enteros, nueces, leguminosas, frutas, te.	Adolescentes 1.6-2.2 mg	No es probable que ocurra deficiencia en el hombre. Pérdida de peso, dermatitis, nausea, vómito.
Molibdeno	Constituye el grupo proteico de varias hidroxilasas.	Cereales, hojas verde oscuro, leche y derivados, leguminosas, vísceras y cereales.	Adolescentes 50-600 µg	Cardiomiopatía, dolor muscular, macrocitosis.

Nutrimento	Principales Funciones	Fuentes principales	Recomendación diaria	Deficiencia
Potasio	Balance electrolítico, regulación de la presión osmótica, transporte de nutrimentos.	Carnes, vísceras, naranja, plátano, mandarina.	Adolescentes 4.7 g	No se conoce deficiencia dietética.
Sodio	Regula el volumen y la presión osmótica, la acidez y la carga eléctrica del fluido extracelular. Contracción muscular, conducción nerviosa, absorción activa.	Casi todos los alimentos, sal adicionada a los productos procesados.	Adolescentes 2,300 mg	No se conoce deficiencia dietética. Cuando hay pérdida excesiva se produce deshidratación.
Yodo	Precursor de las hormonas tiroideas.	Productos del mar, sal yodatada, algas.	Adolescentes 150 µg	Bocio, cretinismo, retraso en el crecimiento fetal intra y extra uterino.
Food and Nutrition Board, National Research Council; Recommended Dietary Allowances. 10th Ed. Washington, D.C National Academy Press, 1989, p. 284. National Institutes of Health; Office of Dietary Supplements. U.S. Department of Health and Human Services, 2011.				

7. ¿En quién me puedo apoyar?

En este capítulo hablaremos de las razones por las que muchas veces rechazas las ideas o la compañía de adultos, en especial de tus padres. En la mayoría de las familias este distanciamiento lleva a diferencias, discusiones, decepciones respecto a lo que esperas de los demás miembros de tu familia e incluso a peleas.

En la adolescencia, como en todas las etapas de la vida, necesitas apoyo de tus amigos, de las personas con quienes convives en la escuela y de tu familia. También puedes buscar apoyo profesional del personal de salud, de centros de ayuda comunitaria y centros de orientación para jóvenes.

Los medios de información masiva, cibernéticos y, por supuesto, los libros, también te ofrecen múltiples opciones para orientarte. Sin embargo, la decisión final de cómo utilizarás la información y cómo te apoyarán las personas que te rodean es sólo tuya.

¿ESTÁ MAL QUERER QUE MIS PAPÁS "ME DEJEN EN PAZ"?

Si puedes transmitirle a tus padres que la distancia que pones entre ellos y tú no es algo personal sino una manera de crear tu propio espacio, facilitarás tu relación con ellos.

Muchas veces a los padres se les olvida que cuando ellos fueron adolescentes también desearon marcar esta distancia con sus propios padres y cuando este proceso de "separación padres-hijos" se maneja adecuadamente da como resultado una relación sana a nivel de adultos con nuestros padres.

Reconocer que necesitamos de nuestra familia, que probablemente la vamos a necesitar toda la vida, pero que nuestra relación será cada vez de mayor independencia, nos ayudará a desarrollarnos, crecer y madurar.

¿SABÍAS QUE...?

Durante la adolescencia muchas veces no aceptas que te pongan límites; sin embargo, los pides a gritos a través de conductas de riesgo e inclusive de irresponsabilidad.

¿CÓMO PUEDO NEGOCIAR LAS REGLAS CON MIS PAPÁS?

En la medida en que te conozcas a ti mismo y a tus padres tendrás el tacto y la paciencia para explicarles lo que sientes, piensas y necesitas, así como qué problemas enfrentas. Entender lo que cada uno percibe y necesita y buscar la manera de encontrar acuerdos, es una experiencia nueva para todos. Mostrar que eres una persona responsable y comprometida es la clave.

En algunas familias los adolescentes dan los primeros pasos para una mejor comunicación con personas adultas, dentro y fuera de la familia. Es importante buscar el mejor momento para hacerlo. Es un esfuerzo que requiere de tiempo, horas de conversación y, sobre todo, de hechos que demuestran que se puede confiar en ti.

CADA VEZ QUE PLATICO CON ADULTOS SIENTO QUE ME CRITICAN, ¿QUÉ HAGO?

Primero, pregúntate si realmente te están criticando o estás muy sensible. Hay que recordar que los cambios hormonales a veces modifican tu humor. La frase "vuela la mosca y lloras" es común oírla en esta etapa.

Si realmente estás convencido de que te critican demasiado, y sobre todo sin bases, lo mejor es hablar. ¡Hay que tener mucha, pero mucha paciencia! Busca la oportunidad de estar a solas y tranquilo con las personas que te critican.

Platícales, por ejemplo, de lo que estás aprendiendo en este libro acerca de cómo establecer una comunicación clara y directa, con sensibilidad y empatía, dejando a un lado las emociones que interfieran. Expresa abiertamente que sientes incomodidad al sentirte juzgado y pon ejemplos de cómo te gustaría que te preguntaran las cosas o de qué manera te gustaría escuchar sus sugerencias.

CADA VEZ QUE LES CUENTO ALGO A LOS ADULTOS ME DAN INSTRUCCIONES U ÓRDENES, ¿QUÉ HAGO?

Una vez que converses con tus padres acerca de las diferentes maneras de comunicación y el efecto que tienen, tal vez sea el momento de dar ejemplos de cómo te sientes cuando sólo recibes instrucciones u órdenes en lugar de platicar acerca de lo que hicieron en el día o de lo que pensaron o sintieron.

Les puedes pedir de manera abierta, clara y directa lo que necesitas sin dejar que rencores o enojos interfieran; sin reclamos y sin burlas, diciendo lo que necesitas sin tratar de presionar o controlar, simplemente expresando cómo son las cosas. "Mamá (papá), me gustaría mucho que me platicaras acerca de lo que haces en el trabajo y en la casa", "por favor no me des sólo órdenes cuando hablas conmigo", "me gustaría que tuviéramos también otro tipo de conversaciones, ¿me ayudas a lograrlo?"

> ### REFLEXIONA
>
> ¿Y si en vez de hacerme la víctima trato de tomar el control de mi vida y no echo la culpa a los demás de lo que me pasa?

A VECES ME HAGO LA VÍCTIMA, ¿QUÉ GANO CON ESO?

Muchas personas juegan a la víctima como forma de chantaje, de manipular. En el caso de los adolescentes es frecuente encontrar estas actuaciones en sus relaciones con adultos, en especial con los papás. También se dan en sus relaciones con una pareja sentimental o con amistades. Por lo general, surgen porque sienten que así consiguen lo que quieren de esa persona, sea cariño o algún bien material.

Otras veces actúan como víctimas para vengarse por algo que hizo la otra persona o creen que hizo. Al actuar como víctimas, tratan de hacer sentir mal o culpable a esa persona y así lograr lo que deseamos. Actuar como víctima no favorece la comunicación abierta y clara, ni ayuda a conocerse a uno mismo ya que no se exploran otros recursos para resolver los problemas.

¿QUÉ HAGO SI SIENTO MUCHA PRESIÓN POR PARTE DE MI PAPÁ O MI MAMÁ?

El primer paso es entender las situaciones en que te sientes presionado. Por ejemplo: "No me dejan salir con quien quiero, porque me preguntan muchas cosas que no quiero contestar, quieren que estudie más de lo que quiero, quieren conocer a mis amigos, me piden que no use todo el tiempo mi celular, etcétera." Intenta entender por qué te presionan. Por ejemplo: cuidar tu seguridad, estudiar más, no hacer algo que te aleja de un riesgo o que haces sólo por capricho. Puedes elegir alguna situación en la que creas que realmente no hay razón para que te presionen y hablarlo.

Trata de entender cómo llegaron a la conclusión de que debes hacer tal o cual cosa. Puedes preguntarte a qué situaciones se enfrentaron ellos cuando fueron niños o adolescentes para entender mejor las razones por las que actúan de tal o cual manera contigo. Por ejemplo, preguntarte bajo qué condiciones crecieron ellos (si tuvieron padres muy estrictos, muy cariñosos, muy posesivos, dedicados, controladores; que mentían o eran violentos; que los apoyaban o no lo hacían; que tenían problemas de salud, o que mostraban respeto o no sabían cómo hacerlo) o preguntárselos directamente y reflexionar juntos.

Conforme conozcas mejor a tus padres, entenderás por qué te piden cosas y tendrás más elementos para hablar con ellos y negociar.

¿CÓMO EXPLICARLE A MIS PAPÁS QUE ME TRATAN DE PROTEGER DEMASIADO?

Antes que nada comprende que es normal que los papás se preocupen por sus hijos. Lo hacen por cuidarte lo mejor posible. Puedes hablar con ellos y decirles que se preocupan demasiado o que te sientes sobreprotegido y demostrarles con hechos que estás listo para crecer como persona autónoma e independiente.

Solicítales que poco a poco te den la oportunidad de hacer cosas por tu cuenta y ver en conjunto, "cómo nos va". De esta manera ellos descubrirán que efectivamente eres cada vez más capaz de cuidarte solo.

Diles que entiendes y agradeces su preocupación por tu bienestar, pero que la ley de la vida dicta que poco a poco te independizarás de ellos y pides su apoyo para lograrlo. Una vez que vayan viendo buenos resultados seguro será mucho más fácil negociar permisos.

Y EL OTRO LADO DE LA MONEDA... SIENTO QUE NO LES IMPORTO A MIS PAPÁS, ¿QUÉ HAGO?

Hay adolescentes que quisieran más atención o más guía de sus padres. Si efectivamente consideras que las necesitas de tus papás o de otro adulto, busca gente de confianza para pedirle consejos.

Si no es algo específico en lo que deseas ayuda sino más presencia de ellos, pídelo abierta, sensible y directamente. De hecho, puedes darles ejemplos concretos de la manera en que te gustaría recibir ese apoyo y cariño. Si no funciona con ellos, tal vez otra persona pueda ayudarte. De esta manera tú mismo puedes irte fortaleciendo. Puedes buscar información en libros o apoyo en amigos.

SIENTO QUE MIS PAPÁS PREFIEREN A MIS HERMANOS Y NO A MÍ, ¿QUÉ HAGO?

Muchas veces los celos hacia tus hermanos se dan sin una causa real. A veces te imaginas que tus padres tienen preferencia por tus hermanos y los ven como si fueran más inteligentes o más bien parecidos, sientes que les dan más libertades y privilegios.

Otras veces realmente sucede que los papás dedican más tiempo a unos hijos que a otros. Esto puede ser porque los ven más débiles o necesitados; o quizá reciben más afecto o apoyo porque verdaderamente han demostrado que son personas responsables y pueden tener más libertades.

Hay varias cosas que se pueden hacer:

- Recordarte las cualidades que tienes.
- No "engancharte" con lo que dicen respecto a que la otra persona es mejor que tú (es sólo un punto de vista).
- Hacer lo que te gusta porque lo disfrutas no para llamar la atención ni intentar quedar bien.
- Poco a poco demostrar tus cualidades.

Hay otras opciones que es mejor no hacer:

- Dramas para llamar la atención. Éstos sólo empeoran las relaciones y hacen que crezca la distancia y el enojo.
- Compararte. Cada persona es diferente y única.
- Competir. La vida no es una carrera, es un proceso que debes apreciar y gozar.
- "No darte cuerda", es decir, no convencerte de que al otro lo quieren más o lo prefieren, ni buscar razones para ello.
- No darte cuenta de que puede haber puntos en los que tienen razón y sugerencias específicas de cómo debes cumplir con tus obligaciones para tener privilegios y derechos dentro de la familia.

¿QUÉ HAGO SI MIS PAPÁS TIENEN TEMORES SOBRE MI COMPORTAMIENTO SEXUAL?

Platica con ellos, sin enojarte, ni ofenderlos. Simplemente explícales que por lo general las amenazas del tipo "si te embarazas, te vas de la casa" hacen que las personas se alejen y se sientan mal. También diles que hablen contigo acerca de sexualidad y anticoncepción, y pregúntales cómo pueden estar tranquilos al respecto.

Explícales por qué no crees que eso sucedería y qué apoyos necesitas de ellos en esa área y en otras. Es decir, lo puedes usar como "entrada" para hablar de tus inquietudes y dudas sobre sexualidad y necesidades de afecto y apoyo.

TUVE O QUIERO TENER RELACIONES SEXUALES Y NO SÉ SI DEBO DECIRSELO A MIS PAPÁS…

Idealmente, para cuando deseas tener relaciones sexuales ya debiste hablar con tus padres sobre sexualidad, placer, protección y otros temas íntimos. Pero la realidad es que a muchos padres y madres y a muchos adolescentes les cuesta trabajo hablar entre sí sobre este tema.

Si crees que puedes acercarte a ellos y platicarles que tuviste relaciones o pedirles consejo antes de tenerlas, hay que disfrutar de esta posibilidad; si crees que ellos o tú no podrán manejarlo, mejor busca otra persona de confianza con quien puedas compartir tus dudas y así asegurarte de que no corres ningún riesgo de abuso sexual, embarazo no deseado, infecciones de transmisión sexual u otras situaciones, como uso de imágenes en Internet o *bullying*.

Tener estas pláticas con un adulto de confianza te ayudará a explorar las partes emocionales y físicas de las relaciones sexuales y también será una forma de tener información acerca de cómo protegerte. Por ello, de preferencia habla con una persona de confianza antes de tener la primera relación sexual y, por supuesto, si puedes o quieres, también después.

SÍ SE VALE...

Evitar los cursos o libros de educación sexual que infunden temor, miedo o culpa, en lugar de ver la sexualidad como una parte placentera y normal de un desarrollo sano.

¿CÓMO PUEDO DECIRLE A MIS PAPÁS QUE NO DESEO COMENTARLES TODO LO QUE ME PASA?

Una de las cosas más difíciles para los papás es entender que los hijos crecen y necesitan más independencia. Es necesario explicarles que no es por falta de confianza, sino parte de un proceso de crecimiento donde necesitas tu propio espacio y tu intimidad.

¿CÓMO PUEDO LLEGAR A ACUERDOS CON MIS PAPÁS?

El primer paso es dejar de creer que siempre tienes la razón. Hay que escuchar ambos lados de la historia. Tanto los chavos como los papás pueden ser muy tercos, por eso es necesario escucharnos unos a los otros sin interrumpir, con respeto y paciencia. Así cada uno puede ceder un poco y llegar a un acuerdo. Además, no olvidemos que los acuerdos no son para toda la vida; conforme creces éstos se modifican y habrá oportunidades para buscar nuevas opciones.

A VECES CREO QUE CON MIS PAPÁS ES MÁS FÁCIL PEDIR PERDÓN QUE PEDIR PERMISO, ¿QUÉ HAGO?

Hay chavos que son impulsivos, tienen malas relaciones con sus papás o no los respetan. Hay varias razones desde el punto de vista de los adolescentes para hacer las cosas sin autorización y en el peor de lo casos, simplemente disculparse si los "cachan". Como hemos dicho, creemos que lo mejor es comunicarte diciendo lo que pasa, sin excusas ni defensas, sin agresiones ni rencores, simplemente y con claridad, con sensibilidad y empatía, tratando de negociar, con paciencia. A la larga esto lleva a mejores relaciones con nosotros mismos y con los demás. No es fácil pero posible, así que… échale ganas, corazón y cerebro.

¿SABÍAS QUE…?

Muchas veces, los papás "sienten feo" al no creerse necesarios o útiles para los hijos adolescentes que se independizan. Ponerte en su lugar y consultarlos, tomarlos en cuenta y escucharlos facilitará la comunicación y mejorará la calidad de la relación. Ponerte en el lugar de otra persona y entender lo que siente y piensa se llama empatía.

QUIEREN QUE TENGA OBLIGACIONES EN LA CASA Y NO ESTOY DE ACUERDO, ¿QUÉ HAGO?

Si eres parte de un hogar o una sociedad, tendrás derechos y obligaciones. Debes cumplir con las reglas de la casa incluyendo ayudar en las labores del hogar. Una forma de lograr acuerdos es mediante juntas familiares para que todas las personas negocien, es decir, que cada uno esté dispuesto a ceder y cooperar en las actividades domésticas.

A VECES SOY CRUEL CON MI FAMILIA, ¿POR QUÉ?

Muchas veces se lleva a la casa el coraje o el enojo por algo que pasó en otro lugar. Quizá seas cruel o violento en casa porque tienes miedo de ser abandonado, motivo por el cual pones distancia antes de que algo suceda. Tal vez se pones distancia porque percibes a tus padres excesivamente sobreprotectores, intolerantes o irrespetuosos.

Lo importante es darte cuenta de que eres cruel, pregúntate por qué y comprende que no tienes derecho a desquitarte con nadie por algún problema personal. Si necesitas poner distancia aléjate, hazte tu espacio, pero no maltrates ni lastimes los sentimientos de las personas. "No le hagas a otros lo que no quieres que te hagan a ti", frase para recordar.

MIS PAPÁS NO ME TIENEN CONFIANZA, ¿QUÉ HAGO?

"A las pruebas me remito", hubieran dicho algunas abuelitas, pues a las pruebas se remiten todos los papás. La confianza se gana, no se da nada más porque sí. Dales ejemplos de que pueden confiar en ti. A algunos se les facilita ponerse solos los límites, a otros más vale que alguien se los ponga.

MIS PAPÁS NO ME DEJAN SALIR CON MIS AMIGOS, ¿QUÉ HAGO?

Es probable que pase algo semejante a la falta de confianza. Si demuestras que salir con tus cuates no afecta negativamente a nadie, no te metes en líos, hay respeto y cumples con las reglas de puntualidad y seguridad, es muy probable que los temores de los papás disminuyan y puedas negociar permisos. También es importante que los papás conozcan a tus amigos para que les tengan confianza.

MIS PAPÁS SE PELEAN MUCHO, ¿QUÉ HAGO?

Antes que nada entiende que los problemas entre los papás los deben resolver ellos como pareja. Tú no puedes tomar partido de un lado o del otro ni te sientas culpable; aunque alguno de ellos trate de jalarte para su lado o hacerte sentir que algún problema se da por culpa tuya. Ellos son adultos y deben resolverlos sin utilizar o meter a sus hijos en sus problemas.

Si quieres ayudar busca una persona con la que puedan hablar; por ejemplo un vecino de confianza, alguna persona de tu escuela o un psicólogo que los oriente y les sugiera ir solos o toda la familia, para resolver los conflictos con ayuda de una persona que actúa como mediador.

LE TENGO MIEDO A MI PAPÁ O A MI MAMÁ, ¿QUÉ HAGO?

Piensa si tu temor tiene bases. En ocasiones es miedo real a ser humillados, ignorados, insultados, golpeados o abusados, verbal, física o sexualmente. Si es el caso, conviene buscar ayuda con un maestro, en un centro de salud, con un psicólogo, en la iglesia o en una de las instituciones mencionadas al final.

MIS PAPÁS SE VAN A DIVORCIAR, ¿QUÉ HAGO?

Esto muy probablemente te hace sentir tristeza, dolor o angustia; es una etapa difícil. Es importante "no engancharte" con ninguno, no dejar que te pongan en el centro de la disputa. Expresa claramente tus sentimientos; por ejemplo: "los quiero a los dos, no quiero problemas con ninguno, por favor no me metan". Es muy probable que debas repetir esto muchas veces antes de que te hagan caso, tendrás que ser muy firme, aunque no será fácil, pero a la larga te ayudará a mantener una buena relación con ambos.

En el momento de darse una separación o un divorcio nuestros padres pasan por una etapa difícil y salir de ella lleva mucho tiempo y esfuerzo, hay que tener paciencia y no meterse ni dejar que nos metan.

Recuerda que el divorcio de los padres no es tu problema y tampoco tu culpa... por más que traten de hacerte sentir mal, culpable o avergonzado. NO TE ENGANCHES. Es SU problema, no el tuyo. Muchas veces sentimos que el divorcio es porque nos portamos mal o dijimos algo equivocado. Por otro lado, puede ser útil platicar lo que sentimos con otras personas, por ejemplo hermanos. De hecho, se pueden poner de acuerdo para no tomar partido, no dejarse manipular ni sentirse culpables.

> **Un divorcio es una decisión que se da independientemente de lo que hagan los hijos.**

ME SIENTO INCÓMODO CON LA NUEVA PAREJA DE PAPÁ O DE MAMÁ, ¿CÓMO LO PUEDO MANEJAR?

La primera pregunta es si te sientes mal porque te molesta, porque abusa de ti o sólo te "cae mal". Si existe un abuso real físico, sexual o psicológico, busca ayuda inmediatamente. Puedes ir con tu papá o mamá, si crees que te puede ayudar o busca ayuda con un maestro, vecino u otro adulto de confianza. Analiza si corres peligro y si necesitas salir de allí.

Si la molestia es porque ahora recibes menos atención de tu papá o de tu mamá lo mejor será hablar con ellos y decirles qué sientes y cómo te gustaría que lo resolvieran. No te ilusiones ni esperes resultados inmediatos. Mejor piensa que para todos es una nueva etapa que implica ajustes y paciencia.

¿POR QUÉ ME IMPORTAN TANTO MIS AMIGOS?

En esta etapa más que en otras, te gusta sentirte aceptado y querido. Generalmente en tu casa recibes sugerencias, críticas, regaños, castigos que te indican cómo se espera que te comportes. Te muestran que no estás siendo como se espera. Eres diferente a las personas adultas y a los niños que viven en tu casa.

Con tus amigos es probable que todo sea diferente, que te acepten tal como eres, que no critiquen tu manera de hablar ni te digan que debes ir a la peluquería o ver menos televisión; tampoco que comas más verduras y menos comida chatarra. Realmente prefieres a tus amigos porque puedes ser como realmente eres. Esto no quiere decir que no debas estar con tus papás ni tomar en cuenta sus sugerencias.

¿CÓMO SÉ EN CUÁLES DE MIS AMIGOS CONFIAR Y QUIÉNES PUEDEN SER UNA INFLUENCIA NEGATIVA?

Para identificar si una influencia es negativa analiza los siguientes puntos:

- Saber qué es lo que las otras personas quieren que hagas y por qué: poner atención a lo que el grupo dice.
- Identifica cómo te sientes con esa presión: si te genera sentimientos y emociones positivas, (contento, relajado, emocionado) o negativas (desesperado, enojado, agresivo).
- Identifica las consecuencias negativas y positivas de hacer lo que te piden: ventajas y desventajas de lo que quieren que hagas.
- No engañarte a ti mismo. No hacer algo que te hace daño o puede dañarte de algún modo.

8. Mis compromisos

Una de las cosas que más estrés causan es la incertidumbre; no saber qué sucederá, dejar las cosas "al ahí se va". Vivir de esa manera te impide organizarte, no sabes qué, cómo, ni cuándo pasarán las cosas.

Por otro lado, en las relaciones con otras personas, familiares, amigos, compañeros de la escuela o del trabajo también necesitas certidumbre de qué ocurrirá, por qué, cuándo y de qué manera. Todo esto implica tener compromisos con otras personas, situaciones e instituciones y, sobre todo, contigo.

Comprometerte contigo facilita anticipar las cosas y dar los pasos necesarios para planear tus metas lo mejor posible.

¿QUÉ ES PLANEAR?

Significa anticipar, organizar acciones, prever y pensar lo que harás, cuándo y de qué manera. Implica pensar hacia dónde dirigirte y cómo plantearte metas y analizar formas de realizarlas de manera organizada en un determinado lapso.

Una compañía estadounidense llamada Priority Management of Pittsburgh Inc. publicó hace unos años un estudio que decía que una persona promedio en Estados Unidos pasa aproximadamente 20 minutos diarios buscando cosas que no sabe dónde dejó. Esto quiere decir que cuando esta persona cumpla 75 años, habrá perdido poco más de un año de su vida (380 días) por esta falta de memoria u organización.

¿CÓMO PUEDO ORGANIZAR MI TIEMPO?

Una manera bastante fácil de organizar el tiempo es ponerte horarios para cada cosa. Puedes hacer una tabla, como la que se incluye adelante, por día y hora, donde anotes lo que tienes planeado hacer y compruebes que realmente lo hiciste sin distracciones o si lo hiciste todo a último momento, lo que significa que no cumpliste lo que planeaste.

¿CÓMO PUEDO ORGANIZAR MIS COSAS?

Teniendo espacios divididos y específicos para cada cosa. Puedes usar cajas, cajones y carpetas. Puedes hacer montoncitos de papeles de la escuela por materia y dentro de cada materia, por tarea en proceso o completa.

La ropa la puedes dividir en suéteres, camisas o blusas, ropa interior, pantalones y faldas. Si tienes la ropa doblada y en su lugar será más fácil encontrarla cuando la necesites que si la revuelves con la ropa sucia o la tienes regada por el piso.

SÍ SE VALE...

Dividir tu tiempo o tus cosas en partes más pequeñas para organizarte.

NO SE VALE...

Negarte a probar nuevas formas para organizarte y pensar que "no tienes remedio."

EJEMPLO DE HORARIO

HORARIO	LUNES	MARTES	MIÉRCOLES	JUEVES	VIERNES	SÁBADO	DOMINGO	PENDIENTES
7-8	Gimnasio	Escuela	Escuela	Gimnasio	Ir a la biblioteca			Llevar para el viernes mi tarea de matemáticas.
9-14	Escuela	Escuela	Escuela	Escuela	Escuela		Jugar futbol.	Para la siguiente clase de redacción llevar un ensayo.
15-16	Comida	Comida	Comida	Comida	Comida		Comer con mi abuelita la siguiente semana y avisarle qué día y hora.	Examen la siguiente semana de física.
16-18	Hacer tarea. Hacer cita con el dentista. Ir al deportivo.	Rentar una computadora. Hacer la tarea.	Hacer tarea. Ir al deportivo. Ir al dentista.	Hacer la tarea	Ir al deportivo.	Concierto		

145

HORARIO	LUNES	MARTES	MIÉRCOLES	JUEVES	VIERNES	SÁBADO	DOMINGO	PENDIENTES
18-20	Empezar el trabajo de fin de cursos.	Tomar clase de inglés.	Hacer un regalo para el cumpleaños de mi prima.	Tomar clase de inglés.	Fiesta de mi prima.	Concierto con Alejandro y mi hermano.	Preparar mis cosas para la escuela.	
20-22	Ver T.V.	Devolver lo que me prestó Daniel.	Arreglar mi ropa y útiles.			Ir a comer tacos con Sabina.		Buscar mi acta de nacimiento.
22 En adelante	Dormir	Dormir	Dormir	Dormir	Dormir			

CON TANTAS COSAS QUE HACER, ¿CUÁL ES EL TIEMPO LIBRE?

El tiempo libre es el que queda después de haber cumplido con nuestras obligaciones. Es el tiempo en el que se tiene la libertad de poder elegir lo que más nos gusta y nos hace sentir bien. También para descansar.

¿Y SI NO TENGO MUCHAS ACTIVIDADES SOCIALES, QUÉ HAGO EN EL TIEMPO LIBRE?

Algunas opciones son: trabajo voluntario en una clínica de salud, dibujar carteles para mejorar el cuidado de las plantas de la comunidad, plantar árboles, tomar clases y practicar algún deporte, enseñar a leer y escribir a otras personas, tomar clases de algo que nos guste, leer, dar clases de algún deporte a niños, escribir un libro o poemas, coleccionar timbres, armar rompecabezas, coleccionar latas de refrescos, hacer juguetes o regalos con material reciclable, preparar comida para ancianos, recolectar y vender periódicos usados, ofrecer servicios en un organismo de la sociedad civil (ONG), trabajar como voluntario en un museo, aprender a tejer, coser o bordar, aprender un idioma, hacer traducciones, sembrar verduras y venderlas, observar cómo viven los insectos, cuidar un perrito o un gatito que no tiene hogar, aprender sobre la vida de un científico o un artista famoso, etcétera.

¿QUÉ SIGNIFICA SER "NI-NI"?

El término de "ni-ni" se refiere a la población que no trabaja ni estudiando (ni estudia, ni trabaja). La mayoría son adolescentes. Las principales causas de este problema son falta de empleo, deserción escolar y baja calidad educativa.

Por lo tanto su productividad como persona se ve afectada. Planea actividades que le saquen provecho a tu productividad y a tus habilidades. Recuerda: todos tenemos un enorme potencial para aprender y realizar actividades diversas; todo es cosa de encontrar la oportunidad de ponerlas en práctica.

¿QUÉ HAGO PARA QUE ME ACEPTEN EN LUGARES O ACTIVIDADES EN LAS QUE ME GUSTARÍA PARTICIPAR?

Algunas veces es fácil, sólo pide informes, reune los requisitos o documentos que solicitan e inscríbete. Pero antes debes comprometerte contigo mismo y cumplir con la actividad que comienzas.

No ayudará a tu formación ni desarrollo personal inscribirte cada semana a una actividad diferente y después pensar que no es lo que querías, que es aburrida, está lejos, te caen mal las personas que van, es muy cansado o tienes algo mejor que hacer.

Pedir informes y evaluar si quieres o no comprometerte es el primer paso; una vez dado, debes ser congruente y cumplir contigo mismo, tener paciencia y hacer un esfuerzo para adaptarte a la situación.

Algunas veces no se trata de inscribirte sino de presentarte ante otras personas para que conozcan tus estudios, habilidades e intereses para concursar por un lugar en una escuela, trabajo o deporte. Para ello, lo más recomendable es elaborar un documento llamado currículum vitae u hoja de vida que contiene estos datos.

¿CÓMO SE ELABORA UN CURRÍCULUM VITAE?

Es tu carta de presentación ante una persona o institución que te contratará, mediante las actividades, intereses o capacidades que destaques. Verán que estén de acuerdo con el perfil solicitado para la vacante que ofrecen. Se refiere a tu historia de vida.

Otros aspectos que debes tomar en cuenta es que los datos sean actuales y verídicos, los estudios comprobables y la ortografía y redacción precisas y claras. A continuación te presentamos tres ejemplos de currículum.

Ejemplo 1. Para ingresar a una escuela.

Ejemplo 2. Para una vacante de trabajo.

Ejemplo 3. Para una competencia deportiva.

Ejemplo 1. Presentación para ingresar a una escuela

Datos personales:

Nombre: Raymundo Nava Carbajal

Fecha y lugar de nacimiento: 18 de mayo de 1986, México, D. F.

Estado Civil: Soltero

Dirección: Privada de Azáleas núm. 19, Col. Santa Úrsula Coapa, Del. Coyoacán.

Teléfono: 55 25 16 03

Email: navacr@yahoo.com.mx

Escolaridad:

Escuela Nacional Preparatoria José Vasconcelos Plantel No. 5

Universidad Nacional Autónoma del Estado de México

Año de ingreso: 2001

Año de egreso: 2009

Promedio: 8.56

Otros estudios:

Taller de Salud Reproductiva (Centro para Adolescentes, Cuernavaca, Morelos).

Taller de prevención de VIH y SIDA Yo quiero Yo puedo (IMIFAP, D.F.)

Curso de lectura rápida (Colegio de Técnicas de Estudio, Toluca)

Computación (manejo de Word, Excell y Power Point)

Idiomas:

Inglés: Oral y escrito. Nivel medio.

Francés: Oral y escrito. Nivel inicial.

Otras actividades:

Seleccionado en Futbol del Club Leopardos.

Pasatiempos:

Leer novelas de ciencia ficción.

Ejemplo 2. Para ser considerado a una vacante de trabajo

Datos personales:

Nombre: Claudia Sánchez Ramírez

Fecha y lugar de nacimiento: 11 de diciembre de 1987, México, D. F.

Estado civil: Casada

Dirección: Adolfo Prieto 3811, Col. Del Valle, Del. Benito Juárez.

Dirección de correo electrónico: sanchezrc@hotmail.com

Teléfono: 56141657

Celular: 04455310408

Estudios:

Licenciatura en Relaciones Internacionales 2005-2009

Universidad del Valle de México, Plantel Tlalpan

Cédula Profesional. 78867609

Tesis: "Las Conferencias, Convenciones y Declaraciones Internacionales sobre la Violencia contra la Mujer y las Acciones realizadas por México."

Experiencia Profesional:

Delegación Tlalpan, México, D. F.

Periodo: 2009

Descripción de funciones:

Difusión y promoción de los derechos humanos, logística en la realización de cátedras en el área de Comunicación.

Periodo: 2007-2009

Descripción de funciones:

Asesor en el área de turismo

Elaboración de base de datos de instituciones de apoyos en la formación de una red del sector turismo en la zona Sur del Distrito Federal.

Centro de Derechos Humanos "Fray Francisco de Victoria"

Otros estudios:

Manejo del paquete Microsoft Office (Word, Excel, Power Point)

Idiomas:

Inglés 70%

Francés 60%

Italiano 50%

Ejemplo 3. Para ser parte de una competencia deportiva

Datos personales:

Nombre: Carlos Manuel López Gómez

Fecha y lugar de nacimiento: 10 de noviembre de 1975, México, D. F.

Estado civil: Soltero

Dirección: Pirules 3198, Palo Solo, Huixquilucan, Edo. de México

Dirección de correo electrónico: carlos_go@hotmail.com

Teléfono: 52915888

Escolaridad:

Licenciado en Administración de empresas

Cédula Profesional. 14674560

Especialidad deportiva:

Tae Kwon Do

Otras especialidades deportivas:

Natación nivel entrenador

Campeonatos:

Graduado en cinta Negra 3er. Dan. 1990.

Campeón 1er. Lugar Campeonato Nacional, Puebla, 1991.

Campeón 2do. Lugar Copa Querétaro, 1994.

Campeón 3er. Lugar Campeonato Nacional México D. F. 1997.

Campeonato USAOPEN, Orlando, Florida, 2004.

Olimpiadas Sydney, 2007.

Campeonato USAOPEN, Corea, 2009.

¿QUÉ QUIERE DECIR COMPROMETERME CONMIGO?

Luego de revisar las diferentes actividades que puedes realizar, el siguiente paso es elegir cuál o cuáles de ellas quieres hacer. La primera elección idealmente será porque realmente lo quieres. También tendrás actividades que a algunos no les gustan mucho pero debes hacer, como ordenar tus cosas, levantarte muy temprano, desayunar. Una vez hecho el compromiso contigo, llévalo a cabo de manera constante, disciplinada, con un horario, para que realmente puedas evaluar resultados.

Por ejemplo: quieres entrenar para correr la carrera de 100 m en la competencia de atletismo que se realizará dentro de 3 meses. Una vez decidido que lo quieres hacer; establecerás tu meta: ¿cuál es el tiempo para tener posibilidades de ganar? Tienes que saber de dónde partes. ¿En cuánto tiempo corres ahora los 100 metros? Debes realizar un plan de acción ¿Cuántas horas debes entrenar cada día para lograrlo?

Además, plantearás metas a corto plazo: ¿en cuánto tiempo correrás 100 m? ¿Dentro de un mes? ¿Dentro de mes y medio? Y así sucesivamente. Una vez detallado el plan lo llevarás a cabo. Nuevamente debes recordar que el compromiso más importante es contigo y que requiere constancia y disciplina.

SÍ SE VALE...

Cambiar de opinión si vas por el camino equivocado.

NO SE VALE...

Abandonar la carrera porque te dio flojera o requería más esfuerzo del que pensabas.

EJERCICIO

Elabora un horario para la próxima semana lo más detallado posible. Incluye sólo las actividades en las que estás realmente adquiriendo un compromiso contigo mismo. Y pégalo donde lo puedas ver muy fácilmente.

HORARIO	LUNES	MARTES	MIÉRCOLES	JUEVES	VIERNES	SÁBADO	DOMINGO	PENDIENTES
7-8								
9-14								
15-16								
16-18								
18-20								
20-22								

9. Evalúo mis logros antes de seguir adelante

Ya te sugerimos cómo darle un ritmo ordenado a tu vida, ser dueño de tu tiempo y clarificar tus prioridades. Las anteriores son premisas básicas para alcanzar eficacia en cualquier trabajo. Aprender esto requiere de tiempo, para entenderlo y practicarlo. Una vez puesto en práctica será importante evaluar si logras lo propuesto; es lo que analizaremos en este capítulo.

¿SI NO HAGO TODO LO QUE TENÍA PENSADO FRACASÉ?

Es evidente que no puedes hacer en la vida todo lo que quisieras, muchas veces la limitación es el tiempo. El reto es qué actividades eliminar para tener tiempo. Hay personas que parecen hacer muchas cosas, van y vienen de un lado a otro a toda velocidad, suben, bajan, hablan por teléfono, inician mil cosas a la vez y no acaban ninguna: sus múltiples y poco claras ocupaciones los hacen llegar tarde a todo y con una gran sensación de prisa. En estos casos se trata de personas al parecer muy eficientes pero en realidad se ocupan de muchas actividades inútiles.

¿MÁS VALE HACER POCAS COSAS?

Es más útil estudiar de manera concentrada una hora y luego descansar otra, en vez de pasar seis horas tratando de estudiar al mismo tiempo que vemos la televisión, hablamos por teléfono, escribimos una carta y discutimos con nuestra mamá.

¿POR QUÉ A VECES CUESTA TRABAJO ORGANIZARTE PARA SER EFICIENTE?

La mayoría de las personas tiende a hacer lo urgente antes de lo importante, lo fácil antes que lo difícil, lo que se termina rápidamente en vez de lo que requiere un esfuerzo continuado. Ordenar tus ideas y tener claro hacia dónde vas ayuda a diferenciar lo urgente de lo importante.

¿POR QUÉ SE DICE QUE TENER BUENOS HÁBITOS AYUDA A TENER ÉXITO?

Algunas características personales como orden, puntualidad, saber valorar y respetar el tiempo de los demás, constancia y compromiso contigo y con las otras personas son cualidades asociadas con personas que tienen éxito en lo que se proponen.

¿CÓMO SE APRENDE A SER EFICIENTE?

Según Stephen Covey, autor de famosos libros como *Los siete hábitos de gente altamente efectiva*, podemos distinguir los estilos que adoptan personas para administrar su tiempo.

1. Personas que elaboran listas de tareas pendientes, las apuntan constantemente en papelitos (¡ojo con no perder los papelitos!). Con ello tienen conciencia de lo que deben hacer pero la clave es que, además, lo hacen en cuanto pueden y lo tachan de su lista, lo que siempre proporciona una sensación muy agradable. Sin embargo, llegar a este punto ya puede ser muy difícil para quienes nunca lo han hecho. Este estilo tiene la desventaja de que hacemos lo que se nos presenta y eso no siempre corresponde con lo que nos lleva a nuestra meta.

2. Personas que intentan planear un poco más adelante y programan sus actividades con una agenda. Anotan compromisos y proyectos de actividad futura, en la medida en que su tiempo, según su agenda, les permite aceptarlos. Anticipar las acciones requiere de una mayor organización, pero en ocasiones también es sólo una manera de distribuir el tiempo.

3. Combina los dos anteriores con la idea de establecer prioridades. Se centra en la necesidad de fijarte metas para ciertos plazos y de acuerdo con las metas se prepara una planificación diaria buscando ser más eficientes. Aquí la clave no es dar prioridad a lo que está en la agenda, sino ordenar la agenda de acuerdo con tus prioridades.

La desventaja de este estilo es que puede volverte una persona muy rígida; nos fija prioridades en las metas y en el tiempo y en ese caso falta contemplar otros aspectos de las relaciones humanas que debes equilibrar de manera más espontánea, como afectos, relaciones sociales, sucesos imprevistos.

4. El cuarto estilo radica en que, en vez de organizar el tiempo, trates de organizarte a ti mismo. Hay actividades que requieren una atención inmediata. Son cosas que se te presentan y generalmente no puedes evitar, por ejemplo: te enfermas y tienes fiebre, suena el teléfono para darte una noticia triste, pero también puede sonar sólo porque alguien te llama para platicar, etcétera. Son cosas que requieren de una atención inmediata. Sin embargo, muchas veces carecen de importancia y nos desorganizan. El problema es que ante lo urgente siempre reaccionamos; ante lo importante, no siempre.

¿QUÉ TIPO DE PERSONA SOY? ¿CÓMO PUEDO DISTINGUIR LO URGENTE DE LO IMPORTANTE?

En general, lo importante pero no urgente requiere más iniciativa, esfuerzo y concentración.

Por ejemplo, desarrollar un tema relacionado con la clase de Historia. En ese caso actúas de modo creativo, no reaccionas simplemente ante lo que ocurre. En cambio, si enfrentas una emergencia de salud es probable que reacciones de inmediato.

Hacer las cosas sin urgencia, te da herramientas de creatividad e iniciativa para hacerlo mejor en casos de emergencia.

¿HAY COSAS QUE SON URGENTES E IMPORTANTES?

Sí, de hecho hay clasificaciones que te aclaran este punto, como la que se ilustra en el siguiente cuadro:

	POCO URGENTES	MUY URGENTES
Muy	I. Importantes y urgentes	II. Importantes NO urgentes
Poco importantes	III. No importantes y urgentes	IV. No importantes ni urgentes

> **Lo que más requiere de tu atención son las cosas importantes y urgentes y lo que menos atención requiere es lo no importante y no urgente.**

¿CÓMO ES LA VIDA DE ALGUIEN QUE TIENE MUCHAS COSAS URGENTES E IMPORTANTES?

Si una persona dedica todo el día solamente a cosas urgentes e importantes nunca dedicará tiempo a lo importante pero no urgente. Esto genera estrés, sensación de crisis continua y cansancio.

Es necesario pensar cómo organizarte y aprovechar las oportunidades para resolver los problemas y no dejarte llevar por ellos. Se puede reducir el número de tareas urgentes e importantes de cada día, para atenderlas y dedicar energía a lo importante pero no urgente. Y tú, ¿a qué le das más importancia?

¿SABÍAS QUE…?

Avanzar en el modo de organizar el tiempo es efectivamente un reto tan difícil como importante.

¿QUÉ PUEDO HACER SI ME GUSTA TENER MUCHAS RESPONSABILIDADES?

A veces sucede que todo te interesa, "alzas la mano para todo" y así te llenas de cosas urgentes e importantes. Si eres de esas personas también debes aprender a hacer equipo, delegar, repartir tareas, motivar a otras personas para que tengan iniciativa, descubrir cualidades en ellas.

No se trata sólo de decir "ve a traer esto", "dile eso", "haz tal cosa", de dar órdenes sino de transmitir con claridad alguna meta común y aprovechar la iniciativa y la creatividad de todos. Éstas son capacidades personales muy favorables si aprendes a ser eficiente al mismo tiempo que tienes un grupo de amigos con quienes trabajar y divertirte.

¿LO IMPORTANTE PARA UNA PERSONA TAMBIÉN LO ES PARA OTRA?

No siempre. Lo importante para una se relaciona con sus propias metas. Por ello es importante establecerlas de manera clara.

¿CÓMO SE ESTABLECEN LAS METAS?

Para fijar metas que realmente puedas evaluar se necesita que sean:

Realistas: No te propongas algo muy difícil o imposible de alcanzar, por ejemplo: "Sacar el primer lugar de mi clase en todas las materias." Fijarte metas inalcanzables te producirá frustración. Una meta realista sería: "Voy a estudiar tres horas diarias para mejorar mi promedio en todas las materias."

Medibles: Es decir, que tengas un criterio de evaluación para saber, con objetividad, si la alcanzaste o no. Un ejemplo de meta no medible es: "Voy a aprender arquitectura." Es una meta amplia que no especifica qué, cuánto ni cuándo. Si quieres evaluarla podrías decir "Voy a leer el primer capítulo del libro *Introducción a la Arquitectura* que vi en la biblioteca."

Modificables: Se vale cambiar las metas según las situaciones y oportunidades que se presentan: "Voy a leer el libro *Cómo construir una casa*, porque el de la escuela está prestado."

Claras: Definir tareas y pasos específicos hacia lo que quieres lograr. Una meta poco definida es: "Un día voy a leer el libro" y una meta clara es: "Todos los días voy a leer un capítulo antes de dormir."

Controlables: Que dependan principalmente de ti. Un ejemplo de una meta no controlable es: "Voy a leer el capítulo del libro una vez que llegue mi papá." De esa manera te pones obstáculos a ti mismo y le das responsabilidad a otras personas sobre lo que deseas hacer. Si no lees el libro fácilmente dirás: "La culpa es de mi papá porque tuvo mucho trabajo en la semana y llegó tarde." Lograr metas personales depende principalmente de ti.

¿LAS METAS SÓLO SE REFIEREN A COSAS DEL TRABAJO O DE LA ESCUELA?

No. Puedes plantearte metas en cada actividad que desempeñas. Para no equivocarte cuando diseñes tu proyecto de vida, identifica los diferentes roles o papeles que tienes de manera simultánea. Por ejemplo, en la familia, uno puede tener un papel de padre, esposa, hijo, hermana…

En cada uno de esos papeles cada quien establece la meta que desea alcanzar; es decir, qué tipo de familia quieren, cómo les gustaría que fuera la relación entre sus miembros y a qué valores se da especial importancia. Dentro de ese proyecto, cada quien puede proponerse aspectos que mejorar y ponerlos en práctica mediante metas concretas; por ejemplo: "Escuchar con atención a mi hermano cuando quiere platicar conmigo."

Cuando trabajas debes tener claro qué esperas del trabajo y poner metas al respecto. Por ejemplo, si trabajas para ganar dinero, entonces tu meta será ganar determinada cantidad dentro de seis meses; probablemente trabajes sólo porque te interesa aprender algo, entonces, tu meta será aprender a utilizar dos programas de la computadora en esa oficina.

Estos ejemplos se pueden aplicar a otras áreas de la vida, como mantener hábitos de salud, cooperar en tu comunidad, mantener buenas relaciones con tus amigos y amigas, saber trabajar en equipo, aprender a discrepar constructivamente, fortalecer aspectos culturales o religiosos, etcétera.

Una meta adicional es encontrar un equilibrio en todas las áreas de nuestra vida. Es importante recordar que toda planeación y organización requiere flexibilidad. Tus metas, agenda y prioridades deben ajustarse a tus necesidades y manera de ser. Tus metas en su conjunto no serán iguales a las de otra persona. Eres único, especial y cada uno de nosotros estamos construyendo nuestra historia personal. En esa historia se incluirán episodios de otras personas con quienes compartes diferentes etapas o momentos de tu vida, pero la historia de cada persona será sólo eso: su historia personal.

UNA ÚLTIMA RECOMENDACIÓN

¡Enamórate de tus metas y haz todo lo que tengas que hacer para lograrlas!

SÍ SE VALE...

Tener constancia y firmeza para cumplir las metas que te propongas.

NO SE VALE...

Ser una persona rígida e inflexible. La flexibilidad necesita firmeza y apertura, mientras la rigidez muchas veces es una manifestación de inseguridad.

EJERCICIO

Lee detenidamente y analiza la letra de las siguientes canciones.

NADA QUE PERDER

Intérprete: Maná

Ya me harté de estar aburrido
no tengo más tiempo que perder
me voy a largar en busca de un sueño
de nuevo a empezar, un nuevo día vendrá.

Yo no sé qué hay en el camino
pero lo tengo que cruzar
si tropiezo y me caigo en el intento
me paro otra vez, no hay nada que perder.

No hay nada que perder, tienen que entender
que uno tiene que luchar, no hay nada que temer
en mí tengo que creer, y nadie me va a parar.

La vida no son sólo rosas
y a veces te puedes espinar.
Cuando sienta que tengo el mundo en mi contra
lucharé hasta el final, nadie me detendrá.

Yo tengo que vivir, el tiempo es corto
tengo valor y no temor porque yo creo en algo
yo tengo que soñar, así nadie me va a parar
así puedo volar.

No dudaré, yo sé quién soy
y hacia dónde voy ¡oh! no dudaré,
si yo sigo a mi corazón, todo es posible.

No hay nada que perder, tienen que entender,
que uno tiene que luchar, no hay nada que temer,
en mí tengo que creer y nadie me va a parar.

No hay nada que perder, no hay nada que temer,
no hay nada que perder, nada, nada que temer.

Con valor, lucharé por siempre.
Sin temer, haré lo imposible.
Lucharé por siempre, haré lo imposible.

SUEÑO IMPOSIBLE

Interpreta: J. Darion /M. Leigh

Con fe, lo imposible soñar
al mal, combatir sin temor
triunfar, sobre el miedo invencible
en pie soportar el dolor.

Amar, la pureza sin par
buscar, la verdad del error
vivir, con los brazos abiertos
creer, en un mundo mejor.

Ése es mi ideal, la estrella alcanzar
no importa cuán lejos, se pueda encontrar
luchar por el bien sin dudar, ni temer
y dispuesto al infierno arrastrar, si lo ordena el deber

Y yo sé, que si logro ser fiel
a mi sueño ideal
estará mi alma en paz al llegar
de mi vida el final.

Y será este mundo mejor
si hubo quién soportando el dolor
luchó hasta el último aliento
por ser siempre fiel a su ideal.

Después de leer detenidamente las canciones, intenta responder:

¿Cuál es el mensaje principal de estas canciones?

_____

¿Ya tienes un ideal que perseguir?

_____

¿Cuál sería para ti un sueño imposible?

_____

¿Cómo crees que podrías lograrlo?

_____

¿Cuáles son tus metas para lograr lo que deseas en la vida?

_____

¿Crees que cuentas con las herramientas para lograrlo?

_____

¿Qué te falta?

_____

¿Cuál es el primer paso para lograrlo?

_____

¿Cuándo y cómo darás ese paso?

_____

¿Cómo evaluarás si lo lograste?

_____

¿Cuándo lo evaluarás?

_____

Sexo, violencia, depre, tareas y otras cositas

Introducción

Ya empecé la segunda parte. Casi no me lo creo, es la primera vez que leo un libro así de rápido. Parece que él y yo estamos en la misma sintonía: ¿qué vamos a hacer en el futuro? Todo el mundo me pregunta ¿y qué vas a hacer cuando seas más grande?, y de verdad que eso me preocupa, porque no sé para qué sirvo, ni siquiera cuántos años más quiero estudiar, pero al empezar el Capítulo 10 me quedaron claras algunas cosas, al menos pediré orientación vocacional antes de decidir.

Todo el tiempo me pregunto qué pienso y siento. Además de que mi mamá me lo pregunta cada vez que puede. A ver si leyendo esas preguntas y respuestas del Capítulo 11 identifico lo que siento y pienso. A veces pienso y siento mil cosas al mismo tiempo y otras, la verdad, ni sé lo que siento o si lo sé no quiero compartirlo con mi mamá. Prefiero estar a solas o con mis amigos. Con ellos es más fácil hablar de esas cosas, de lo que me gusta, lo que me enoja… más bien no pueden callarme. Es por eso que me gusta estar con ellos. Me gusta tanto que a veces se me olvida todo lo que debo hacer. Lo que me preocupa en este momento es que ¡no quiero reprobar! Me dio risa leer el título del Capítulo 12 porque era justo lo que estaba pensando. Lo primero es no reprobar y poderme organizar mejor para terminar el año. Al mismo tiempo, si veo que no repruebo, me sentiré mejor, más tranquilo.

Cuando las cosas no me salen bien me saco de onda, me siento triste y casi en la "depre". Aunque ya que leí el Capítulo 13 aprendí que la depresión es cosa seria y que quien la padece debe buscar ayuda. Parece que conforme crecemos nos damos cuenta de más problemas en los que las personas no se ponen de acuerdo.

Ayer hubo una fiesta y había una pareja "gay". Era en casa de Eva y a sus papás no les gusta que vayan "ese tipo de parejas". Ella estaba tensa y después de la fiesta hubo todo un debate sobre si deberíamos volver a invitarlos o no. Yo afortunadamente había leído el Capítulo 14, sobre diversidad sexual, y mis opiniones me hicieron sentir muy bien conmigo y con los demás. La fiesta también se puso difícil porque el novio de Eva es muy celoso, no la "deja" tener amigos. Ese día le dijo que no quería que se volviera a poner ese vestido con el que se veía muy guapa. Me acordé, perfecto de que el Capítulo 15 habla de la violencia en el noviazgo, y ya les recomendé el libro. Además, ahí se explica qué es amor y qué no es, espero que les sirva. Creo que he aprendido que muchas cosas que vemos como "normales" resulta que son violencia y otras que vemos como "anormales" se arreglarían si respetáramos las preferencias y los derechos de cada persona. La próxima vez que salga con alguien veré todo con otros ojos.

Al final del libro se habla de algunas broncas en las que espero no meterme nunca. Ya sé que, además, pensar que algo "no nos puede pasar a nosotros" no es lo mejor para prevenir las cosas. Lo bueno es que aprenderé en serio cómo prevenir embarazos no deseados y acerca de infecciones de transmisión sexual, muy detalladas en los capítulos 16 y 17. Lo que más quisiera es que mis amigos y yo estuviéramos felices y tranquilos, que pudiéramos divertirnos y estar bien.

Bueno, pues sin darme cuenta ya estoy a punto de terminar el libro. Algo que también me gustó es que ya casi al final habla de lo que podemos hacer por nuestra comunidad; reflexioné que debemos hacer algo porque nadie más lo hará, las cosas no se componen por arte de magia, ni con quejas ni con buenos deseos. Después de leer el Capítulo 18 me emocionó saber todo lo que puedo hacer por mi comunidad, desde saludar a la gente, no tirar basura, poner quejas sobre baches o fugas de agua, son mil cosas, ahora las veo más fácilmente.

Tras leer el Capítulo 19 estoy listo para volver a pensar, ¿qué estudio y dónde?, cada vez que paso por una escuela o universidad; si veo alguna profesión que no conocía pongo más interés, aún no sé qué voy a estudiar ni dónde, pero me imagino en muchas profesiones y he descubierto que me gustan más cosas de las que pensaba. Y el Capítulo 20, el último que leí, me encantó porque aprendí lo importante que es el ahorro; reflexioné sobre el valor de las cosas y lo que cuesta comprarlas, por lo tanto ahorraré un poquito de lo que me dan mis papás cada semana. Ah, y también encontré muy buenos tips para ser un emprendedor, o sea que desde ahora puedo pensar en poner un negocio, comprar o vender algo, o hacer una actividad que me deje dinero.

Hay preguntas que seguramente leeré varias veces así como sus respuestas. Y además siento que no me dará pena buscar información o preguntarle a alguien de confianza.

10. ¿Hacia dónde voy y cómo le hago?

Cuando realizas un viaje debes contestar varias preguntas: ¿A dónde me gustaría ir? ¿Por qué tan lejos? ¿Cómo puedo llegar allá? ¿Qué información necesito? ¿Qué me espera cuando este allá? ¿Qué necesito empacar para estar preparado y disfrutar el viaje? De manera semejante, necesitas preguntarte con qué recursos cuentas como persona para construir el viaje al futuro al que llamaremos "proyecto de vida". En esta sección hablaremos de las llamadas habilidades para la vida y analizaremos de qué manera las puedes desarrollar. Ellas son: autoconocimiento, comunicación asertiva, negociación y toma de decisiones.

¿QUÉ HABILIDADES O HERRAMIENTAS NECESITO PARA CONSTRUIR MI PROYECTO DE VIDA?

Antes se creía que los conocimientos eran suficientes para adoptar conductas sanas y lograr las metas deseadas. Ahora se sabe que contar con conocimientos no es suficiente, se necesita además desarrollar habilidades.

> **La educación que sólo da conocimientos únicamente brinda información, sólo forma parcialmente a las personas.**

Una educación que además de dar conocimientos fortalezca el desarrollo de habilidades, contribuirá a una verdadera formación de las personas.

¿CUÁLES SON LAS HABILIDADES PARA LA VIDA?

Las principales habilidades para la vida son:

- Autoconocimiento.
- Comunicación clara y directa, conocida también como comunicación asertiva.
- Negociación.
- Expresión de nuestras emociones.
- Solución de problemas.
- Toma de decisiones, que incluye la capacidad para analizar situaciones.
- Pensamiento crítico.
- Organización y planeación.
- Utilizar nuestro tiempo libre, la creatividad y la habilidad para ser constantes en lo que nos proponemos.

En la medida en que cuentes con estas habilidades y las complementes con conocimientos específicos sobre diversos temas, podrás prevenir problemas en tu desarrollo.

¿CÓMO SÉ QUE ESTAS HABILIDADES SIRVEN?

Existe una amplia variedad de programas educativos que tienen como objetivo prevenir deserción escolar, embarazos en la adolescencia, VIH/SIDA, abuso del alcohol, uso de tabaco y drogas ilegales. Hoy en día se sabe que no hacen falta programas específicos para cada aspecto de la salud física y mental de las personas, sino que a través de programas enfocados en el desarrollo de habilidades para la vida se previenen muchos riesgos a los que nos enfrentamos durante la adolescencia.

¿CÓMO DESARROLLAR AUTOCONOCIMIENTO?

Desde que eres niño inicias un proceso de autoconocimiento que te permite describirte a ti mismo, físicamente y respecto a tus habilidades y características emocionales. Es decir, cómo te ves a ti mismo, a tus habilidades, inteligencia, apariencia física, etcétera.

El autoconocimiento lo logras de dos maneras: observándote a ti mismo y escuchando cómo te describen otras personas. Muchas veces las presiones te hacen sentir que la única parte de tu identidad es la externa; es decir, lo que las otras personas piensan de ti y funcionas de acuerdo con eso. Si piensan que eres flojo, te comportas como tal, si piensan que eres ordenado tratas de demostrar que lo eres.

¿POR QUÉ A LA MAYORÍA DE LOS CHAVOS NO LES GUSTA SU APARIENCIA FÍSICA?

Porque están sujetos a diversas presiones sobre cuál es un buen cuerpo y cuál no lo es; quién es guapo y quién no. Los medios masivos presentan imágenes como las ideales y como si sólo la parte física fuera importante; los medios masivos tienen una influencia tan grande que a veces creemos que es lo ideal.

Buenas noticias: esas imágenes son sólo una manera de vender sus productos, de ningún modo son los seres ideales; mejor vete en el espejo y descubre tus partes bellas, especiales. ¿Qué tal esos ojos, esas caderas, esas piernas delgaditas o redonditas, esos ojos grandes, esa nariz chata? No las de la televisión, las de la realidad son las especiales, porque son con las que vamos a vivir y a gozar toda la vida.

Es importante tener claro que estás en una etapa de muchos cambios físicos y poco a poco aprenderás a adaptarte a ellos, a vivir con ellos, apreciarlos y hacerlos parte tuya.

¿QUÉ QUIERE DECIR "SER GUAPO"?

En diversos grupos sociales la belleza se define de diferentes maneras. Para algunos, tener nalgas grandes es lo bonito, para otros ser muy delgado; en otros más, lo que se define como bello es lo natural, mientras otras personas prefieren a alguien muy maquillado, con argollas, tatuajes, sin cabello, etcétera. Es decir, no hay un solo tipo de belleza; son atractivas diferentes características en diferentes grupos sociales. Además el concepto de belleza también ha variado a lo largo de la historia.

Por otro lado, muchos patrones de belleza se relacionan con la salud. Por ejemplo, ser delgada es más sano que tener sobrepeso. El problema viene cuando se exageran, como sucede muchas veces en los medios masivos que promueven ciertas modas no necesariamente saludables.

¿QUÉ ES AUTOESTIMA?

La valoración que haces de ti, es decir, qué tanto te quieres y aprecias. Las personas con alta autoestima por lo general son más creativas y seguras de sí. A su vez inspiran confianza en los demás, pueden ayudarse a sí mismas y a los demás con mayor facilidad.

¿QUÉ HAGO SI ME SIENTO CON LA AUTOESTIMA BAJA O INSEGURO?

La autoestima permite apreciarte cuando algo te sale bien. En la medida en que ves que te va bien en algo que haces, te sientes con más seguridad. Por otro lado, es importante entender que para sentirte mejor contigo debes cumplir la meta que te pongas, no la que otros te pongan para quedar bien con ellos. Tu autoestima se formará y mantendrá más sanamente si depende de lo que tú quieres hacer, de cómo te ves a ti , no de lo que otros creen que debes hacer y creer o cómo verte.

Si descubres que te sale mejor de lo que pensaste un vestido que coses, la tarea de matemáticas, correr cien metros planos o hacer un nuevo amigo cuando eres muy tímido, te sentirás mejor contigo, tendrás más confianza en intentar otra cosa; cuando ésta también te salga más o menos bien o muy bien, una vez más te sentirás a gusto contigo. Conforme adquieres esta confianza te preocuparás menos si algo no te sale bien. Podrás entender y aceptar que de tus errores aprendes y no son el fin del mundo.

¿SABÍAS QUE...?

Es más sano competir contigo mismo que con los demás. Es más sano ponerte metas y hacerte apuestas a ti mismo de que las lograrás. Sólo tienes que demostrártelo a ti y sentirás lo que se llama satisfacción personal. Disfrútala.

¿ES CIERTO QUE LA GENTE QUE TIENE UNA ALTA AUTOESTIMA ES EGOÍSTA Y NO ES CAPAZ DE AYUDAR A OTROS?

¡¡Noooo!! La gente que se quiere a sí misma desarrolla mayor seguridad y confianza que le ayudan a lograr lo que se propone. Sí tienes seguridad en ti mismo, sí realmente te valoras, darás más de ti. En cambio las personas inseguras, tratan de "jalar" lo más posible sólo para sí y no compartir. Son las que con más facilidad desarrollan envidias, celos y luchas de poder.

SOY DIFERENTE A LOS DEMÁS, ¿QUÉ HAGO?

Todos somos diferentes y coincidimos en algunos aspectos con unas personas y en otros con otras. ¡Qué rico!, hay que gozar las diferencias. Piensa que si fueras exactamente igual a alguien más, no tendría sentido que estuvieras aquí. Ser alguien especial te da ideas, modos diferentes de actuar y expresarte y te permite hacer una mayor contribución a tu comunidad. ¡¡¡Todos tenemos algo especial!!!

¿CÓMO ES EL ADOLESCENTE IDEAL?

No existe el adolescente ideal, igual que no existen el adulto, el niño o el viejito ideal. Cada vez hay más presión para tratar de ser de determinada manera. Los medios masivos se han encargado de transmitir la idea de que hay una forma ideal de ser, tanto a nivel físico como emocional.

El ideal, según muchos medios masivos, es el hombre rico, fuerte, audaz, expresivo e inteligente. Por otro lado, se cree que las mujeres deben ser altas, delgadas, de ojos negros, calladas y de pelo chino… y para otros lo ideal es ser chaparrita, caderona, de carácter fuerte, ojos verdes y pestañas rizadas, etcétera. Es muy importante entender que cada uno de nosotros es especial e irrepetible y no tiene sentido tratar de ser como el de la televisión, la foto de la revista, el hijo de la vecina o el personaje de la novela.

> **Cada persona tiene características que la hacen especial, su forma de expresar emociones, de llevarse con los demás, su habilidad en algún aspecto intelectual, alguna característica física, entre otras.**

¿POR QUÉ ES TAN DIFÍCIL LA COMUNICACIÓN ENTRE CHAVOS Y ADULTOS?

Porque en la adolescencia descubres nuevas formas de hacer las cosas, de tener tus propios valores y maneras de actuar, de tomar tus decisiones y no sólo obedecer lo que los adultos esperan de ti. En muchos grupos sociales aún se cree que educar quiere decir controlar, presionar a hacer lo que a uno le enseñaron, obedecer. En la medida en que somos una sociedad más libre y madura entendemos que educar debe incluir formar para decidir; para hacer elecciones con libertad y responsabilidad.

¿QUÉ ES LA COMUNICACIÓN?

Comunicar quiere decir intercambiar sentimientos y experiencias; se refiere a compartir. Es un proceso de transmisión e intercambio de ideas, pensamientos, sentimientos, experiencias y acciones.

La comunicación se da de manera verbal (hablando) y no verbal (a través de nuestros gestos, posturas del cuerpo, tono de voz, miradas y movimientos).

Los componentes más importantes de la comunicación son saber escuchar y saber transmitir. Escuchar implica mirar a los ojos a la persona que nos habla, respetar el tiempo en que lo hace, entender que somos personas distintas y que pensamos diferente.

Aunque digamos que escuchamos a la persona si nuestro cuerpo, mirada y gestos expresan intolerancia, desesperación o desinterés, seguramente quien nos habla (el emisor) lo percibirá y la comunicación será incompleta.

La transmisión es el otro componente importante por lo que debemos tener claro cómo decimos algo y cómo nuestro cuerpo también transmite mensajes a través de gestos y movimientos. La comunicación más efectiva es clara y precisa, sin rodeos y sin agresiones.

¿CÓMO SE LOGRA LA COMUNICACIÓN EFECTIVA?

Para que la comunicación lo sea sigue los siguientes puntos:

- Preguntarle a la otra persona si lo que entendió es lo que queríamos decir.
- No dar nada por entendido.
- Expresar lo que realmente sientes y hacerte responsable de sus consecuencias.
- Evitar generalizaciones como "siempre" o "nunca".

- No asumir ni adivinar lo que la otra persona piensa, siente o necesita.
- Procurar que el mensaje vaya real y directamente a determinada persona, no triangular la información (no decir algo a alguien para que se lo diga a otro más, no decir las cosas de manera indirecta ni con rodeos).
- Pensar en mensajes claros, directos y no agresivos. Ese tipo de mensajes se llaman mensajes asertivos.

¿QUÉ NECESITO PARA HABLAR DE MANERA ASERTIVA?

- Identificar lo que piensas, sientes y crees.
- Aceptarlo.
- Expresarte de manera clara, directa y congruente.
- Hablar en primera persona usando frases "yo" o "a mí".
- Hablar de hechos concretos y no de personas que dijeron o hicieron tal o cual cosa.
- No responsabilizar a los demás de lo que sientes.
- Tener en cuenta los deseos y sentimientos de la otra persona.
- Buscar el momento preciso para decirlo.

¿CUÁLES SON ALGUNOS EJEMPLOS DE COMUNICACIÓN ASERTIVA?

Ahí te van algunos: "no gracias, no puedo ir" en lugar de "tal vez, buscaré la forma de ir" o "sólo tendré relaciones sexuales contigo si usas condón", en vez de "es que mira, no estoy segura, es posible pero como que me da susto, pero luego vemos".

> La comunicación asertiva se facilita si usamos frases en primera persona como "yo" o "a mí".

¿QUÉ SON LAS FRASES "YO" O "A MÍ"?

Son frases que ayudan a la comunicación directa y clara. Las frases que empiezan con "yo quiero", "a mí me parece que", "yo deseo", "a mí me gustaría pedirte que…", "yo no estoy de acuerdo", "yo no voy a ir, a menos que…". Otros ejemplos: "yo quiero ir al cine", "a mí me molesta que no me hagas caso", "yo no estoy de acuerdo con ese plan y quiero proponer este otro", "a mí me parece que desvelarse antes de un examen no es buena idea", "yo me siento mal cuando oigo comentarios como esos".

¿POR QUÉ SON EFECTIVAS ESTAS FRASES PARA LA COMUNICACIÓN?

Porque en lugar de hablar de la otra persona y lo que hizo, no hizo o debió haber hecho, empiezan por el efecto que tienen las acciones en nosotros, entendiendo que algunas veces podemos tomar las cosas de manera diferente a como nos las dicen y aprendiendo que hay cosas que no debemos tomar de manera personal, como agresiones o insultos.

Así, en lugar de decir "lo que pasa es que tú no querías ir conmigo" decimos "yo quería que fueras". De esta manera comunicamos nuestros deseos y no interpretamos las acciones de otras personas.

¿SE PUEDE APRENDER A SER UNA PERSONA ASERTIVA?

¡¡Sí!! De hecho los niños por lo general lo son naturalmente. Cuando tratamos de quedar bien con otras personas no decimos lo que realmente nos gusta o queremos. Algunas veces aprendemos a mentir por quedar bien con los demás y hasta aprendemos frases como "qué bien te ves", "qué rica sopa" o "claro que tengo todo el tiempo para ayudarte", cuando realmente pensamos y sentimos cosas distintas a las que expresamos.

¿POR QUÉ MUCHAS VECES USAMOS EL PLURAL "NOSOTROS" CUANDO EN REALIDAD NOS REFERIMOS A ALGO QUE HIZO UNA SOLA PERSONA?

"Nosotros hemos visto", "nosotros hicimos" son frases frecuentes para indicar que una sola persona hizo algo. Sin embargo, se usa el plural como falsa modestia (no me den todo el reconocimiento a mí, aunque me lo merezca) y para no reconocer quién es el responsable de lo que sucedió (así nos protegemos por si algo no sale bien, al tiempo que todavía nos dejamos espacio para tener el reconocimiento en caso de que resulte exitosa la acción). Es una forma de comunicarse poco clara y definitivamente no asertiva.

¿CUÁL ES LA DIFERENCIA ENTRE COMUNICAR Y JUZGAR?

Puedes expresar lo que sientes usando frases que empiecen con "yo" o "a mí". Por ejemplo: "yo creo", "a mí me late", "a mí me gustaría", "yo siento". De esa manera comunicarás algo que ves o sientes. Si por el contrario dices: "es que tú no entiendes" o "lo que pasa es que tú eres", juzgamos a la persona.

¿CUÁL ES LA DIFERENCIA ENTRE HABLAR FIRME Y HABLAR FEO?

Hablar firme es hacerlo con seguridad y confianza, en tono de voz moderado. Por ejemplo: "Este fin de semana no podrás salir con tus amigos ya que necesito tu apoyo para arreglar la casa." Hablar feo es utilizar palabras no apropiadas, transmitir inseguridad y juzgar con tono despectivo u ofensivo. Por ejemplo: "Tus amigos me tienen harta, son unos mediocres, por eso no quiero que salgas con ellos, además tenemos que arreglar la casa."

¿QUÉ REACCIONES PRODUCE JUZGAR A ALGUIEN?

¡¡MUCHAS!! Por un lado es probable que la comunicación sea rígida, no fluya o ya no avance, también es posible que alejemos a esa persona de nosotros. Nadie se quiere sentir juzgado o criticado, pero si nos dicen las cosas de buena manera, como pregunta u opinión y no las repiten para forzarnos o presionarnos, es probable que escuchemos y consideremos lo que nos dicen.

¿QUÉ ES NEGOCIAR?

La negociación es un proceso mediante el cual se trata de llegar a acuerdos. Cada una de las partes tendrá que ceder, es decir, "sacrificar" algo para llegar a una decisión con la cual ambas partes se sientan cómodas. La esencia de la negociación es buscar una solución juntos. Esto quiere decir que ambas partes salen ganando y por supuesto también significa que las partes no tendrán todo lo que esperaban originalmente. Cada una habrá tenido que ceder en algo. Muchas veces, en una negociación la otra persona trata de engancharnos en una discusión y se da una lucha de poder. Es una estrategia para ganar la negociación. Si nos enganchamos emocionalmente, no podremos tomar decisiones de manera calmada y objetiva.

> **La negociación involucra ceder; implica que ambos salgan ganando aunque "pierdan" algo de lo que tenían originalmente.**

¿CÓMO SÉ SI UNA OPINIÓN ES REALMENTE MÍA O ESTÁ INFLUIDA POR OTRAS PERSONAS?

Para responder a esta pregunta debes hacerte otras: ¿Cómo formé mi opinión? ¿Me informé? ¿Analicé la información o sólo consideré lo que escuché o vi? Tus opiniones no siempre reflejan posturas propias, muchas veces las retomas y utilizas sin haber reflexionado en ellas. Es importante contar con la información que te permita formar tus propias opiniones. De esta manera las entenderás y defenderás ante los demás.

Para establecer reglas de común acuerdo conviene tomar en cuenta lo siguiente:

- Tener claro para qué se necesita la regla. Tal vez sale sobrando.
- Observar cuidadosamente y de manera constructiva si funcionan las reglas que ya ex-isten y, si no, ver formas de mejorarlas.
- Establecer una nueva regla durante un determinado periodo de tiempo y evaluar cómo va a funcionar.
- Con base en lo que se evaluó, hacer sugerencias de qué cambiar o cómo asegurar que se establezca durante determinado tiempo.

¿EN UNA NEGOCIACIÓN ES MEJOR MOSTRAR MIS EMOCIONES O SER MÁS RACIONAL?

Las personas expertas en negociación sugieren que, en la medida de lo posible, se dejen las emociones a un lado cuando se negocia. Sugieren llegar a la negociación lo más tranquilo y racional posible, teniendo claro qué sientes y conociendo las opciones que tienen tú y la otra persona. Necesitas saber hasta dónde estás dispuesto a ceder, qué quieres lograr y tener claro lo que sientes. Así podrás dejar a un lado la parte emocional, sobre todo la explosiva.

¿HAY ALGUNA EXCEPCIÓN A LA IDEA DE NEGOCIAR REGLAS EN LUGAR DE SIMPLEMENTE ESTABLECERLAS UNILATERALMENTE?

Sí. Cuando se trata de la seguridad de las personas. Muchas veces no medimos los riesgos de algunas acciones. Por eso algunas reglas deben ser impuestas y no estar sujetas a negociación.

¿QUÉ QUIERE DECIR "TOMA DE DECISIONES"?

Elegir entre dos o más opciones la que consideres conveniente tras analizar en detalle cada una. Tomar una decisión es responsabilizarte de lo que eliges, de las consecuencias positivas o negativas que dicha acción tenga. Implica una gran responsabilidad ya que debes anticipar lo que sucederá contigo a partir de una decisión, si afectará o no a las personas que te rodean y cómo.

> **Tomar una decisión es sentirte libre y tener el control de tus acciones.**

¿CÓMO SE TOMAN LAS DECISIONES?

La mayoría de las decisiones se toman como parte de un proceso. No es que de repente digas "voy a hacer eso". Generalmente contemplas las ideas, las meditas, estudias ventajas y desventajas de cada opción, las comparas con otras posibilidades y finalmente ves que alguna tiene mayor peso, te atrae más, te conviene más y entonces decides. No siempre seguirás este proceso, por ello algunas veces te equivocas (la riegas)… cuando no piensas antes de actuar.

¿POR QUÉ ES IMPORTANTE SOLUCIONAR PROBLEMAS?

Cada día enfrentas situaciones diversas que implican tener ecuanimidad y capacidad analítica para resolver problemas. Pueden ser económicos, de relaciones entre personas que no se conocían o de una misma familia; entre amigos, compañeros de trabajo o estudio, así como políticos, comunitarios, sociales, etcétera. Hay que analizar lo que sucede, obtener información para decidir qué problema es y qué opciones de solución hay, es una habilidad clave a lo largo de toda tu vida.

¿CÓMO SÉ CUÁL ES LA MEJOR OPCIÓN?

Tomar decisiones implica hacernos responsables de sus consecuencias. Si decides "irte de pinta" serás responsable de las consecuencias tanto positivas (divertirte en el parque) como negativas (reprobarás por haber faltado el día del examen).

Conforme buscas y analizas la información, verás ventajas y desventajas de las opciones para controlar tu vida y hacerte responsable de lo que haces. No podrás decir "no fue mi culpa", no podrás "echarle la culpa" a alguien más. Entonces creces, maduras y construyes tu proyecto de vida al considerar todos los elementos.

¿CÓMO SÉ HACIA DÓNDE QUIERO IR?

Muchas veces durante la adolescencia decides tu proyecto de vida. Vale la pena decir que este primer proyecto puede ser sólo eso, un borrador de lo que quieres hacer. La importancia de pensarlo y hacerlo es aprender a controlar tu vida, puedes hablar sobre lo que piensas, quieres y necesitas, analizas y tomas decisiones sobre tu futuro.

Es decir, pensar en un proyecto de vida te enseña que no es recomendable vivir sin tener una ruta, un plan o una idea de hacia dónde vamos y qué esperamos lograr en la vida.

> Probablemente aún no sepas hacia dónde te diriges, pero no te angusties. Dedica más tiempo a conocerte, a analizar tus cualidades y limitaciones y a darte cuenta de lo que te gusta.

¿QUÉ ES LO QUE DETERMINA SI ESTÁ BIEN O MAL LO QUE HAGO?

Los valores son guías de conducta que diferencian entre lo correcto y lo que no lo es, entre lo importante para una persona y no lo es para otras.

Hay valores universales aceptados por todos, aunque se interpretan de maneras diferentes, como por ejemplo la justicia. También hay valores individuales. Muchos cambian con tus necesidades, la edad y las circunstancias de la vida. No todos los miembros de una familia tienen los mismos valores.

Cada quien elige sus valores de acuerdo con lo que le es importante.

¿CÓMO SÉ CUÁLES SON MIS VALORES?

Una forma sencilla de saberlo es analizar qué admiras más de otras personas, por ejemplo su honestidad, su sentido de la justicia, su curiosidad intelectual, su deseo de ayudar a las demás personas.

Generalmente las personas que elegimos como ejemplo comparten valores que consideramos prioritarios. Es importante distinguir que podemos admirar a otras personas por diferentes cualidades pero no necesariamente queremos ser como ellas.

Por ejemplo, admiras a un ídolo de rock por la manera en que canta pero no deseas guiar tu vida por sus valores si, por ejemplo, es agresivo con otras personas o usa drogas.

¿QUÉ INFORMACIÓN NECESITO PARA HACER UN PROYECTO DE VIDA?

La información más importante es la que se refiere a… ¡ti mismo! Cómo eres, qué te gusta, qué no te gusta, qué sabes hacer y qué necesitas aprender.

Como hemos dicho, es muy probable que aún no sepas hacia dónde vas pero por ahora lo más importante es saber en qué condiciones te "subirás al barco", es decir, con qué recursos cuentas para el trayecto. ¿Me podré cuidar a mí mismo? ¿Podré comunicar lo que quiero? ¿Puedo negociar, analizar situaciones? ¿Puedo decidir y responsabilizarme de mis acciones?

Si aún no tienes estos recursos; practícalos. Una vez que los consolides será más fácil saber hacia dónde dirigir tu futuro.

¿QUÉ ME ESPERA EN EL FUTURO?

¡No te preocupes! Lo que te depara el futuro se relaciona con tu preparación. Entre más conocimientos manejes y más habilidades desarrolles, más probable será que te esperen logros y éxitos. Pensar positivamente en cómo te ves, por ejemplo dentro de 5 años, te ayuda a tener una imagen ideal sobre la que construirás tu proyecto de vida de manera realista.

REFLEXIONA

Cómo es diferente decir "no me dejo enojar" a "por tu culpa me enojé".

¿CÓMO ELABORAR UN PROYECTO DE VIDA?

Lo primero es lo primero: tener claro cuál es tu ideal en determinado tiempo, por ejemplo 3 años, 5 años, 10 años, etcétera.

Algo como: "Quiero construir y decorar casas pero aún no sé qué partes de este proceso me gustaría hacer, ni si sabré hacerlo." Ya que se escribe una primera versión del problema general, lo analizamos por partes hasta que sea muy preciso cuál es el punto sobre el que tomaremos una decisión. ¿Me gustaría hacer planos, hacer cálculos sobre la resistencia de los materiales, dibujar las fachadas, inventar nuevas formas de hacer las casas, diseñar muebles para personas con necesidades especiales, elegir colores para la decoración, hacer casas para el medio rural o con energía solar, hacer casas donde no se desperdicie agua?

De esta manera analizas las diferentes partes de un problema y dentro de cada una de ellas, las opciones, haciendo una lista de ventajas y desventajas. Así podrás elegir específicamente lo que necesitas aprender.

Posteriormente les darás un orden, es decir, qué necesitas aprender primero y qué después y en qué momento de tu vida lo harás; al terminar la escuela, como parte de un pasatiempo o para tener un trabajo y vivir de él.

Además planifica qué pasará en otros aspectos de tu vida en cada una de esas etapas, en la relación con tus papás, amigos y amigas, con tu pareja, tu comunidad, etcétera.

¿CÓMO SÉ QUE LO QUE MIS PAPÁS OPINAN SOBRE LO QUE HARÉ ES LO MEJOR?

Es importante comprender que la mayoría de los papás y las mamás tienen la mejor intención al hacer recomendaciones a sus hijos. Por ello es valioso atender lo que dicen. Después de todo tienen mucha experiencia. Claro que no siempre tienen razón, pero comunican su punto de vista con la mejor de las intenciones y, por lo tanto, vale la pena escucharlos seriamente como parte de nuestro análisis.

NO SE VALE...

Pensar que es muy pronto para planear el futuro, que no sirves para nada y ya verás "qué sale".

¿QUÉ QUIERE DECIR ESTAR "EMPODERADO"?

Antes que nada, "empoderamiento" no es una palabra de origen español. Nosotras la usamos en este libro porque en las investigaciones realizadas en Yo quiero Yo puedo (IMIFAP) hemos visto que la gente la entiende y la hace suya con facilidad.

Significa que se tienen todos los elementos para llevar a cabo algo. Es el sentimiento de "soy capaz de...", "yo puedo", "voy a echarle todas las ganas porque es mi derecho" o "creo en mí, en mi capacidad de hacer mi mejor esfuerzo para cambiar las circunstancias adversas, influir en mi familia y comunidad y tener el control de mi vida".

Es más fácil sentirse "empoderado" cuando se tienen las habilidades para tomar decisiones, autoconocimiento, comunicación asertiva, expresión de emociones y manejo de estrés, así como conocimientos sobre la cuestión especifica en que me quiero involucrar.

¿ESTAR EMPODERADO ME LLEVA A TOMAR RIESGOS DAÑINOS?

¡¡¡NO!!! Estar empoderados no quiere decir ser más valiente o más aventado, ni tomar riesgos innecesarios que se conviertan en obstáculos para tu proyecto de vida. Significa tener los conocimientos y las habilidades para hacer cambios que te beneficien tanto de manera personal como promoviendo el bien común; es decir tomar riesgos calculados.

¿QUÉ ES UN RIESGO?

Es una situación de incertidumbre que puede resolverse de manera positiva o negativa, según la decisión que se tome para enfrentarla.

REFLEXIONA

¿Cuál es la diferencia entre estar empoderado porque alguien nos regala algo y estar empoderado porque logramos algo con nuestro propio esfuerzo?

¿POR QUÉ UNAS PERSONAS SE ARRIESGAN MÁS QUE OTRAS?

Hay personas que asumen riesgos dañinos en mucho mayor grado que otros, lo cual se relaciona con no tener muy claro donde empiezan y acaban los límites. Por lo general son personas inseguras respecto a normas y expectativas. Necesitan probar muchas cosas, sin tener claro cuáles son peligrosas. No saben tomar decisiones adecuadas respecto a diferentes riesgos. Por ejemplo, pueden incluir alcohol, tabaco y drogas ilegales como un riesgo que pueden asumir.

¿POR QUÉ SE DICE QUE LOS HOMBRES TOMAN MÁS RIESGOS QUE LAS MUJERES?

Porque asumir riesgos sin meditarlos es socialmente aceptable y hasta deseable. Por ejemplo se habla de la idea de ser más "aventados". Esto lleva a cumplir con presiones sociales para hacer cosas que los pueden dañar. A las mujeres, en muchos grupos sociales se les enseña a ser más cuidadosas y recatadas al tomar decisiones.

¿CUÁLES SON LAS PRESIONES NEGATIVAS?

Las que otros ejercen sobre nosotros para hacer algo que no queremos. Se pueden expresar con golpes, miradas, tonos de voz o frases retadoras como: "hazlo, todo el mundo lo hace", "no seas miedoso", "pareces un niño". ¿Por qué no decimos "No" si sabemos que nos hacen daño?

A veces cuesta trabajo decir "No" porque podría haber rechazo del grupo de amigos que reta o presiona. Algunas personas se sienten importantes si pertenecen a un grupo. En estos casos dejar de ser un integrante puede ocasionar angustia.

EJERCICIO

Llegamos al final de este tema con la reflexión sobre las herramientas necesarias para hacernos cargo de nuestro futuro. Debido a que cada persona es diferente, vale la pena pensar en cuáles tenemos y cuáles necesitamos desarrollar para construir con bases más firmes nuestro proyecto de vida.

- Primero que nada, piensa positivamente sobre ti mismo.
- Ahora, piensa cuáles son tus herramientas para construir tu futuro.
- Escribe cuáles son las características que te gustan o has oído que a otras personas le gustan de ti. Pregúntate quién eres, qué te gusta, pregúntate, ¿para qué soy bueno?
- Luego puedes hacerles esta misma pregunta a personas cercanas a ti. Pídeles que te digan qué les gusta de ti y qué sienten que haces bien. ¿Qué te dijeron? Ahora piensa qué te gustaría mejorar de ti mismo. ¿Qué necesitas aprender? ¿Qué habilidades debes desarrollar?
- ¿En qué situación o situaciones a futuro tendrías que aplicar dichas habilidades?
- ¿Qué riesgos debes evitar para lograr tu proyecto de vida?

11. ¿Qué pienso y qué siento?

Te ha pasado que en la mañana despiertas feliz y de buen humor y de repente te pones de mal humor, le contestas mal a tu mamá, gritas o te enojas (y ni tú mismo sabes por qué)… es complicado, ¿no? Pues qué crees: son tus emociones las que te hacen decir o hacer ciertas cosas, así que en esta sección hablaremos de ellas; es decir, qué sientes y cómo lo expresas.

Una emoción es un estado afectivo, una reacción que produce sentimientos y viene de la mano con cambios orgánicos (fisiológicos y endocrinos) influidos por la experiencia o por reacciones de sobrevivencia, como miedo ante circunstancias de peligro. También hay emociones placenteras, como la alegría que sientes cuando te encuentras con alguien que te gusta.

Las emociones nos ayudan a entender cómo reaccionamos, qué pasa a nuestro alrededor y qué sentimos al respecto.

¿CÓMO PUEDO CONTROLAR O MANEJAR MIS EMOCIONES?

Lo primero es identificarlas en ti. Reflexiona: ¿Qué sientes y cómo demuestras que te va mal en la escuela? ¿Qué sientes cuando ves que se comete una injusticia, cuando un amigo te trata mal? A partir de estas respuestas reconoces bajo qué condiciones reaccionas y de qué manera. Si conoces tus emociones aprendes a expresarlas de manera natural, sin controlarlas en exceso, ni expresar una emoción de modo que se confunda tu mensaje.

Hay varias maneras de expresar tus emociones:

- Con palabras.
- A través del llanto, la risa, los gestos, etcétera.
- Escribirlas.

Te has dado cuenta de que a veces ni chavos ni adultos sabemos expresar lo que realmente sentimos; algunos reaccionamos de manera exagerada e impulsiva cuando nos enojamos, estamos tristes, le echamos la culpa o le gritamos a otros cuando cometemos un error. Otros no expresan sus emociones, están felices o agradecidos pero lo niegan. Y otros más tienen una expresión confusa, o sea, están preocupados o tristes y reaccionan con enojo. Esto puede ir de la mano con que no conectamos con nuestras emociones y hacemos como si no pasara nada: no nos permitimos sentir; no nos damos la oportunidad de contactar nuestros sentimientos.

Sentir es rico… y nos ayuda a crecer… a madurar… ¡¡no te quites esa oportunidad!!

TENGO CAMBIOS EMOCIONALES MUY FRECUENTES, ¿QUÉ HAGO?

Todas las personas en todas las edades, tu mamá, tu hermanito, tu abuelita, el profe de química… todas tenemos cambios emocionales. Pero qué crees, en la adolescencia suceden movimientos hormonales que hacen que los cambios emocionales sean más frecuentes. Tener claro que es parte de un proceso de crecimiento, te ayuda a conocerte mejor y a manejar tus estados con los ojos bien abiertos. Platícalo con alguien que sientas que te comprende, un amigo, tu mamá, una prima, tu abuelito, tu maestra… En fin, lo importante es sentirte en confianza, ya que quizá está pasando por cambios semejantes o sabe de los cambios en esta etapa de nuestro desarrollo.

ME CUESTA TRABAJO EXPRESAR MIS SENTIMIENTOS, ¿CÓMO LO MANEJO?

Lo primero es lo primero: como ya dijimos, identifica tus sentimientos para transmitirlos.

Hablar de lo que sientes y describirlo te ayuda a ponerle nombre a los sentimientos y facilita comunicarlos de manera asertiva, clara y directa, y favorece mejores relaciones con las personas.

¿ES VERDAD QUE ES MÁS ACEPTADA LA EXPRESIÓN DE ENOJO EN LOS HOMBRES QUE EN LAS MUJERES?

Sí. ¿Por qué crees que sea eso? Pues porque muchas veces a las mujeres se les enseña a temerle a su enojo y no entienden que es legítimo e importante. Podemos hacer preguntas que son excelentes medios para reflexionar por qué sentimos enojo y cómo manejarlo inteligentemente. ¿Es legítimo que esté enojado? ¿Tengo derecho a estar enojado? ¿Cuál es la finalidad de que esté enojado? ¿Qué bien me va a hacer?

¿SI ME AGUANTO EL ENOJO SE ME PASARÁ?

¡¡Nooooo!!, no lo hagas. Si te aguantas empieza un ciclo de autodefensa y resentimiento; si dejas asuntos que te enojan sin hablarlos claramente tu enojo se hará más y más grande… y explotarás. Y cuando lo hagas no será algo agradable, ya que confirmarás la idea de que los sentimientos de enojo son destructivos e irracionales. Cuando no hablas de tus sentimientos de enojo y sólo los acumulas, llega un momento en que una situación insignificante provoca una reacción enorme que pocos entenderán. Lo importante es aprender a expresar tu enojo de manera clara. El que se manifiesta gritando, rompiendo cosas o agrediendo, no siempre logra lo que buscas. Puede complicar las cosas y lastimar a otras personas.

ME CUESTA TRABAJO CONTROLAR MIS EXPLOSIONES DE ENOJO, ¿QUÉ PUEDO HACER?

Si estás leyendo esta pregunta… ¡ya diste el primer paso! Reconocer que somos más explosivos o agresivos de lo que quisiéramos es importante.

> Es normal sentir enojo, tristeza o cualquier otra emoción, pero lo que puede dañarte o dañar a otras personas es el no saber cómo manifestarlo sin herirte a ti o a otros.

Asegúrate de no lastimar a nadie física ni emocionalmente al expresar lo que sientes, pero expresa lo que realmente sientes. ¡¡Eh!! Nada ganas con negar lo que sucede y hacer como que no pasa nada. Tarde o temprano saldrá y probablemente será menos agradable pues esa explosión acumulada será más destructiva.

El segundo paso es reconocer los síntomas antes de la explosión: sientes calor, desesperación, furia, pena, envidia, celos, resentimientos, intriga, etcétera.

Cuando esto suceda:

- Cuenta hasta diez antes de hacer cualquier cosa.
- Habla las cosas, no eres monedita de oro para gustarle a todo el mundo.
- Respira profundamente.
- Puedes darle la vuelta a la manzana antes de contestar y así regresar con una idea clara.
- Haz ejercicio.
- Escribe lo que sientes.
- Busca ayuda psicológica.

Si crees que no puedes manejarlo, retírate un tiempo de la situación hasta que lo hagas.

El tercer paso es pensar en una alternativa, es decir, propón una solución.

SÍ SE VALE...

Expresar claramente lo que sientes, necesitas o te gustaría. Propón alguna manera de solucionarlo, opciones para cambiar la situación o la manera de relacionarte con alguna persona. Mejor di: "Me molesta que me digas todo el día lo que tengo que hacer, ¿por qué no hacemos un plan de mis actividades para toda la semana, decidimos cuáles son más importantes, para hacerlas primero, y al final de la semana platicamos sobre los resultados?"

NO SE VALE...

Sólo enojarte, gritar, llorar o quejarte por algo que sucede o por la manera en que te relacionas con alguna persona, y que digas: "¡Me tienes harto! ¡Sólo me das instrucciones todo el día! ¡Ya déjame en paz!"

¿SABÍAS QUE...?

En un estudio reportado en el *Journal of Educational Psychology* en 2008 se encontró que los adolescentes que tenían amigos y amigas cercanos eran más sociables, cooperadores y alegres que quienes no los tenían.

¿TE PERJUDICA EN ALGO CONTROLAR TODAS TUS IRAS?

Es obvio que no. Necesitas conocerte, saber qué sientes y por qué, y poco a poco controlarás las maneras en que expresas tus emociones y encontrarás los mejores momentos para hacerlo y llegar a acuerdos o soluciones. No se vale sacar todo tu enojo en cualquier momento y con cualquier persona. Esto tiende a generar otro tipo de conductas violentas en la calle, con personas desconocidas o que no tienen ninguna relación con los problemas.

Aprender a manejar las explosiones de enojo, ira o frustración es una muestra de madurez.

LAS PERSONAS SE MOLESTAN PORQUE EXPRESO MIS EMOCIONES, ¿QUÉ HAGO?

Habla con ellos y expresa MUY claramente tus sentimientos, porque es muy molesto que la gente nos haga sentir mal porque estemos preocupados, enojados, tristes, felices, relajados. Por lo general, se debe a que no entienden los sentimientos o tienen miedo a las emociones y prefieren negar que alguien realmente tenga un problema. Es más fácil decir "no te preocupes, no pasa nada", que analizar o discutir problemas que te angustian.

Este tipo de reacciones se da más al expresar emociones los hombres, ya que se supone que no tienen necesidad de expresarlas, ¿qué flojera no? Estos son sólo prejuicios; son expectativas acerca de lo que debe o no debe hacer alguien. No puedes dejarte influir por temores o deseos cuando tienes la necesidad de expresar lo que piensas y sientes.

> Simplemente decide y acepta lo que quieres transmitir y asegúrate de que al expresar las emociones no lastimes a nadie.

¿QUÉ ES EL ESTRÉS?

¿Te has sentido presionado porque no sabes cómo organizarte, por tu apariencia física o aún no terminas el trabajo de matemáticas, porque el chavo que te gusta no te hace caso, entre otras muchas cositas? Pues eso es el estrés: la tensión que causa manejar situaciones difíciles y no saber bien por dónde.

¿POR QUÉ NOS ESTRESAMOS POR TANTAS COSAS?

En la adolescencia (sí, ya lo dijimos mil veces) se está bajo estrés por muchas razones: trabajo en la escuela, incertidumbre sobre qué vamos a hacer cuando seamos adultos, cambios físicos y emocionales derivados de cambios hormonales, exigencias de padres, de amigos; tenemos ganas de hacer todo al mismo tiempo, etcétera.

Pero puedes controlar el estrés; por ejemplo, si lo que te estresa son las muchas cosas que debes hacer y hacerlo todo a la vez, aprende a planear en detalle cada actividad, pensar cuánto tiempo te llevará cada parte, incluyendo el tiempo para transportarte, la hora, el tránsito, depender o no de otras personas, y ver qué tan realista es hacerlo todo y porque debes elegir lo que más te interesa, lo cual nos lleva a otro punto… establecer prioridades.

Si no puedes realizar todo, haz una lista de prioridades, cancela las menos importantes. Por el contrario, si el problema es qué hacer, analiza qué te interesa o motiva, por qué te sientes sin ganas de nada, qué problemas tienes, qué tan sano estás y fuérzate a ir probando nuevas actividades hasta encontrar la que te guste y motive. ¿Cómo ves?

¿SABÍAS QUE...?

Nuestras emociones ejercen una poderosa influencia sobre nuestros pensamientos, la memoria y la percepción. Cuando estamos enojados recordamos con más facilidad los incidentes que sólo apoyan nuestra ira.

En esos casos nuestros pensamientos se concentran en el motivo o en la persona que causó nuestro enojo y nos cuesta trabajo concentrarnos en otras actividades. Cuando estamos enojados nos irritamos fácilmente y en ocasiones descargamos el enojo con personas que no tienen nada que ver con éste.

Tanto hombres como mujeres podemos controlar el enojo expresando de manera clara y directa lo que nos sucede; esto no quiere decir negar el enojo, significa canalizarlo de manera constructiva. Todas las personas tenemos derecho a enojarnos pero también la obligación de buscar soluciones responsables que no lastimen a alguien más ni a nosotros.

¿POR QUÉ EL ESTRÉS NEGATIVO ES UN PROBLEMA?

Puede volverse preocupante cuando no tenemos estrategias adecuadas para manejarlo. Necesitamos controlarlo para que no afecte nuestra salud o nuestras relaciones con los demás.

¿QUÉ ES ESTRÉS POSITIVO?

Nos moviliza y pone a prueba nuestras habilidades en situaciones peligrosas o difíciles que pueden causar daño. Desde las situaciones más simples, como mover la mano para no quemarnos o taparnos la cabeza cuando algo nos cae encima, hasta situaciones en que debemos enfrentar un reto, como competir en algún deporte, entregar un trabajo o presentar un examen. El resultado del estrés positivo es que nos hace sentir bien ya que superamos una situación difícil. ¿Ya ves?, no todo es tan malo.

¿QUÉ ES LA ANSIEDAD?

Provoca sentimientos de temor, duda o angustia; a veces de pánico, inseguridad o desesperación. La angustia no sólo es psicológica, también física; sentimos que nuestro corazón late mucho más rápido, hay tensión muscular, falta de aire, dolor de estómago, sudoración en manos y deseos de que esas sensaciones terminen.

¿CÓMO CONTROLAR ESTRÉS Y ANSIEDAD?

El primer paso es RELAJARTE, pon un alto a angustia y ansiedad… respira profundamente unos minutos. Esto te tranquilizará para observar qué sucede. Busca un lugar para estar a solas unos minutos, escucha música relajante, piensa en una situación tranquila, toma un baño, haz ejercicio o ve al parque y después concéntrate en respirar profundamente y despacio, inhalando desde el diafragma. Esto te ayudará por unas horas o días, sin embargo, es necesario analizar más a fondo lo que te angustia para resolverlo. Haz ejercicio de manera regular, escribe lo que sientes y piensas, busca ayuda psicológica si lo crees necesario.

Relájate y aleja de tu mente los pensamientos negativos y las preocupaciones, deja volar la imaginación hacia recuerdos o imágenes agradables, permite que el sentimiento de tranquilidad te envuelva.

¿CÓMO IDENTIFICO POR QUÉ ME SIENTO ANGUSTIADO?

Existen varias opciones para identificar angustias y preocupaciones y además te ayudan a conocerte mejor, algunas son:

- Obsérvate para reconocer en qué situaciones tu cuerpo y tus conductas te dicen que algo te ocasiona ansiedad.
- Aprende a leer las señales que tu cuerpo envía, observa los pequeños disturbios en el sueño, son los primeros indicadores de estrés.
- Analiza si tienes fatiga, dolores, manos sudorosas, náuseas, músculos tensos, respiración rápida, presión de dientes y mandíbula, caída del cabello; cambios emocionales como: ansiedad, llanto, estados de ánimo variables, mal humor, irritabilidad, depresión o aislamiento. Examina conductas como comer en exceso, beber alcohol o consumir otras drogas: indican que algo no funciona bien.

¡¡¡Ojooooo!!! La clave es asociar qué pasa en tu vida cuando presentas estos síntomas y así verás dónde está el problema que te causa ansiedad y podrás buscar cómo resolverlo.

Es importante identificar las cosas que te ayudarán a controlar el estrés y la ansiedad. Deben ir de acuerdo con tu forma de ser. Cada quien tiene su manera de reaccionar ante circunstancias difíciles, pero independientemente de las formas particulares de responder a problemas o conflictos, algunas actividades te pueden ayudar:

- Haz ejercicio.
- Busca ayuda de personas adultas.
- Analiza ventajas y desventajas de posibles respuestas.
- Ten algún pasatiempo.
- Platica los problemas con amigos.
- Haz ejercicios de relajación.

Pero ten cuidado porque muchas cosas en vez de ayudar en momentos de estrés nos hacen sentir más desesperados o no nos permiten ver claramente la salida. Las acciones que NO NOS AYUDAN son:

- Evitar los problemas o ignorarlos.
- Desquitarnos con otras personas.
- Esconder sentimientos.
- Tener pensamientos negativos o catastróficos.
- Tratar siempre las mismas soluciones y no intentar nuevas.
- Discutir por todo.

- Fumar, tomar alcohol u otras drogas.
- Comer en exceso.
- Echarnos la culpa todo el tiempo.
- No hablar de lo que nos pasa.
- Comernos las uñas.
- Aislarnos y negar que necesitamos ayuda.

Reserva un espacio del día para hablar del problema que te angustia, pensar en soluciones y llevarlas a cabo.

¿SABÍAS QUE...?

Nada es para siempre. Muchas veces un fracaso o una desilusión nos hacen pensar que esos sentimientos durarán para siempre o nos arruinarán la vida.

Esto puede afectar la motivación para resolver otros problemas o intentar nuevas maneras de enfrentar el que ya tenemos, debido a que pensar que estas frustraciones son permanentes nos quita las ganas de buscar opciones.

A veces hasta tomamos decisiones equivocadas por no intentar nuevas formas de lograr lo que queremos.

Mientras más te conozcas más claramente entenderás qué debes hacer para que te salga bien un plan.

¿CÓMO SON LOS EJERCICIOS DE RELAJACIÓN?

¡¡Son muy fáciles!! Y te sirven para cuando tengas mucha tensión o para prevenirla, duran unos 20 minutos. Se realizan poco a poco y de la siguiente manera: primero escribe cuál es el sentimiento más desagradable y cómo manejarlo de modo que no te cause estrés.

SENTIMIENTO	SITUACIÓN
NUEVA ALTERNATIVA PARA MANEJARLO	

EJERCICIO

- Acuéstate en una posición cómoda, en el piso, la cama o un sofá.
- Busca no tener frío ni calor y cierra los ojos.
- Tensa durante unos segundos los músculos de los dedos de los pies y enseguida aflójalos, luego los pies y los aflojas, luego músculos de piernas y afloja, y sigue recorriendo todos los músculos de tu cuerpo de abajo hacia arriba: glúteos, músculos de tu abdomen, pecho y brazos.

- Cada vez que recorras un músculo y te concentres en él, ténsalo y después aflójalo.
- Continúa con tus manos, apriétalas y aflójalas, cuello, cara, parte por parte y después toda la cara, tu cabeza, finalmente tensa y afloja todo el cuerpo.
- Checa tranquilamente que todos los músculos de tu cuerpo estén relajados, flojitos, respira por la nariz y saca el aire por la boca, hazlo profundamente y muy despacio dos veces.
- Relaja más todo el cuerpo.
- Quédate tres o cuatro minutos soltando el cuerpo, aflojándolo, aflojándolo, respira profundo nuevamente.
- Asegúrate de que cada músculo de tu cuerpo esté relajado, disfrútalo.
- Decide poco a poco mover tus piernas, brazos, cuello y abre los ojos despacio.
- Piensa que estás en condiciones de continuar con tus actividades sin tensión y a la vez que con energía.

Este ejercicio lo podemos hacer al despertar o durante el día,al aire libre, bajo la sombra de un árbol o en cualquier lugar apacible, se puede realizar con música suave, acostados sentados y hasta parados.

12. ¡No quiero reprobar!

Construir se refiere a edificar, tomar diferentes partes y formar un todo. En la adolescencia, aprendes en la escuela, de amigos, novios, padres y madres, maestros, libros y revistas, películas y programas de radio y televisión.

Desarrollas habilidades y adquieres conocimientos a través de esas experiencias que construyen tu vida. La gran ventaja es que cada quien decide como construir su vida.

¿CÓMO CONSTRUYO MI VIDA?

Una manera de abrir puertas es mediante el estudio formal en la escuela. Pero, por supuesto, también aprendes mucho de manera informal, a través de libros, películas, reuniones sociales, conferencias, viajes, pláticas y hasta en las fiestas. A través del estudio conocerás diferentes oportunidades de desarrollo.

Al formarte e informarte aprendes a analizar diferentes opciones y elegir entre ellas. Mientras más conoces mayores opciones tienes para elegir y decidir qué te conviene, tanto para tu bienestar personal como para el de las personas con las que convives.

¿QUÉ PASARÍA SI NO PUDIERA DECIDIR?

Cuando no hay capacidad de decisión, de comunicación y de análisis y no hay acceso a la información hay que conformarse con lo poco que se tiene y entonces no se puede elegir. En esos casos se limitan las oportunidades de crecimiento y desarrollo personal, familiar y social.

Entre más estudies, entre más te informes de todas las posibilidades que existen, mayores oportunidades tienes de plantearte metas y cambiar tu futuro; podrás controlar tu vida y decidir hacia dónde quieres ir, no importa que tan difícil sea o cuánto te tardes.

Es importante tener claro qué quieres estudiar y hacerlo no sólo con la idea de sacar ciertas calificaciones, ni para quedar bien con alguien más, sino para tu desarrollo y tu futuro.

¿SABÍAS QUE...?

El mérito de la escuela es que te enseña a hacer algo que no sabemos hacer, y que tal vez no quieres hacer pero que ayudará en tu desarrollo y algún día lo valorarás.

¿QUÉ QUIERE DECIR "TOMAR EL CONTROL DE MI VIDA"?

Lo primero es que muchas cosas dependen de ti, de lo que tú decidas. Una vez claro eso, lo siguiente será responsabilizarte de las consecuencias de tus acciones. En la medida en que tomes tus propias decisiones controlarás tu vida.

Por supuesto, hay otros factores que afectan qué tanto puedes controlar tu vida. Por ejemplo, un problema económico o la muerte de alguien cercano.

> **Si te sientes capaz de tomar decisiones y llevarlas a cabo, tendrás una mayor probabilidad de controlar lo que te sucede que si dejas que otros decidan por ti.**

¿CUÁL ES LA DIFERENCIA ENTRE INFORMAR Y FORMAR?

Cuando informamos damos hechos, datos; pedimos a los jóvenes aprender de memoria cierta información. Educar de esta manera es relativamente sencillo, implica aprenderse las cosas de memoria, obedecer, seguir instrucciones, copiar. Formar es un reto mayor, requiere mucho más esfuerzo y tiempo. Implica desarrollar las habilidades necesarias para buscar información y analizarla, tomar decisiones, conocernos, aprender de nuestros errores, medir riesgos, comunicarnos, planear nuestras vidas, cumplir con nuestras obligaciones y exigir nuestros derechos. Para construir nuestras vidas necesitamos tanto información como formación.

¿POR QUÉ ALGUNOS CHAVOS TIENEN TAN POCA MOTIVACIÓN PARA EL ESTUDIO?

Podemos resumir las razones en cinco:

- Falta de claridad, de metas y de valoración del estudio; es decir, no tienen claro para qué estudiar.
- Falta de un sistema educativo enfocado en formar y no sólo en informar. En estos casos encontramos los programas escolares aburridos, ya que piden acumular información o memorizar, copiar o estudiar sin posibilidades de reflexionar, comentar lo aprendido, trabajar en equipo y aplicar lo que se aprende en situaciones prácticas.
- Falta de sistema en muchas familias para poner límites claros a los adolescentes y hacerles ver que el estudio es su obligación y a la vez su derecho principal y todo lo demás deberá sujetarse a cumplir con sus estudios. En esos casos parecería que la vida social, las diversiones o cualquier otra actividad es más importante que el estudio.
- Falta de información de diferentes opciones y sistemas escolares que funcionan adecuadamente para distintas personas.
- Los cambios físicos y emocionales de la adolescencia causan, sueño, nueva imagen corporal, distracciones, mayor estatura, dificultad para acomodarse en la silla en que nos sentábamos hace un año.

¿SABÍAS QUE…?

Hay gente que cree que nada más debe aprender lo que le servirá… y de preferencia de inmediato. ¿Te imaginas su falta de curiosidad y de conocimientos y habilidades? Cuando me lo contó un amigo pensé que me estaba cotorreando. ¡Además me lo dijo orgulloso!

POR MÁS QUE TRATO, NO QUEDO BIEN CON MI MAESTRO, ¿QUÉ HAGO?

No te desesperes, asegúrate de que das tu mejor esfuerzo, de que realmente entiendes y aprendes. Sólo estudias para quedar bien contigo mismo, no para quedar bien con el maestro; estudias para formarte e informarte, para aprender lo más posible.

El saber te va a abrir muchas puertas. ¡Tienes que echarle ganas!

SÍ SE VALE…

Estudiar para tu vida, para aprender y saber.

NO SE VALE...

Estudiar sólo para pasar los exámenes, engañarte a ti mismo y no aprender, únicamente contestar un examen y olvidar todo al terminarlo.

¿POR QUÉ LAS MUJERES POR LO GENERAL SE TOMAN MÁS EN SERIO LOS ESTUDIOS QUE LOS HOMBRES?

Aunque no siempre es el caso, sí es frecuente, sobre todo en la adolescencia. Y las mujeres tienden a madurar entre uno y dos años antes que los hombres, por lo cual tienen más claros sus planes futuros.

Otra razón es que están más motivadas a complacer a sus padres y maestros que los hombres, por lo cual hacen un mayor esfuerzo.

TENGO MIEDO A CRECER, TENGO MIEDO DEL FUTURO, ¿QUÉ HAGO?

Aunque lo que se vive día a día a veces parece aburrido, la verdad es que eso da seguridad. Lo que está por venir puede causar incertidumbre. ¿Cómo será? ¿Podré? ¿Será muy difícil? ¿Cómo contribuir para dejar este mundo mejor que como lo encontré? El cambio puede parecer enorme y complicado.

La manera de resolverlo es informarte de posibles opciones de estudio y trabajo, qué oportunidades hay en cada comunidad, desarrollar diferentes actividades hasta encontrar la que más te gusta. Son posibilidades sobre tu futuro.

Imagínate todo el tiempo y esfuerzo que dedica un atleta para clasificar a los juegos nacionales, luego para ganarlos y clasificar para los preolímpicos… de allí a las Olimpiadas y para ganarlas. Arriesga mucho, hace mucho esfuerzo, aprende mucho pero sólo uno obtiene la medalla de oro. Claro, no hay garantía de ganar, pero vale la pena participar en cada una de estas etapas.

¿QUÉ HACER PARA MANEJAR EL ESTRÉS QUE ME CAUSA LA ESCUELA?

Por si te sirve de consuelo, le pasa a muchos adolescentes. Algunas preguntas para entender tu situación son:

¿Vives con mucha presión?

En este caso identifica qué presiones tienes y resuelve cada situación. Tal vez te quedes con algunas y son las que debes manejar.

¿Eres perfeccionista? ¿No te conformas con nada? ¿Te exiges demasiado?

Piensa qué otras opciones tienes, tal vez aprender cosas que no te enseñan en la escuela, buscar por fuera, leer el periódico y realizar actividades los fines de semana: ir a museos o exposiciones, hablar con personas que sean interesantes para ti.

¿Te cuesta trabajo pedir ayuda?

Acéptalo y practicar con gente a la que le tengas confianza. ¿Necesitas aprender a manejar mejor tu tiempo? Haz un horario para cada día o semana, usa reloj, alarmas, etcétera.

¿Te la vives posponiendo las cosas?

Debes decidir y ponerte metas, pensar en cosas concretas por lograr o resolver cada semana.

¿Necesitas equilibrar tus actividades?

Haz un plan de actividades semanales asegurándote de incluir horas en la escuela, de estudio fuera de ésta, deporte, diversiones, vida social y familiar.

¿No entiendes lo que pasa en el salón de clases?

Díselo al maestro, hazle preguntas, cambia de grupo o escuela, toma clases personales que te ayuden a entender y ponerte al corriente.

¿Por qué te aburres en la escuela?

Es un problema muy frecuente. Quizá tienes más información o un nivel más avanzado al del grupo, no entiendas o no veas la utilidad; tal vez la manera de enseñar sea aburrida o simplemente no te motiva. También puede ser que tengas algún problema de aprendizaje o de atención.

Busca una escuela más dirigida a atender diferentes capacidades, una más avanzada o exigente, estudiar más por tu cuenta o pedirle al maestro materiales más avanzados, además de los que todos deben cubrir.

¿ES VERDAD QUE LAS MATEMÁTICAS LE CUESTAN MÁS TRABAJO A LAS MUJERES QUE A LOS HOMBRES?

Los estudios al respecto muestran pequeñas diferencias entre hombres y mujeres en la adolescencia.

Se ha visto que en promedio a los hombres les va mejor en cuestiones de mapas mentales o conceptos relacionados con espacios. Asimismo, los estudios en esta área muestran que las mujeres desarrollan mayores habilidades verbales y por lo general, tienen menos confianza en sus habilidades que los hombres.

Esto tiene que ver con la forma en que fueron educadas. Probablemente con menores expectativas respecto a lo que pueden lograr… nada que no se resuelva si le echamos ganas. Este tipo de habilidades se desarrollan, puedes aprender lo que te propongas, así sean las matemáticas más complicadas o el idioma más complejo.

MUCHAS VECES ME CUESTA TRABAJO CONCENTRARME, ¿QUÉ HAGO?

A veces se te ocurren muchas otras cosas: "le debería hacer dicho a Nacho que no quiero salir con él", "debería haberme puesto la camisa azul", "se me olvidó la revista que me prestaron en el otro salón", "¿por qué no soy morena como la vecina?"; quizá piensas en quien te gusta o porque ya no pusiste atención.

Una de las técnicas que los especialistas en problemas de atención recomiendan es la siguiente: al darte cuenta de que no te concentras respira lenta y profundamente dos veces, aguanta la respiración dos segundos, luego exhala por la boca, también muy lentamente. Al sacar el aire imagina que salen los pensamientos que te distraen y así cada vez que te sorprendas distraído, hasta hacerlo automáticamente.

O ponte un papelito enfrente que diga "pon atención." Si aun así no logras quizá debas someterte a pruebas para ver si hay un desorden de la atención. Muchos chavos tienen problemas para concentrarse y mediante terapias de aprendizaje o de sistemas de condicionamiento como el llamado *neuro-feedback,* mejoran de manera importante.

Algunos consejos para reducir el estrés que te causa la escuela:

- Haz una lista de todo lo que debes hacer y asígnale horarios a lo que harás en cada oportunidad.
- Busca ayuda con otros maestros y compañeros si no entendiste algo.
- Compara qué tanto te exiges a ti con lo que otras personas se exigen, ¿es demasiado?
- Haz primero lo que menos te gusta, así te sentirás más libre cuando hagas lo demás.
- Date una vuelta por ahí.
- Corre en tu lugar cada ratito para relajarte mientras haces la tarea.
- Apapáchate y motívate, por ejemplo, con papelitos que digan que haces tu mejor esfuerzo y es lo más que das.

SE BURLAN DE MÍ PORQUE ME GUSTA ESTUDIAR ¿QUÉ HAGO?

Tú sabes que debes rendir lo mejor posible en la escuela, aprender lo más que puedas. Seguramente, si eres de las personas comprometidas consigo mismas y les gusta el estudio no será fácil convencerte de que dejes de estudiar. Tal vez puedas acercarte más a tus compañeros en momentos sociales, ofrecerte para ayudarles a estudiar sin que pretendas ser un "sabelotodo".

¿POR QUÉ HAY PERSONAS QUE ME PRESIONAN PARA NO ESTUDIAR?

Ante todo recuerda que cuando conoces a alguien sólo ves una parte de esa persona. No sabes qué pasa en su interior. ¿Está triste? ¿Usan alguna droga? A algunas personas les han dicho que no sirven para nada o no deben estudiar y quieren convencer a otros de que les hagan compañía.

Tal vez creen que si convencen a más personas para que dejen de estudiar se sentirán mejor. Es muy probable que estos jóvenes tengan tantas ganas de salir adelante como los demás pero les falta apoyo, alguien que los aprecie y valore o discipline para tener un buen rendimiento escolar.

> Muchas veces actuamos al contrario de lo que necesitamos. ¡Aguassss!

A veces agredimos a personas de quienes deseamos recibir cariño en lugar de darle lo mejor de nosotros o de hablarle con afecto. Puede ser una forma de no reconocer abierta y directamente algo que nos duele y preferimos burlarnos cuando no lo tenemos.

SÍ SE VALE...

Conseguir apoyo de personas que te hagan sentir bien, que te hagan críticas constructivas cuando estás "metiendo la pata".

NO SE VALE...

Engañarte a ti mismo y buscar personas que tienen los mismos problemas escolares para sentir que "no estás tan mal". En esas situaciones no te ayudas a ti mismo ni a tus amigos. Por el contrario, perjudicas a todos.

¿POR QUÉ ME VA MAL EN LA ESCUELA Y CÓMO MEJORAR?

Muchas veces en la adolescencia la presión de la escuela se vuelve mucho más grande de lo que era antes. Esto es simplemente por los cambios físicos o emocionales o porque realmente se exige más y hay que dedicarle más tiempo; a medida que avanzan los niveles escolares debes poner más atención en clase o trabajar de manera más organizada que antes.

Por otro lado, considera que no todas las personas aprenden al mismo ritmo ni tienen las mismas habilidades; lo que a uno se le facilita, a otro se le dificulta, muchos tienen problemas en casa o con los amigos que les impiden concentrarse y para otros eso de empezar a ser más independientes no les viene fácilmente.

Si le dedicas más esfuerzo y tiempo, te organizas y planeas los horarios te preparas para la vida. Ya sea en estudios futuros o en el trabajo, debes echarle muchas ganas para que te vaya bien. Puede ser muy frustrante tratar y tratar y no lograrlo, pero también se siente muy bien cuando se trata y trata y poco a poco salen bien las cosas. Haz el esfuerzo, sólo si te propones y te obligas a dedicar tiempo al estudio verás una verdadera diferencia.

¿POR QUÉ ME SIENTO TAN MAL DE QUE LA MAYORÍA DE MIS COMPAÑEROS SON MUCHO MEJORES QUE YO?

Para empezar no hay que compararse con otras personas. Recuerda que cada quien tiene diferentes habilidades. No somos iguales ni queremos ser todos iguales, ¡que aburrido sería! Mucho más útil que compararnos con los demás es compararnos con nosotros mismos. ¿Cómo me fue la vez pasada en esta materia? ¿Estoy haciendo mi mejor esfuerzo? ¿Por qué no le echo ganas? ¿Qué necesito para hacerlo mejor?

¿CÓMO ORGANIZAR MEJOR MI TIEMPO?

Registra durante unos días, cada media hora, qué hiciste. De esta manera te harás consciente del uso que das a pequeñas partes de tiempo.

El siguiente paso puede ser marcar aquellas medias horas en que aprovechaste mejor el tiempo y señalar lo que podrías hacer en ese periodo. Analiza si pretendes hacer demasiadas cosas de manera que no te concentraste en una sola (por ejemplo: pensar en el chavo que me gusta, hablar por teléfono al mismo tiempo que haces la tarea, caminar por diferentes lugares de la casa para buscar lo que no sabes dónde dejaste).

Algo que puedes hacer si te distraes demasiado es ponerte límites de 15 o 20 minutos en que te quedas contigo mismo, en los que no harás nada más que estudiar, hacer ejercicio o leer, según tu propósito. Después de este tiempo te puedes "premiar" haciendo otra cosa y volver a la actividad que se te dificulta. De esta manera aprendes a ponerte límites, concentrarte en una sola actividad y atender todas las cosas que puedes y deseas hacer.

¿CÓMO ORGANIZAR MEJOR MIS ESTUDIOS?

- Antes de decidir, piensa si quieres hacerlo mediante tu mejor esfuerzo.
- Concentrarte, no dejar que nada ni nadie te distraiga. Tal vez debas buscar un lugar silencioso (por ejemplo una biblioteca, un parque tranquilo).
- Haz un plan de estudios diario, tengas o no tarea. Así formas el hábito y además aprendes cosas aunque no te las pidan en la escuela.
- Identifica con qué materia te conviene empezar. Por lo general es preferible iniciar con lo más difícil o aburrido.
- Entiende a fondo lo que aprendes, no sólo leas y memorices, trata de formarte opiniones. Hay cosas que sí hay

que memorizar, por ejemplo fechas, ortografía, capitales. Para eso es bueno leer todo de una vez, luego de repetirlo en voz alta, cierra el libro y repite. Pide a alguien que te pregunte en un orden diferente y por último repite lo que se te olvidó.

- Conocerse. ¿Cada cuándo necesito tomar descansos? ¿Cuáles materias me convienen y me interesan? ¿A qué hora me da sueño?
- Haz cuadros sinópticos que te ayuden a resumir lo que aprendiste.
- Mantén libros y apuntes completos, ordenados y en un solo lugar.

ANTES ALGUIEN DE MI FAMILIA ME AYUDABA CON LA TAREA Y AHORA YA NO, ¿QUÉ HAGO?

Debes comprender que la escuela es tu obligación, que en la medida en que aprendas a buscar y encontrar soluciones a tus problemas, mejor lo harás. Ya pasó la etapa de tener a alguien ayudándote con la tarea, te pueden apoyar estando cerca, escuchándote, dándote ideas de lugares en que puedes conseguir la información que requieres, pero hasta ahí.

Y SI DEJO DE ESTUDIAR ¿CÓMO ME SENTIRÉ?

Al principio sentirás un gran alivio, no más tareas, responsabilidades ni horarios. Esto puede durar unas semanas, como si estuvieras de vacaciones. Al cabo de este tiempo lo más seguro es que sientas un gran vacío, extrañes la escuela, a tus amigos, que veas con nostalgia a quienes van a la escuela, pertenecen a un grupo, tienen tarea y cosas que hacer.

Lo más seguro es que te sientas solo y empieces a pensar cómo ocupar tu tiempo y a valorar todo lo que te da la escuela donde pasas muchas horas de tu vida, donde conoces amigos y maestros, donde aprendes las bases para construir tu futuro.

¿QUÉ HAGO CON INTERNET, FACEBOOK Y EL CELULAR?

En los últimos años Internet, el uso de la computadora, Facebook y el celular han servido muchísimo para conectar a las personas y transmitir información de la manera más veloz. Pero también nos atrapan en conversaciones o en lecturas sobre temas de interés y de repente estamos totalmente encantados y atrapados. No podemos parar, no nos damos cuenta de cómo pasa el tiempo y se nos va la tarde sin haber hecho la tarea o lo que debamos hacer.

Es importante poner un tiempo límite. Usa el despertador, pide a alguien que te llame, usa toda tu fuerza de voluntad y apaga todo, déjalo a un lado, guarda tu celular donde no lo veas y… ¡¡ponte a hacer la tarea!! Te sentirás mejor cuando lo hayas hecho, cuando la termines y nuevamente disfrutes de un rato de las redes sociales.

EJERCICIO

Describe cuál ha sido tu día más feliz en la escuela y cuén-
taselo a un amigo.

Si tuvieras la oportunidad de poner una escuela:

¿Cómo sería?

_____

¿Qué cambiarías lo que tiene tu escuela ahora?

_____

¿Cómo serían los alumnos que egresaran de tu escuela?

_____

¿Qué habilidades tendrían?

_____

¿Cómo sería su futuro?

_____

¿Cómo contribuirían a mejorar su país?

_____

13. ¿Y si me deprimo?

La depresión se presenta en diferentes grados, desde no tener ganas de hacer algo, estar de mal humor o sentir miedo, hasta grados serios en que se siente una tristeza o desesperación muy profunda, ningún interés y poca o nada energía para realizar cualquier actividad. En estos casos hablamos de una enfermedad que requiere atención especializada. En este capítulo hablaremos de los diferentes matices de la tristeza y la depresión para definir cuándo se trata de algo transitorio y cuándo necesitamos ayuda médica o psicológica.

> La palabra depresión viene del latín *depressio*, que significa opresión, encogimiento o hundimiento.

¿ES LO MISMO ESTAR TRISTE QUE DEPRIMIDO?

No. La tristeza es un estado de ánimo normal, es una reacción a situaciones; por ejemplo pelearte con tu amigo o reprobaste el examen de mate. La depresión es una enfermedad psicológica en que la persona se halla en un estado de ánimo profundamente bajo o de angustia; es crónico se mantiene mucho tiempo y se caracteriza por síntomas que acompañan ese estado de ánimo.

¿A QUÉ SE DEBE LA DEPRESIÓN?

Es como una paleta de colores con todos los tonos de gris; desde un gris clarito en el que hay sentimientos de nostalgia, extrañamiento o tristeza y pasan rápidamente hasta un negro en que se tienen pocos deseos de vivir. Es un problema de tipo biopsicosocial porque sus signos pueden notarse en diferentes niveles y además ser causados por diferentes factores o una combinación de ellos (emocionales, bioquímicos, cognitivos y de relaciones con otras personas).

¿ES COMÚN TENER DEPRESIÓN?

No. Todos experimentamos momentos o días de tristeza, desesperanza y frustración pero la mayoría seguimos con nuestro estudio y otras actividades.

¿LA DEPRESIÓN ES LA ENFERMEDAD DE MODA?

Actualmente se diagnostica a muchas personas con depresión, por ello se conoce como "la enfermedad de moda". Hay muchas explicaciones, desde una vida muy fácil a otra con carencias emocionales, falta de empleo adecuado, demasiada competencia para el empleo, falta de unión familiar o de posibilidades económicas, confusión de valores, influencia de los medios masivos que nos presionan para tener más y más bienes materiales, falta de ejercicio físico, exceso de consumo de alcohol y comida chatarra, demasiada azúcar y muchas otras.

¿QUIÉN SE DEPRIME?

Todos reaccionamos de diversas maneras ante lo que nos sucede. Mientras algunos encaran de modo positivo y constructivo los problemas, aun en situaciones difíciles, otros no y se sienten tristes, derrotados, impotentes, sin energía para enfrentar cualquier situación. Tal vez se enfocan mucho más en lo negativo, su pesimismo los hace sentirse muy mal, se fijan en lo que no sale bien en vez de en lo que sí funciona. Por otro lado, es importante saber que la depresión profunda, es decir la enfermedad de la depresión, tiene un componente genético. Hay una mayor probabilidad de incidencia cuando existe ya en algún miembro de la familia. Hay terapias psicológicas con muy buenos resultados, y en casos en necesarios algunos medicamentos la mejoran.

¿QUÉ FACTORES DE RIESGO SE RELACIONAN CON LA DEPRESIÓN?

- Tener un familiar cercano que la sufre (por ejemplo un papá, abuelo o hermana).

- Sufrir una importante pérdida por muerte o enfermedad, perder el trabajo, desastres naturales o problemas familiares.
- Sentir que uno no es capaz, que todo le sale mal, que nadie lo quiere o acepta.
- No ver qué oportunidades de vida se tienen ni ver un futuro para uno mismo.
- Alta sensibilidad a las críticas que recibimos de otras personas. Tener una enfermedad severa que afecte la química cerebral.
- Mantener una visión negativa de la vida por un tiempo prolongado.
- Ser mujer (no se conocen las razones por las que es más alta la probabilidad de depresión en mujeres que en hombres).
- Haber sufrido situaciones de abuso o violencia física o sexual.
- Culpa por situaciones de fracaso escolar o daños a otras personas.

¿SABÍAS QUE…?

La depresión es la principal causa de discapacidad en países desarrollados y será la primera en todo el mundo para el año 2020. Afecta a 8 por ciento de las personas en México, de las cuales sólo la décima parte recibe tratamiento y de éstas apenas uno por ciento se atiende con un médico especialista.

¿CUÁLES SON LOS SIGNOS DE LA DEPRESIÓN?

Tristeza, irritabilidad, pérdida de interés, llanto, falta de atención en los cuidados personales, pérdida de apetito o energía, problemas con el sueño, problemas para concentrarse, torpeza en los movimientos, pensamientos obsesivos acerca de la enfermedad o la muerte, pasividad, no desear vida social, aumento en el uso del alcohol u otras drogas, sentimientos de soledad, ansiedad, miedo, preocupación en exceso, pensamientos acerca de cómo hacerse daño o dañar a otras personas.

No hay que esperar, es mejor ir en las primeras etapas. En un centro de salud o en líneas de atención para adolescentes se proporciona orientación. Hay psiquiatras dedicados a atender únicamente casos de depresión.

> **Si no tienes ni deseos de buscar ayuda, pide a una persona cercana que te ayude a buscarla.**

SÍ SE VALE...

Prevenir la depresión y tratarla desde sus primeras etapas. Con tratamiento adecuado más de 80 por ciento de los casos mejora de manera importante.

NO SE VALE...

Quedarte en la tristeza sin buscar ayuda, sentir que mereces estar mal, que eres culpable de algo y debes pagarlo con depresiones.

¡¡No se vale tener miedo... no se vale no dejarse ayudar!!

¿SI LA DEPRESIÓN NO ES SEVERA, CÓMO SENTIRME MEJOR?

Haz ejercicio físico, aprovecha lo más posible hacer actividades al aire libre cuando hay luz, repiensa los problemas buscándoles el lado positivo, habla con personas de confianza, escribe lo que te sucede con diferentes finales tratando en todos de buscar soluciones.

¿POR QUÉ SE DEPRIMEN LOS CHAVOS?

La adolescencia es una etapa de gran sensibilidad emocional y cambios de estado de ánimo, muchas veces ocasionados por factores hormonales. Además, nos probamos a nosotros mismos ante situaciones nuevas, como estudiar materias más complejas, pertenecer a un grupo de amistades, empezar una relación de noviazgo, negociar nuevas libertades con la familia, enfrentarnos a una nueva imagen de nuestro cuerpo.

Estas situaciones nos ponen a prueba y si por alguna situación consideramos que no somos exitosos dentro de un grupo, si nos sentimos rechazados o que "no la hacemos" en la escuela, caemos en la tristeza o la desesperanza.

¿POR QUÉ PREOCUPA TENER DEPRESIÓN?

Cuando pasan días y semanas en la misma situación. Cuando no hacemos nada por salir adelante o las soluciones no dan el resultado que deseamos, caemos cada vez en un estado de mayor depresión del que puede ser difícil salir sin ayuda.

La tristeza, la nostalgia, los sentimientos de pérdida o de fracaso muchas veces son útiles porque nos damos cuenta de situaciones que no nos agradan y deseamos cambiar. Lo importante es que después de la tristeza tengamos un plan de acción y la energía necesaria para superar el problema, así como el convencimiento de que no queremos seguir en la tristeza ni el llanto, decir "ya me puse triste, ya lloré, ya entendí y ahora haré este cambio y lograré esta meta".

¿CÓMO PIDO AYUDA SI ESTOY MUY TRISTE?

Ya sabemos que lo primero es aceptar que estás triste, quieres llorar, decir qué te sucede sin importar que sea algo muy pequeño o un gran problema. Si te sientes triste por lo que sea, vale la pena que lo platiques con tus amigos, papás y maestros.

A veces pensamos que nuestros problemas no son tan importantes o tan graves como los de otras personas, pero basta que nos hagan sentir tristes para mencionarlos, analizarlos y resolverlos.

¿CÓMO MANEJAR MI DEPRESIÓN Y LA DE OTRAS PERSONAS?

Lo primero es conocerte mejor, saber por qué te sientes mal y qué cosas te harán sentir mejor. También busca a alguien para compartirle tus sentimientos y que te ayude a analizar qué tan grave es lo que ocurre o pasará. Seguramente eso que hoy te parece grave algún día te hará reír.

¿QUÉ HACER SI ALGUIEN ME DICE QUE TIENE DEPRESIÓN?

Simplemente escucha sin ofrecer solución, muchas veces es todo lo que la persona requiere, no le des consejos, ni digas lo que a ti te pasó. Por otro lado, ten claro que si realmente es depresión, requiere auxilio profesional, ayúdalo a buscar atención lo antes posible.

¿QUÉ HACER SI ALGUIEN ME DICE QUE SI NO HAGO ALGO SE MATA?

Quizá se trate de una persona que amenaza con suicidarse porque está deprimida o muy enojada. En ese caso es importante avisar a una persona adulta de confianza, pues quizá amenaza con suicidarse como una manera de buscar ayuda.

Otro caso es cuando una persona usa este tipo de amenazas para manipular una situación como "si terminas conmigo, me mato" o "si le dices a alguien lo que hice, me mato". Generalmente, en estos casos no debes aceptar chantajes y sólo ofrece opciones como "qué tal si mañana que estés más tranquilo lo platicamos".

La comunicación abierta y clara, la expresión de sentimientos y el tomar decisiones son tus herramientas para enfrentar situaciones difíciles.

¿CÓMO EVITO CHANTAJES Y AMENAZAS?

En muchas ocasiones por miedo a empeorar una situación y hacerse responsables (aunque no lo sean) de las consecuencias (fin de la relación, suicidio, cambio de residencia, etcétera) las personas caen en chantajes y amenazas, para evitarlo puedes:

- Poner límites y respetarlos, teniendo claridad en tus pensamientos y emociones.
- Aprender a decir "¡No!" cuando sea necesario.
- Ignorar las amenazas y enfrentar a la persona que amenaza o chantajea, hacerle ver que el único responsable de lo que pasa en su vida es él mismo.
- Terminar la relación si esta situación afecta seriamente tu vida.

¿SERÉ BIPOLAR?

Es una depresión cada vez más frecuente. Se caracteriza por cambios cíclicos en el estado de ánimo que van de etapas de ánimo elevado o eufórico (manía) y a de ánimo bajo (depresión).

Los cambios pueden ser dramáticos y rápidos. Cuando una persona está en la fase depresiva se siente sin ánimos, llora, está desesperada o no le importa nada de lo que suceda a su alrededor. Nada la entusiasma ni le parece "buena idea". En cambio, en la fase maniaca es hiperactiva, habla en exceso y tien una gran energía, se emociona con cualquier plan o idea.

La manía a menudo afecta la manera de pensar, el juicio y el comportamiento hacia los otros. Las situaciones de manía llevan a una persona a meterse en problemas. Por ejemplo, puede tener grandes proyectos, ideales, contraer deudas, comprar cosas, decir que sí a todo y aceptar nuevas experiencias riesgosas, como probar alguna droga o tener experiencias sexuales.

¿ES NORMAL PENSAR A VECES EN SUICIDARME?

Conforme crecemos pensamos más en la muerte, tratamos de entenderla y aceptarla como parte de la vida. Muchos chavos han pensado en matarse en algún momento de sus vidas. Pero si es un pensamiento que viene con frecuencia y ya se volvió una obsesión, es importante buscar ayuda. Hay especialistas en problemas relacionados con depresión y también con obsesiones.

> **Todos podemos encontrarle solución a nuestros problemas con paciencia y ayuda.**

¿ES FÁCIL SABER SI ALGUIEN SE SUICIDARÁ?

Si se conoce a una persona generalmente es fácil saber si tiene un problema o si pasa por una depresión, aunque no es fácil saber si tiene ideas suicidas. Además, no siempre tener estas ideas lleva al suicidio.

Hay otras conductas que también requieren ayuda como tomar algún medicamento en dosis elevadas, aunque esto sólo cause una intoxicación y no la muerte; conductas como cortarse, quemarse con cigarros, causarse algún tipo de dolor; tomar riesgos innecesarios como correr en motocicleta a toda velocidad y sin casco, realizar deportes extremos sin la protección adecuada, ingerir drogas en grandes cantidades o combinarlas, manejar en estado de ebriedad.

Cuando estas conductas se realizan sin cuidar de uno mismo ni pensar en las consecuencias, decimos que la persona desea escapar de los problemas o de la vida de manera suicida y requiere ayuda.

¿SABÍAS QUE...?

La Organización Mundial de la Salud reconoce el suicidio o violencia autoinfligida como un problema mundial de salud pública. México ocupa el cuarto lugar en América Latina en cifras de suicidio. El suicidio es la segunda causa de muertes jóvenes en México, después de los accidentes automovilísticos.

¿CUÁLES SON LAS CONDUCTAS DE UNA PERSONA DEPRIMIDA O QUE AMENAZA CON SUICIDARSE?

Hay situaciones que nos pueden alertar para definir lo que nos pasa a nosotros mismos y a otras personas con las que convivimos, entre los signos de alarma se encuentran:

- Tristeza, aburrimiento y fastidio.
- Pérdida de interés y del placer en las actividades que nos gustaban.
- Trastornos en el hábito del sueño, sea insomnio (no poder dormir) o tener ganas de dormir todo el día.
- Intranquilidad y angustia.
- Falta de concentración.
- Irritabilidad, enojo y malhumor.
- Pérdida de la energía para cualquier actividad por simple que sea.
- Sentimientos de cansancio y agotamiento.
- Preocupaciones reiteradas con música, libros, poemas o juegos relacionados con el tema de la muerte o el suicidio.
- Manifestar deseos de morir.
- Sentirse físicamente enfermos, sin tener una enfermedad orgánica alguna.
- Incremento del uso del alcohol y las drogas.
- Falta de apetito o apetito exagerado.
- Conducta rebelde sin una causa.
- Expresar ideas suicidas o elaborar un plan suicida.
- Planear actos no calculados de manera realista que implican probabilidades de morir.

- Llanto sin motivo aparente.
- Aislamiento social evitando a amigos y familiares.
- Pesimismo, desesperanza y culpabilidad.

¿CÓMO SE AYUDA A PERSONAS CON DEPRESIÓN?

Es muy probable que deban tomar medicamentos cuando la depresión obedece a factores orgánicos o hereditarios.

En los casos en que la depresión se debe a factores psicológicos o sociales, es proporcionar terapias donde se analizan detalladamente las cualidades y fortalezas de la persona, habilidades y metas; se le ayuda a restructurar sus actividades diarias para afrontar las dificultades desde otros puntos de vista.

También se analiza a detalle con qué personas se cuenta para apoyar la terapia, es decir, cómo es la familia, quiénes son las amistades, cómo es el ambiente escolar. Con todos estos elementos y ayuda profesional se obtienen muchos cambios favorables en las personas.

Las terapias psicológicas ayudan a resolver problemas, no tienes que "estar loco" para acudir a una.

¿UN SUICIDIO QUIERE DECIR QUE EL CHAVO NO TENÍA COMUNICACIÓN CON SUS PADRES?

El suicidio es una manera extrema de indicar que algo no estaba bien, pero no siempre es un problema familiar. Puede desencadenarse por dificultades con el novio, problemas escolares e impulsividad, el chavo percibe el problema como permanente (es decir para toda la vida) y no ve otra salida.

¿QUÉ PROBLEMAS CAUSA EN LA FAMILIA EL SUICIDIO DE UNO DE SUS INTEGRANTES?

Un suicidio cercano tiene un efecto de gran impacto no sólo en la familia sino en el grupo de amistades y en la comunidad. El suicidio de una persona querida nos provoca sentimientos de pérdida, pena, vergüenza, tristeza, coraje, impotencia. Es común sentirnos culpables, pensar que debimos darnos cuenta, estar más cerca de la persona para evitarlo o no haber atendido las llamadas de atención.

¿QUÉ INFLUENCIA TIENEN LOS MEDIOS DE COMUNICACIÓN EN EL SUICIDIO?

Tanto los medios de comunicación como la literatura presentan situaciones de suicidio. Obviamente, las personas con ideas suicidas o vulnerables a este tipo de información ponen más atención o se identifican con los personajes que tienen estas características. Hay casos clásicos de suicidio por amores imposibles como *Romeo y Julieta*, de William Shakespeare, que ha estimulado la redacción de novelas donde hay fatales desenlaces con los que las personas se identifican.

Suicidios de artistas famosos, líderes de opinión, políticos o ídolos de la juventud desencadenaron otros suicidios entre sus seguidores, por lo que se recomienda a los medios, no dar noticias sensacionalistas, no describir el método utilizado con lujo de detalles, no dar explicaciones simplistas ni únicas, pues el suicidio tiene muchas causas biológicas, psicológicas y sociales y no tiene un solo motivo como "su novia lo dejó".

Es importante no justificarlo con valores morales como "se mató por honor", "fue un acto de amor". No se deben ocultar otros factores como el abuso de drogas y alcohol o enfermedades psiquiátricas. Dar pretextos o razones como que el suicidio es una forma de solucionar los problemas, "al fin dejó de tener deudas", puede ocasionar otros problemas.

Este tipo de información origina mitos y creencias erróneas en torno al suicidio. Aun las enfermedades más severas o las pérdidas de personas queridas pueden superarse con el tiempo y ayuda de las personas que nos quieren.

Los problemas tienen soluciones, ninguno es para siempre, podemos aprender algo nuevo y útil.

EJERCICIO

- Busca un cuarto o habitación donde estar a solas por unos minutos.
- Párate o siéntate en una de las esquinas de ese cuarto y observa con cuidado los objetos.

- Observa todo lo que puedes ver y percibir desde ese ángulo, el tipo de luz que entra, el clima en esa esquina, lo cerca o lejos que están los objetos.
- Desde ese ángulo tendrás una determinada visión de las cosas.
- Desde ahí verás cada objeto de la habitación desde una perspectiva única y no importa cuántas veces veas un libro encima de un mueble, lo mirarás en el mismo lugar y de la misma manera. Quédate ahí unos dos minutos después de analizar todo lo que ves.
- Ahora camina dentro de la misma habitación y párate en otra esquina desde donde tendrás una visión diferente. Podrás observar nuevas cosas, nuevos ángulos y nuevas perspectivas.

¿Qué relación crees que tiene este ejercicio con la manera de ver los problemas? _____

_____

¿Cómo crees que ve los problemas una persona deprimida?

_____

_____

¿Qué crees que podría hacer para salir de la depresión?

_____

_____

14. Aprendo sobre la diversidad sexual

Aquí hablaremos de la diversidad sexual, de lo importante que es comprenderla como algo normal, sin temores ni prejuicios. El respeto a la diversidad sexual debe incluirse en la educación; la heterosexualidad, la homosexualidad, la bisexualidad, la transexualidad, etcétera, son diferentes manifestaciones de la riqueza humana y como tales ser consideradas. También revisaremos los derechos sexuales y reproductivos, que incluyen los derechos humanos reconocidos en las leyes nacionales y en acuerdos internacionales.

¿QUÉ ES LA SEXUALIDAD?

Es un concepto que abarca todos los aspectos de la vida de una persona, como sentimientos, emociones, actitudes, comportamientos, pensamientos y características físicas. Desde que una persona nace hasta que muere es un ser sexual; no puede dejar de serlo como no se deja de respirar o de ser persona. La sexualidad no es algo que "se tiene" como una propiedad, ni algo que "se hace", como una actividad; es más bien, algo que se es.

¿QUÉ ES DIVERSIDAD SEXUAL?

Son todas las maneras en que las personas de diferentes sexos y orientaciones sexuales la expresan.

¿QUÉ ES ORIENTACIÓN SEXUAL?

Está determinada por el deseo natural, sexual, amoroso y erótico hacia otras personas. Hay distintas orientaciones sexuales:

Heterosexualidad: amor, deseo o erotismo se orientan hacia personas de sexo distinto al propio. Es decir, un hombre con atracción hacia una mujer o una mujer hacia un hombre.

Homosexualidad: amor, deseo o erotismo se focaliza en personas de igual sexo. Los hombres hacia otros hombres son comúnmente llamados *gays*. De las mujeres hacia mujeres generalmente se conoce como lesbianismo.

Bisexualidad: amor, deseo o erotismo por personas de igual o distinto sexo, pudiendo ser hombres o mujeres. A veces sienten esta atracción por ambos sexos en una misma época de su vida, a veces se da de manera alternada: durante un periodo se sienten más atraídos por personas de su mismo sexo, durante otros, por personas del otro.

¿POR QUÉ LOS PADRES TIENEN TANTO MIEDO DE TENER UN HIJO HOMOSEXUAL?

Porque hay mucho desconocimiento sobre el tema y mucha presión de diferentes sectores de la población para discriminar lo que no nos es familiar y apoyar sólo aquello que conocemos.

¿ES CIERTO QUE LAS PERSONAS NACEN HOMOSEXUALES?

Esta es una pregunta estudiada desde hace muchos años. No se tiene aún una respuesta definitiva. Muchos estudios muestran que es una característica con la que se nace, otros hablan de que la orientación sexual se forma y otros más que es una mezcla de estos factores. Lo importante es aceptarnos como personas distintas sin importar nuestra orientación sexual.

¿QUÉ PASA SI SIENTO ATRACCIÓN POR ALGUIEN DE MI MISMO SEXO?

Es normal sentir afinidad por personas con quienes compartimos experiencias como amigos y esto no quiere decir que seas homosexual, heterosexual o bisexual. La sexualidad humana es muy amplia y flexible y conlleva múltiples posibilidades; no es necesario que te encasilles ni mucho menos te preocupes o sientas confusión respecto a tu orientación sexual. Lo importante es que te des la oportunidad de expresar tus emociones, identificar qué cosas te hacen sentir bien y cuáles no. Recuerda que la orientación sexual no es una decisión personal sino algo que simplemente es y no tiene caso luchar contra lo que somos, lo importante es aceptarnos y querernos.

¿QUÉ PUEDO HACER SI DESCUBRO QUE ME GUSTAN LAS PERSONAS DE MI MISMO SEXO?

Cuando una persona se cuestiona sobre su orientación sexual, normalmente existe un conflicto interno y una sensación de angustia porque hay mucha presión social para que las personas vivan y se comporten como heterosexuales. Esto lleva a una gran confusión entre lo que se desea y se quiere y lo que los demás esperan; sin embargo, lo importante es aceptar lo que sentimos ya que al hacerlo nos sentimos aliviados, no nos engañamos a nosotros mismos. Recuerda que tú decides compartir (o no) tu orientación sexual con los demás, lo que realmente te hará sentir bien es que te aceptes como eres.

¿SI TIENES RELACIONES SEXUALES CON PERSONAS DE TU MISMO SEXO ERES HOMOSEXUAL?

Hay algunas personas que alguna vez en su vida tuvieron prácticas sexuales con personas de su mismo sexo, pero no son necesariamente homosexuales, simplemente es una manera más de expresar la sexualidad

¿LA PALABRA *GAY* ES UN INSULTO?

¡¡No!! En ocasiones así se considera. Sin embargo, como mencionamos anteriormente, es un término que hace referencia a la homosexualidad masculina, por lo que no se debe concebir como insulto.

¿QUÉ ES LA HOMOFOBIA?

Es la discriminación hacia personas que tienen una orientación homosexual, implica aversión, odio y prejuicios. Normalmente surge porque a las personas les da miedo lo diferente y la mayoría pretende dictar lo que es bueno y lo que es malo.

¡Un dato curioso! La homofobia en realidad no es una fobia ya que ésta es motivada por el miedo, mientras que la homofobia es ocasionada por el odio.

¿LA HOMOSEXUALIDAD ES UNA ENFERMEDAD?

El catecismo de la Iglesia Católica Romana establece que las relaciones entre personas del mismo sexo constituyen faltas graves: son "pecados mortales". Otras religiones sólo califican esos actos como de mal gusto y tratan a quienes tienen determinada orientación sexual como casos patológicos, posiblemente curables con tratamientos o medicamentos adecuados. La mayoría de las religiones no tolera la actividad homosexual. Pero es una cuestión moral, no se trata de ninguna enfermedad.

¿ESTÁ BIEN QUE SE CASEN DOS PERSONAS HOMOSEXUALES?

Es una decisión personal y no tiene nada de malo, aunque algunos lo verán como correcto, otros no. En muchos países y ciudades se ha tratado de respetar este tipo de matrimonios, haciéndolos legales entre personas de cualquier sexo. Cada pareja decidirá si es lo correcto o no para ella.

En cuestiones personales sólo las personas involucradas deciden lo que es correcto para ellas.

> Nadie tiene derecho a hacer que una decisión privada se convierta en pública.

¿LAS PERSONAS DEL MISMO SEXO DEBEN ADOPTAR HIJOS?

Decisión de cada pareja, al igual que tener hijos. Algunos argumentos a favor hablan de que en la historia de la humanidad los niños crecían bajo el cuidado de tribus, no necesariamente de una pareja heterosexual.

Otros argumentos a favor mencionan que una pareja de dos hombres o dos mujeres brindan cuidados, educación y amor al igual que una pareja heterosexual. En ambos casos pueden darse situaciones de violencia o maltrato a los niños. Un argumento en contra es que los niños adoptados por parejas del mismo sexo pueden sufrir mayor *bullying* o discriminación. Nuevamente cada persona decidirá y las sociedades cambian.

¿SABÍAS QUE...?

Los contenidos sobre sexualidad en los programas educativos deben ser laicos y científicos, es decir, contener información veraz. Además ser adecuados a las diferentes etapas del desarrollo de niños, niñas y jóvenes y contribuir a fomentar el respeto a la dignidad de los jóvenes.

¿QUÉ SON LAS MINORÍAS SEXUALES?

Grupos de personas con ciertas prácticas sexuales y son minoría en comparación con el resto. Abarca a lesbianas, *gays*, bisexuales, transexuales e intersexuales (LGBTI). Normalmente las minorías son mucho más susceptibles a ser discriminadas ya que "se salen de lo común" y nos olvidamos de que todos somos personas con características diferentes, con virtudes y defectos.

¿QUÉ ES LA INTERSEXUALIDAD?

Condición poco frecuente de bebés que nacen con ambos órganos sexuales: masculinos y femeninos. Una persona así muy probablemente tendrá dificultades respecto a su identidad sexual.

Afortunadamente, hoy existen procedimientos quirúrgicos y hormonales para eliminar el problema. Asimismo, se puede conseguir apoyo psicológico.

¿QUÉ ES LA TRANSEXUALIDAD?

Una persona transexual se siente atrapada en un cuerpo que no le corresponde. Está en desacuerdo con el sexo biológico con que nació; quiere cambiarlo. Se comporta como si fuera del sexo opuesto y busca cambiar sus órganos sexuales. Esto se hace mediante la cirugía de reasignación de sexo, que implica un tratamiento hormonal y quirúrgico para cambiar de sexo.

¿QUÉ ES TRAVESTISMO?

El hombre o la mujer travesti no reniegan de su sexo, pero sienten placer al utilizar vestimenta socialmente asignada al otro sexo. No buscan un cambio permanente de su sexo biológico. De hecho muchas personas travestis tienen relaciones heterosexuales.

¿QUÉ SON LOS DERECHOS SEXUALES?

Forman parte de los derechos humanos, se refieren al respeto de la integridad física del cuerpo humano, al derecho a la información objetiva y útil y a los servicios de salud sexual. Incluyen tomar decisiones sobre la propia sexualidad y reproducción.

¿CUÁLES SON LOS DERECHOS SEXUALES Y REPRODUCTIVOS?

Entre los más importantes están:

- El derecho a decidir de manera libre y responsable sobre todos los aspectos de la sexualidad. Esto incluye derecho

al placer, al amor, a tener relaciones sexuales y a repro-
ducirse sin miedos, culpas, falsas creencias o presiones.
El derecho a información científica y completa acerca de
todos los aspectos de la sexualidad, incluyendo el placer, las formas de prevenir un embarazo, el estatus de
legalidad del aborto en diferentes partes del mundo y las
consecuencias que genera en los niveles personal y de
salud pública, que sea legal o esté penalizado, así como
acerca de las preferencias sexuales.

- El derecho a exigir respeto hacia la vida sexual. Este aspecto se refiere al derecho de cada persona a no dejarse
  presionar para tener relaciones con alguien o de alguna
  manera con las que no está de acuerdo.
- El derecho a decidir si desean o no tener hijos. En caso
  de tenerlos, cuántos se desean, así como el tiempo entre
  uno y otro y qué método anticonceptivo usar.
- El derecho a recibir servicios de salud con calidad y ca-
  lidez. Entre estos se incluyen anticoncepción, atención
  prenatal, durante el parto y después de éste, prevención
  de infecciones de transmisión sexual (ITS, que antes se
  conocían con el nombre de enfermedades venéreas) y
  las del tracto reproductivo (ITR). Esta atención se debe
  dar a lo largo de toda la vida: en infancia, adolescencia,
  adultez y vejez.
- El derecho a vivir libre de violencia sexual.
- El derecho a participar en el diseño de políticas públicas
  sobre sexualidad.

¿TODOS LOS DERECHOS SON IGUALES PARA HOMBRES Y MUJERES?

Sííí, el párrafo tercero del Artículo 1º de nuestra Constitución dice claramente que queda prohibida toda discriminación por origen étnico o nacional, género, edad, tener capacidades o necesidades especiales, condición social y de salud, religión, preferencias, estado civil o cualquier otra condición que atente contra la dignidad humana y tenga por objeto anular o disminuir derechos y libertades de las personas. Hombres y mujeres tenemos los mismos derechos, somos iguales ante la ley.

SÍ SE VALE...

Que hombres y mujeres decidan, de acuerdo con sus deseos y necesidades, tener o no hijos, cuántos, cada cuándo y con quién.

NO SE VALE...

Tener información y no utilizarla para planear tu vida cuidar tu salud.

EJERCICIO

Busca en periódicos, revistas o Internet un caso de homofobia.

Elabora una estrategia que consideres erradicará la discriminación por tener cierta orientación sexual. Coméntala y reflexiona con tus amigos, familiares y vecinos.

15. ¿Cómo prevengo la violencia en el noviazgo?

Todos alguna vez hemos tenido o sabemos de una pareja que nos cela, quiere controlar nuestra forma de vestir, los amigos que tenemos…

Hoy estás muy expuesto a la violencia, en casa, en las relaciones de pareja, la escuela, la calle y los medios masivos. Puedes prevenir los diferentes tipos de violencia desde edad temprana. En este capítulo analizaremos situaciones de riesgo que llevan a explosiones de violencia, así como opciones para evitarlas.

Antes de hablar de violencia en el noviazgo, hablemos de noviazgo y enamoramiento.

¿CÓMO DEBE SER LA PAREJA "IDEAL"?

En realidad no hay príncipes azules ni parejas perfectas. Cada quien tiene su concepto de lo que es una pareja ideal, tanto en apariencia física, como en la manera de tratarse y demostrarse amor.

¿ES VERDAD QUE DEBEMOS ELEGIR UNA PAREJA TOTALMENTE DIFERENTE PARA QUE SEA NUESTRA MEDIA NARANJA Y NOS COMPLEMENTE?

Las relaciones de pareja pueden ser fáciles o complejas. Cada vez más estudios hablan de que es más fácil tener una vida en armonía con una persona que comparte tus valores, intereses y aspiraciones. NO BUSQUES UNA MEDIA NARANJA, sino una naranja completa. Es decir, cada persona es un ser completo en todos los aspectos y no NECESITA encontrar su otra mitad para ser feliz. Es increíble encontrar otra persona igual de completa con quien compartir y gozar de la vida. Pero recuerda no dependes de eso para ser feliz.

¿CÓMO ES UNA BUENA RELACIÓN DE NOVIAZGO?

Cada pareja lo decide. Sin embargo, una relación de noviazgo debe disfrutarse con alguien que te haga reír, con quien no sientas que sólo se pasa el tiempo, alguien que te escucha y a quien te dan ganas de escuchar. Alguien con quien compartir la vida diaria sin miedo, sin que te dé "susto" decirle algo, sin pena, sin culpa. Alguien que respete tu forma de ser, tus intereses y prioridades y no quiera cambiarte. Es una relación de amistad, confianza y, sobre todo, que te da paz y seguridad. Una relación de noviazgo es para disfrutarse y aprender. No es una relación para sufrir maltrato.

¿CÓMO SÉ SI ESTOY ENAMORADO AUNQUE ME TRATE MAL?

Hazle caso a tu corazón. Tus sentimientos son importantes, si te sientes feliz, emocionado, te late el corazón a toda velocidad, sientes "mariposas en el estómago" pero a la vez estás tranquilo, seguro y en paz, seguramente estás enamorado. Si te sientes incómodo, presionado, asustado, con miedo, controlado, intranquilo, estas atrapado en una relación que te da algunas cosas que necesitas... como decir que tienes novio o novia, pero en el fondo no te hace feliz.

¿DEBO LUCHAR POR EL AMOR DE MI VIDA?

Si estás enamorado o enamorada y quien crees que es el amor de tu vida no lo sabe... DÍSELO. Muchas veces hacemos las relaciones más complicadas de lo que son. En el amor se valen muchas cosas mientras no hagas daño a otras personas. Hablar claramente y expresar lo que sientes sin imaginarte mil historias es una solución fácil para saber si tu amor es correspondido.

¿ES CIERTO QUE HAY DIFERENTES TIPOS DE VIOLENCIA?

Sí. Pueden darse en los diferentes ambientes en que te desarrollas: escuela, familia, noviazgo. Puede ser verbal, física, psicológica, sexual y económica.

> **Muchas veces no detectamos una conducta violenta y la vemos como normal... ¡Aguassss!**

¿A QUÉ SE REFIERE CADA VIOLENCIA?

Verbal: mediante gritos o amenazas. Muchos jóvenes creen que es normal ser tratado así, no definen esta conducta como violenta... ¡hasta la ven como normal e incluso necesaria!

Física: golpes, pellizcos, jalones o empujones.

Psicológica: ejercer control y poder sobre una persona de manera que se limita su forma de ser y la libertad para decidir y actuar. Con frecuencia se manejan situaciones de chantaje, engaño, celos, manipulaciones e incluso conductas como ignorar, enojarse, vigilar.

Sexual: chantajear para tener o no relaciones sexuales a manera de negociación o amenaza para conseguir algo. También se da cuando se fuerza a una persona a tener relaciones sexuales contra su voluntad o a tenerlas de maneras con las que no está de acuerdo.

Económica: una persona condiciona cumplir con sus obligaciones económicas a recibir cariño, tener relaciones sexuales, cumplir compromisos, como por ejemplo asistir a citas o llevar a cabo algún otro tipo de actividades.

Cibernética: consiste en atacar, intimidar o hablar mal de alguien por medio de las redes sociales; el propósito es lastimar y hacer que los demás se burlen de alguien.

¡NO SE VALE!

- Insultar a personas utilizando las redes sociales.
- Mostrar fotografías de situaciones íntimas.
- Divulgar información confidencial o íntima que se confió a alguien durante una relación de pareja.
- Y hasta ver el celular, el Facebook o la computadora de otra persona sin su autorización.

La mejor manera de prevenir esta violencia es no compartir archivos íntimos o comprometedores. Alguien que fue tu mejor amigo puede no serlo después. No subas fotografías tuyas que no quieres que lleguen a la red, sin que puedas restringir quien puede verlas. Lo que subes queda al alcance de muchas personas.

Nadie, nadie, pero nadie debe ejercer ningún tipo de violencia y nadie, nadie, pero nadie ser sujeto de ningún tipo de violencia.

¿QUÉ ES EL CICLO DE LA VIOLENCIA?

Es un círculo vicioso en el que las personas se sienten atrapadas. Se da de la siguiente manera:

a) Se acumula tensión, esto lleva a peleas, discusiones, gritos. Una de las personas intenta evitarla no hablando con la otra o rogándole o explicándole, pero no lo consigue.

b) Se da una explosión, la tensión es liberada en un arranque de violencia que puede ser física, psicológica, sexual o económica, para después seguir con…

c) La luna de miel: el agresor parece una persona arrepentida, tierna, pide perdón, promete que no volverá a suceder. Esta etapa es tan peligrosa como las otras, ya que lleva a que la víctima permanezca en la relación en lugar de salir de ella.

d) Y finalmente todo se repite. Muy pronto empezarán a incrementarse las tensiones, explotará la violencia, después le harán promesas de que nunca volverá a suceder y así sucesivamente. Además se incrementa el grado de violencia tras cada luna de miel.

¿CÓMO ROMPER EL CICLO DE LA VIOLENCIA?

Es muy importante que uno de los dos se desenganche; es decir, cuando empieza la tensión, buscar cómo reducirla antes de que se acumule. Cuando comiencen los gritos no responder de la misma manera sino mantener la calma hasta que juntos hablen del problema.

Otra manera es terminar con la relación. Es una opción relativamente fácil en el noviazgo porque no existe aún un compromiso como sucede en un matrimonio, una casa en común o hijos de por medio. Sin embargo, muchas veces es difícil debido a que la misma situación de noviazgo puede dar lugar a días de distanciamiento en los que parece "olvidarse" el pleito o el empujón y vuelve a idealizarse la relación pensando que fue sólo un "mal rato" o creyendo nuevamente en promesas de que "todo cambiará". ¡Mucho ojo!

También suele pensarse que comprometerse más en la relación teniendo relaciones sexuales, embarazarse o casarse será la manera de terminar con los pleitos. Esto no sucede en la mayoría de los casos. Por el contrario, se acepta una situación de violencia en la relación. Los "parches" tipo relaciones sexuales o embarazo son sólo eso, parches, y acaban empeorando el asunto.

¿POR QUÉ LAS VÍCTIMAS DE VIOLENCIA SE SIENTEN CULPABLES?

Porque muchas veces algunas personas les dicen (y se lo creen) que debieron hacer algo para causarlo, lo que produce malestar en la víctima. Por ejemplo, a una víctima de violación le dicen que seguramente traía la falda muy corta; a otra que es asaltada que fue porque traía un coche lujoso. Es importante aclarar que teniendo información y viendo cómo prevenir situaciones de riesgo es una manera de cuidarnos, pero que quede clarísimo que no siempre es posible y jamás debemos culpar a la víctima por una agresión.

¿ES DIFERENTE LA VIOLENCIA EN EL NOVIAZGO A LA QUE SE DA EN OTROS AMBIENTES?

¡¡No!! En el noviazgo también se presentan todos los tipos de violencia y se queda atrapado. Algunas veces es más difícil salir porque nos sentimos enamorados y pensamos que es algo transitorio, que todo cambiará en cuanto la relación avance, que es sólo un pleito común en el noviazgo o que sucede "por amor". ¡Aguassss!

¿QUÉ ME PUEDE PASAR RESPECTO A LA VIOLENCIA SI ESTOY CIEGAMENTE ENAMORADO?

La pregunta misma lo dice: hay ceguera. En el amor romántico muchas veces en lugar de ver la realidad; es decir, las partes buenas y malas, las que puedes cambiar y las que tienes que aprender a aceptar porque no cambiarán, ves sólo lo bonito, idealizas la relación, crees que lo negativo desaparecerá (como por arte de magia). Un problema es que muchas veces estás enamorado del amor, no de la persona; es decir, te encanta la idea del romanticismo que conlleva una relación de pareja, más que la relación misma (¡no nos medimos!). La idea de tener una pareja nos puede gustar más que la pareja misma, sentirnos queridos o querer sin conocer realmente a la persona.

> Si no ves la realidad es fácil involucrarte con una persona que muestra señales de violencia, como gran cantidad de celos no fundamentados, posesión, control excesivo, amenazas o chantajes.

¡¡¡Ojo!!! Una relación no es buena sólo porque te digan…

- "Sin ti no puedo vivir."
- "Te quiero más que a nadie en el mundo."
- "Mi destino eres tú."
- "Te quiero tanto que… no quiero que salgas con nadie más."
- "Quiero que dejes de ver a tus amigos."
- "Quiero que dejes la carrera y te dediques a mi."
- "Quiero que te vistas diferente para que yo te pueda presumir mejor, te quiero lucir."

Tal vez te convenga más alguien con quien…

- Puedes hablar abiertamente de cualquier tema.
- Ambos valoran las ideas e intereses del otro.
- Puedes ser tú.
- La persona te da y sabe recibir de ti cariño y afecto.
- Se pueden reír de las mismas cosas.
- Puedes platicar "largo y tendido".

¿CÓMO ES UNA RELACIÓN QUE PASA DE VIOLENCIA EMOCIONAL A OTROS TIPOS DE VIOLENCIA?

Una relación en la que hay celos, posesión, presión para que hagas cosas que no quieres hacer o que te portes de maneras con las que no estás de acuerdo; no te aceptan como eres, tratan de supervisar o controlar todo lo que haces, hay groserías, amenazas, se maneja a través de sentimientos de culpa, chantajes, manipulaciones, miedo, gritos o golpes… es una relación con violencia emocional, a la que se pueden agregar otros tipos de violencia. Ten los ojos bien abiertos, ya que los cambios suelen ser paulatinos y puedes no ver o acostumbrarte a una relación nociva.

¿QUÉ SON LOS CELOS?

Son… ¡UN BRONCÓN! Los celos se basan en el temor de perder a alguien que se quiere o desea. Pueden darse por situaciones reales o imaginarias. Se siente ansiedad, coraje, que se te retuerce el estómago, a veces depresión. Para muchas parejas saber que el otro experimenta celos es grato, hace que se sienta querido. Sin embargo, muchos celos destruyen las relaciones ya que la gente se siente presionada, pierde el control sobre sus propias acciones, se siente checada y cuestionada, percibe que su pareja no le tiene confianza. Lo vive como estar con un auditor que checa todo lo que se dice y hace, y además lo interpreta en términos de tipo "ya no me quieres", "te gusta más esa otra persona", "no me comprendes", a veces hasta "me odias". Hay personas que saben manejar mejor que otras el que alguien se relacione con los demás, que le parezca atractiva otra persona, que comente favorablemente acerca de alguien. Como en todo… el primer paso para remediar un punto débil es reconocer que tenemos un problema, es decir, un área de oportunidad. El siguiente, es manejarlo, en este caso los sentimientos muy destructivos.

Si en tu relación el problema principal son los celos excesivos, es probable que la persona que los padezca sufra inseguridad y desconfianza; en algunos necesitan ayuda, de otra manera repetirán este patrón en la mayoría de sus relaciones. No te hagas ilusiones, hay cosas que no cambian sin ayuda profesional.

> **Los celos vienen cuando uno siente que pierde el control de lo que hace su pareja o cuando se experimenta inseguridad.**

¿QUÉ HACER PARA SENTIR MENOS CELOS O "PARARLOS" DESDE UN PRINCIPIO?

Una manera es hablar de tus sentimientos con tu pareja. Explícale por qué y en qué situaciones sientes celos. Juntos pueden analizar las razones así como las situaciones en que se dan. Así, en caso de que haya un motivo y tu pareja esté dispuesta a cambiar algún aspecto de su conducta, pueden negociar límites para lograr cambios en esa conducta.

El problema más serio viene cuando sientes celos con frecuencia y por situaciones imaginarias. Ese grado de celos es enfermizo, poco o nada le sirve a la pareja cambiar su conducta, por lo general se necesita ayuda profesional. Sólo hablarlo es difícil debido a que no está basado en la realidad sino en interpretaciones de ésta.

¿QUÉ TIENEN QUE VER LOS CELOS Y LAS MUESTRAS DE POSESIÓN Y CONTROL CON LA VIOLENCIA?

¡¡Cuidado!! Son una manera de presionar a alguien para hacer algo con base en los deseos de la otra persona. En la medida en la cual crecen estos sentimientos, sea con bases reales o sin ellas, es muy fácil que se transformen en actos violentos.

Celos y control nada más llevan a destrucción y frustración. ¿Y si lo reconocemos? ¿Tratamos?

SI ME PEGA, ME QUIERE, ¿ES CIERTO?

¡Nooo!, no es cierto. Se desquita en ti por algún problema. La agresión jamás puede interpretarse como señal de amor y nunca se debe aceptar ningún tipo de violencia, ni siquiera por algún "error" que alguien haya cometido.

¿SABÍAS QUE...?

La diferencia entre querer y estar enamorado es que cuando queremos conocemos las características positivas y negativas de la pareja y la aceptamos como es; no intentamos cambiarla ni la idealizamos.

En cambio, ciegamente enamorados estamos ciegos ante la realidad de esa persona y de lo que está por venir en la relación.

¿CUÁL ES LA DIFERENCIA ENTRE TENER RELACIONES SEXUALES Y HACER EL AMOR?

Muchas personas usan estos términos como equivalentes. Para otras, tener relaciones sexuales es cuando se tiene coito sin que haya sentimientos de cariño o afecto. Hacer el amor va más allá de relaciones sexuales. Se llega al coito poco a poco, tanto por el tiempo que toma el desarrollo de una relación entre dos personas como, una vez físicamente cerca, se da gozando cada caricia, cada abrazo, cada beso, apreciando el calor que cada uno le da al otro, su ternura; se da con sentimientos de cariño, intimidad y compromiso.

> **Hay que tener claro que al haber coito, por cualquier razón, existe la posibilidad de un embarazo.**

¿QUÉ PASA SI ALGUIEN NO QUIERE TENER RELACIONES SEXUALES?

No pasa nada… ¡tampoco es para tanto! Hay muchas personas y parejas que deciden no tener relaciones sexuales y viven muy felices y tranquilos. Lo importante es que se hable abiertamente del tema con la pareja, que ambos estén de acuerdo y evitar una relación sexual en contra de la voluntad de alguno de los dos o por la fuerza.

¿QUÉ ES EL ABUSO SEXUAL?

Es el acto mediante el cual una persona toca, besa, acaricia o tiene relaciones sexuales con otra, aprovechándose de la confianza que existe entre ellas o de la autoridad de una sobre otra. La persona que es abusada puede estar confundida y no sabe qué hacer, no tiene claro si ceder o no, quizá está convencida de no querer que eso suceda.

¿CÓMO PREVENIR EL ABUSO SEXUAL CUANDO SALGO CON ALGUIEN?

No siempre se puede prevenir, sobre todo si la persona que quiere abusar es físicamente más fuerte, si la débil tiene miedo o cree que no tiene derecho a decir: "No". Pero aun así… si sientes que la persona con la que sales te trata mal, es posesiva, celosa, muy amable sólo cuando quiere algo, te humilla verbal o físicamente, trata de controlar lo que haces, se enoja con facilidad, es cruel, te pega a ti o a alguien más, trata de emborracharte o drogar, te presiona a hacer cosas que no quieres, es mejor dejar esa relación lo antes posible. Busca ayuda con una persona adulta de confianza.

¿QUÉ HAGO SI FUI VÍCTIMA DE ABUSO SEXUAL?

Busca ayuda médica lo antes posible. Dile de inmediato a alguien de tu confianza lo que sucede y, pase lo que pase, te digan lo que te digan, no te sientas culpable: nunca es tu culpa.

Hayas hecho lo que hayas hecho, nadie tiene derecho a aprovecharse de ti nunca, nunca, nunca.

¿ES CIERTO QUE EL ABUSO SEXUAL OCURRE SÓLO ENTRE EXTRAÑOS?

¡¡Nooo!! De hecho, ocurre por lo general entre personas que se conocen, por ejemplo, de padre a hija o hijo o madre a hija o hijo o entre novios, amigos o vecinos. Lo que sucede es que una persona se aprovecha de la confianza que la otra le tiene o de la autoridad que ejerce para convencerla de tener relaciones sexuales o dejarse tocar.

¿SON NORMALES LAS RELACIONES SEXUALES CON FAMILIARES?

No, de ninguna manera. Muchas veces un familiar se aprovecha de su autoridad o de la confianza que le tenemos para convencer, forzar o presionar para tener relaciones sexuales. Hay casos que se dan por curiosidad o confusión en conflictos familiares. Lo recomendable es buscar ayuda profesional.

¿QUÉ ES HOSTIGAMIENTO SEXUAL?

Cuando una persona molesta a otra o la presiona para tener relaciones sexuales o simplemente trata de hacerla sentir deseada, sin que ella quiera sentirse así por quien la hostiga. De hecho, puede ponerle condiciones como "si no tienes relaciones conmigo te expulso de la clase" o "estás muy guapa, qué te parece si nos vamos por ahí y te irá mejor en tu trabajo" o "sólo si te acuestas conmigo te ayudo con tu tarea o te pongo una mejor calificación".

¿CÓMO PREVENIR EL HOSTIGAMIENTO SEXUAL?

Detén a la persona, dile: "¡no me interesa!", ignórala y aléjate. Si persiste acude con un adulto de tu confianza o una autoridad para hacer una acusación. Muchas personas no lo hacen por temor a las represalias o a que otros se enteren de su situación. ¡No es fácil, pero es necesario hacerlo!

> **Conforme más personas denuncien el abuso y el hostigamiento, disminuirán.**

¿CÓMO DETENER UN ABUSO SEXUAL?

Conserva la calma durante un ataque y guarda el enojo para cuando estés a salvo. Protege tu cara y abdomen; dale pelea sólo si crees que así se alejará y no te hará daño; grita; trata de escapar y busca ayuda. La seguridad es lo más importante, tal vez tengas que ir a un lugar lejos de tu casa.

¿QUÉ ES PORNOGRAFÍA?

La ley y la sociedad la definen como materiales o actividades que muestran una forma de la sexualidad que implica explotación, humillación, crueldad, abuso y sin mérito artístico. No siempre es fácil definir qué es pornografía, pues los límites son subjetivos.

¿ES MALA LA PORNOGRAFÍA?

Es perjudicial si incluye humillación, crueldad, abuso de poder o explotación. En la medida en que una persona adquiere la imagen de lo que es el ejercicio de la sexualidad a través de escenas de este tipo, se hace daño, ya que se forma una imagen de algo que es dañino y poco real.

EJERCICIO

Reflexiona sobre las siguientes preguntas:

- Para ti, ¿qué es violencia?
- ¿Cómo te sientes cuando sucede?
- Para ti, ¿qué es amor?
- Para ti, ¿qué no es amor?
- ¿Cómo se puede demostrar amor?
- ¿Cuáles son las manifestaciones de control y de violencia que se confunden con amor?
- ¿Qué otras manifestaciones de violencia conoces?
- ¿Qué puedes hacer alguien que es violentado?

16. Quiero prevenir embarazos no planeados

En esta sección hablaremos de varios temas de interés para ti, como son las relaciones sexuales y las ventajas y desventajas de tenerlas durante la adolescencia, así como de la anticoncepción y el embarazo. Se combinan aspectos de información sobre los diferentes temas con habilidades para practicar lo aprendido y vivir la sexualidad de manera sana, placentera y responsable.

¿EN QUÉ PERJUDICA TENER RELACIONES SEXUALES A TEMPRANA EDAD?

No es la edad a la que se tienen relaciones sexuales por primera vez lo importante, sino qué tan preparado estés. Cuando se es muy joven por lo general no se está preparado, por ello se habla de edad. Es decir, qué expectativas tienes; bajo qué circunstancias se dan; qué tipo de relación llevas con la pareja; si han hablado entre ustedes acerca de cómo cuidarse para no embarazarse y para que no haya transmisión de alguna infección; si las tuvieron por decisión propia o por presión; si fue con miedo, culpa o gusto, etcétera.

Es importante decidir cuidadosamente qué queremos respecto a las relaciones sexuales para evitar confusión o temor.

¿POR QUÉ DAMOS TANTA IMPORTANCIA A LAS RELACIONES SEXUALES?

A muchas personas les han enseñado que las relaciones sexuales son algo malo, inclusive pecado. Haberle dado tanta importancia a una conducta que es totalmente normal, ha hecho que le pongamos demasiada atención; muchas veces hasta con sentimientos de culpa, miedo y pena y con un sentido negativo y con morbo.

Entender que las relaciones sexuales son una parte normal del desarrollo de una relación entre dos personas que se sienten atraídas, nos ayudar a eliminar mitos e ideas equivocadas. Además, debemos entender que las relaciones sexuales son sólo una parte de la relación de pareja y no son indispensables.

Hay aspectos como amor, confianza, comunicación, comprensión, deseo de estar juntos y compartir actividades, buscar o tener intereses en común, divertirse y reírse juntos, muestras de ternura y romance como verse a los ojos, decir palabras amorosas, tener detalles, escribirse, buscarse, esperarse, tratar de coincidir haciendo lo que sea para lograrlo, que muchas veces son mucho más importantes que las relaciones sexuales.

¿QUÉ ES ABSTINENCIA SEXUAL?

No tener relaciones sexuales. Muchas personas eligen esta opción ya sea de por vida o durante alguna etapa de su desarrollo.

¿ES CIERTO QUE CUANDO SE TIENEN RELACIONES SEXUALES POR PRIMERA VEZ, DUELE?

A los hombres por lo general no les duele la primera vez que tienen relaciones sexuales, pero a muchas mujeres sí. Esto puede ser porque se rompe el himen (una pequeña membrana que algunas mujeres tienen, otras nacen sin ella o la tienen con hoyitos) o porque no ha lubricado lo suficiente. La lubricación vaginal se logra poco a poco con caricias y con un ambiente de tranquilidad y seguridad.

¿QUÉ QUIERE DECIR SER VIRGEN?

El término virgen se usa de dos maneras:

- Para referirse a personas que no han tenido relaciones sexuales.
- Para describir a las mujeres que aún tienen himen, pues cuando no lo tienen asumen que han tenido relaciones sexuales. Es crucial saber que la mujer puede no tener

himen porque nació sin él. Es más claro hablar de tener o no relaciones sexuales y no de ser virgen sólo si se posee esta membrana.

¿Qué tal si nos informamos más y juzgamos menos?

¿SABÍAS QUE…?

En algunos grupos sociales la presión de tener himen antes de casarse es tan fuerte que las jóvenes van con un ginecólogo para que se los cosa o les hagan uno artificial.

¿Tú crees que deba hacerse una intervención quirúrgica por este motivo?

¿SIEMPRE QUE SE TIENE LA PRIMERA RELACIÓN SEXUAL SE SANGRA?

¡¡Nooo!! Muchas mujeres no sangran porque nacieron sin himen, con un himen muy flexible o se les rompió por otra razón, por ejemplo haciendo ejercicio o con algún movimiento brusco, no por relaciones sexuales.

SI PIERDES LA VIRGINIDAD, ¿LA SOCIEDAD TE HACE MENOS COMO MUJER?

En algunos grupos sociales sí. Esto sucede porque se cree que el valor principal de la mujer es su virginidad. Cada vez hay más aceptación de que la mujer vale por muchos aspectos diferentes a éste.

¿TE PUEDES EMBARAZAR SI TIENES RELACIONES SEXUALES CUANDO ESTÁS MENSTRUANDO?

En algunos casos sí, aunque son raros, la mujer puede menstruar y ovular en pocos días.

¿EN QUÉ CONSISTE EL SEXO ORAL?

Es cuando una persona usa su boca o su lengua para estimular los órganos sexuales de otra. Este tipo de relación se puede dar de hombre a mujer, de mujer a hombre, de mujer a mujer y de hombre a hombre.

¿SI EYACULAS EN LA BOCA DE UNA MUJER SE PUEDE EMBARAZAR?

No. La única forma es si se unen un óvulo y un espermatozoide. Por lo tanto, el que haya espermatozoides en la boca no es suficiente para que se dé un embarazo.

¿ES MALA LA PENETRACIÓN ANAL O EL SEXO ORAL?

Ningún tipo de acto sexual es malo o bueno. Pero es malo cuando se hace en contra de la voluntad de alguna persona.

¿ES VERDAD QUE SI TENGO RELACIONES ANALES Y LUEGO VAGINALES SIN LAVARME BIEN PUEDE HABER UNA INFECCIÓN?

Sí. Es muy importante lavarse muy bien los órganos sexuales con agua y jabón después de cada relación. Así evitamos problemas derivados de la falta de higiene.

¿ES CIERTO QUE SI UNA MUJER TIENE RELACIONES ANALES EN VEZ DE VAGINALES SIGUE SIENDO VIRGEN?

Muchas mujeres creen que si tienen relaciones sexuales anales en vez de vaginales protegen su himen. Por lo tanto, las relaciones anales por este motivo no tiene mucho sentido. Además, esto depende de cómo definimos virginidad: por tener himen o por no haber tenido relaciones sexuales… ¡Cada cabeza es un mundo!

¿SI TIENES SEXO ORAL SIGUES SIENDO VIRGEN?

La respuesta es similar a la anterior, si ser virgen es no haber tenido relaciones sexuales, podríamos decir que una chava que tiene sexo oral ya no es virgen.

> ¿Por qué valoramos tanto el himen? ¿Tiene sentido? ¿Qué tal si entendemos que hay valores mucho más relevantes e importantes y empezamos a valorarnos más a través de éstos y no por un pedacito de tejido?

¿QUÉ ES UNA ORGÍA?

Una fiesta o reunión donde varias personas tienen relaciones heterosexuales, homosexuales o bisexuales las unas con las otras, a veces intercambiando parejas, rara vez de manera protegida. Además se sirven grandes cantidades de comida, alcohol u otras drogas. Una orgía es una situación de alto riesgo para embarazarse o contraer infecciones.

HAY GENTE QUE DICE QUE HUELE FEO LA VAGINA, ¿ES CIERTO?

Varios estudios muestran que el olor negativo que atribuimos a la vagina, y de hecho también a las axilas, se relaciona con temores o tabúes. De hecho para muchas personas e inclusive a nivel de norma social en muchos grupos sociales se ve como fuente de placer oler estas partes del cuerpo, se considera que huelen muy bien.

También es común que se anuncien muchos productos para higiene vaginal o desodorantes vaginales. Lo real es que una mujer sana que diariamente lava sus órganos sexuales con agua y jabón no necesita otros productos que muchas veces dañan la mucosa vaginal. Cuando existe algún flujo amarillento de mal olor se debe consultar al ginecólogo. Lo normal es que la ropa interior no esté manchada con flujo amarillento y sólo exista un flujo transparente en mitad del ciclo, es decir, alrededor del día 14 del ciclo menstrual.

¿POR QUÉ SE DICE QUE LA VAGINA SE LUBRICA?

La función central de la lubricación es facilitar la penetración. Ésta se da cuando las glándulas de Bartholin en la vagina secretan un líquido casi transparente que se conoce con el nombre de "moco vaginal". La lubricación se da por excitación sexual y también por cambios hormonales, al hacer ejercicio o cuando hay cambios emocionales.

¿POR QUÉ SE EXCITA LA GENTE?

Por cambios hormonales, porque se siente atraída por otra persona, porque se toca a sí misma de una manera que le agrada, le da placer, la excita, porque ve alguna escena (una foto o película) que le parece atractiva sexualmente o por una combinación de estos factores.

¿QUÉ HAGO SI MI PAREJA NO SE EXCITA?

Una de las partes más placenteras de tener una pareja es irla conociendo, platicar sobre qué nos gusta y qué no, qué queremos explorar y qué no, qué queremos aprender. Poco a poco vamos conociendo diferentes aspectos de nuestra pareja, emocional y físicamente. Tal vez si tocas ciertos lugares le es incómodo, necesitas hablar antes de tener contacto físico y explorar nuevos lugares de su cuerpo.

Tal vez requiere más tiempo para conocerse o tiene temor de que la relación avance en cuanto a besos y caricias y le da miedo un embarazo, por lo cual no disfruta las caricias y piensa en otras cosas.

> Es más probable gozar de una relación con una pareja cuando hemos hablado de los aspectos que nos causan dudas y temores, sobre los riesgos que esto implica y cómo enfrentarlos.

SÍ SE VALE...

Dejar volar tu imaginación y platicar acerca de tus deseos y fantasías.

NO SE VALE...

Tener dudas y no hablar por pena o porque te sientes presionado para continuar con una relación.

¿POR QUÉ A LOS HOMBRES LES PREOCUPA TENER UN PENE GRANDE O CHIQUITO?

Hay muchos mitos y hasta presión social, sobre todo entre jóvenes con poca o sin experiencia sexual, para hacer creer que tener un pene más grande o más grueso es mejor. Una vez más... es importante enfatizar que esto deriva de aspectos culturales, históricos o incluso chistes o mitos. ¡¡No tienen ningún fundamento científico!! El tamaño del pene no afecta para orinar, ni para tener o dar placer sexual.

¿QUÉ ES LA EYACULACIÓN PRECOZ?

Puede aparecer a cualquier edad, pero es más común en los hombres jóvenes. Este problema se relaciona con la novedad de la experiencia sexual (una pareja nueva o una situación distinta) y con poca experiencia sexual ya que, a medida que el hombre se conoce, puede controlar sus eyaculaciones en una relación sexual.

¿CUÁLES SON LAS CAUSAS DE LA EYACULACIÓN PRECOZ?

Es muy raro que la ocasionen alteraciones físicas. Las principales razones de la incapacidad para controlar la eyaculación son ansiedad, sentimientos de culpa y temor de no ser un buen amante. Todos estos sentimientos negativos aumentan cuando la eyaculación precoz se produce con frecuencia creando un círculo vicioso de mayor ansiedad y mayor posibilidad de presentarla. Nuevamente, conocerse a uno mismo, comunicarse con la pareja y utilizar condón para sentirse seguros son los elementos más importantes para superar esta situación.

¿QUÉ ES EL ORGASMO?

Cuando hay estimulación, por uno mismo u otra persona en zonas erógenas, como los genitales, y crea una tensión en el cuerpo que produce deseos de liberarla. El orgasmo es el punto en el cual se libera la tensión sexual a través de una serie de contracciones musculares involuntarias muy placenteras. Muchas veces es el momento en que se da la eyaculación, en el caso de los hombres.

Tanto hombres como mujeres tienen la capacidad y el derecho de experimentar placer sexual sin sentirse culpables.

¿TIENEN MÁS PLACER LAS PERSONAS QUE GRITAN O HACEN MUCHO RUIDO CUANDO LLEGAN AL ORGASMO?

La manera en que cada quien expresa placer es una cuestión muy personal. Algunas personas necesitan gritar, llorar, reír, hacer ruidos, mientras otras obtienen más placer al llegar al orgasmo de manera silenciosa. Realmente no hay relación entre las expresiones de placer y el placer mismo.

¿QUÉ ES EL PUNTO G?

Es un punto de muy alta sensibilidad en la vagina de la mujer. Cuando se estimula se alcanza el orgasmo. Sin embargo, no es necesario localizarlo para alcanzar el orgasmo. Hay muchos puntos con alto grado de sensibilidad en los órganos sexuales femeninos, como el clítoris y la vagina.

TOCARME LOS SENOS ME DA PLACER, ¿ES NORMAL?

Sí, ¡claro! Los senos son órganos sensibles al tacto y además muchas mujeres y hombres se excitan y sienten placer cuando se los tocan. A muchas personas les da un gran placer sexual que su pareja les toque o bese los senos.

¿ES CIERTO QUE ALGUNAS MUJERES SÓLO LLEGAN AL ORGASMO A TRAVÉS DEL SEXO ORAL?

Esto depende de cada persona y de la manera en que la pareja estimule a la mujer. Depende asimismo de que a la mujer le agrade y esté de acuerdo con tener sexo oral. Requiere también una buena comunicación e intimidad con la pareja. Cuando esto sucede puede ser placentero porque la estimulación es directa al clítoris, lugar de máximo placer. Otro punto que las mujeres describen como agradable es que no exista posibilidad de embarazo cuando tienen relaciones sexuales de esta manera.

¿PUEDO TENER RELACIONES DURANTE LA MENSTRUACIÓN?

Sí. No hay problema a nivel físico. Lo que sí pasa a veces es que las personas prefieren no tenerlas en este periodo porque no les gusta que haya flujo menstrual.

¿ES PELIGROSO TENER RELACIONES SEXUALES VAGINALES CON EL TAMPÓN PUESTO?

No se recomienda. La razón es que puede ser peligroso durante una relación vaginal ya que el tampón está en el mismo conducto por el que entra el pene: puede empujarlo hacia el fondo de la vagina y perder el hilo. En estas circunstancias se puede lastimar la vagina al retirarlo. En ocasiones un ginecólogo debe sacarlo.

¿EN QUÉ MOMENTO DEL CICLO MENSTRUAL ME PUEDO EMBARAZAR?

El embarazo se da cuando un espermatozoide fecunda un óvulo y éste se implanta en el útero. Hay una mayor probabilidad de embarazo cuando se tienen relaciones sexuales en los días en los que se está ovulando sin que se utilicen métodos anticonceptivos. La ovulación por lo general se da entre el día 7 y 14 del ciclo menstrual. Es decir, en esos días existe un gran riesgo de embarazo. Así que toma tus precauciones, ¡¡¡protégete!!!

¿ME PUEDO EMBARAZAR SIN TENER RELACIONES SEXUALES?

Esta es una pregunta común ya que muchas veces pensamos que sólo si hay penetración total del pene en la vagina se puede dar un embarazo. Sin embargo, los juegos sexuales, caricias y "fajes" pueden producir que aun sin penetración total haya eyaculación en la entrada de la vagina y si son días fértiles hay posibilidad de un embarazo. Por eso algunas chavas pueden decir que están embarazadas y no tuvieron "realmente" coito o relaciones sexuales.

¿SABÍAS QUE…?

Un embarazo en la especie humana dura en promedio 266 días.

¿PUEDE HABER UN EMBARAZO CON UNA SOLA RELACIÓN SEXUAL?

¡¡Síí!!, sí se puede. Lo único que se necesita es que se dé la unión de un óvulo y un espermatozoide y, para que eso ocurra, basta con una relación sexual o sea con UN coito basta para embarazarse.

¿SI SÓLO PENETRA LA PUNTA DEL PENE PUEDE HABER UN EMBARAZO?

Sí. El pene puede tener una eyaculación o expulsar líquido pre eyaculatorio que contiene espermatozoides. Esto sale de la punta del pene. Así que con "la pura puntita" es suficiente para que se dé un embarazo. De hecho, puede surgir un embarazo teniendo relaciones sexuales de esta manera, sin que siquiera se rompa el himen.

¿CÓMO PUEDO SABER SI ESTOY EMBARAZADA?

Entre los síntomas de un embarazo se encuentra ausencia de menstruación, que se presente con muy poco sangrado, hinchazón de los senos, sensibilidad en los pezones, fatiga, náuseas, mucho sueño, mucho o poco apetito, cambios de humor, orinar con mucha frecuencia. Si se tienen estos síntomas hay que hacerse una prueba de embarazo.

Las pruebas se consiguen en farmacias, clínicas, hospitales, centros de planificación familiar. Hay pruebas de orina y de sangre. Las de orina que venden en las farmacias dan resultados en pocos minutos, son sencillas y bastante confiables cuando se realizan siguiendo las instrucciones cuidadosamente. Se pueden llevan a cabo tras unos días de retraso de la última menstruación, dentro de casa y sólo se necesitan unas gotas de orina.

Un resultado positivo en prueba de embarazo casi siempre quiere decir que hay embarazo, uno negativo que todavía no se detecta el embarazo y hay que hacer otra prueba o que no hay embarazo. A través de un examen sanguíneo también se detecta un embarazo en los primeros días de retraso menstrual. Muchas veces se realiza una prueba de sangre para confirmar la realizada en casa.

Si sospechas un embarazo acude con un ginecólogo para que te haga un examen pélvico y un tacto vaginal a través del cual verá si hay embarazo. El examen pélvico es fácil, el médico introduce dos dedos en la vagina para ver si el cérvix, o sea el cuello del útero, se ha suavizado o cambiado de forma.

¿POR QUÉ HAY GENTE A FAVOR DEL ABORTO?

Muchas personas consideran que para que haya menos muertes por abortos y menos hijos no deseados, el aborto debe despenalizarse, acompañado de educación sexual. Otras creen que para que haya menos abortos debe penalizarse.

¿CUÁLES SON LOS ARGUMENTOS DE LA GENTE A FAVOR DE LA DESPENALIZACIÓN DEL ABORTO?

El argumento central es el siguiente: si se da educación sexual a lo largo de la vida como un proceso natural y normal, con bases científicas y de manera integral, las habilidades y conocimientos que se desarrollan llevan a disminuir el número de embarazos no deseados. Sin embargo, dado que siempre puede haber errores, son posibles los embarazos no deseados, y por ello es necesario contar con mecanismos legales y de salud que lo permitan bajo las mejores condiciones médicas, higiénicas, emocionales y legales. Despenalizar el aborto no es una manera de apoyarlo sino de salvar vidas de mujeres que, de otra manera, abortan bajo condiciones de riesgo.

¿ES PELIGROSO UN ABORTO INDUCIDO?

Si lo lleva a cabo un especialista y bajo condiciones de higiene adecuadas, el riesgo en un aborto es muy bajo, mucho menor que el de muchas operaciones. Si lo hace alguien no especializado, bajo condiciones poco higiénicas o usando instrumentos no apropiados, el riesgo de complicaciones es muy alto, y lleva a la muerte de muchas mujeres.

¿QUÉ CONSECUENCIAS OCASIONA UN EMBARAZO DURANTE LA ADOLESCENCIA?

Son muchas. Las chicas entre los 10 y 15 años de edad tienen cinco veces más probabilidades de morir por un embarazo o parto en comparación con las de 20 a 24 años. Además, muchos embarazos terminan en abortos practicados "a escondidas" y la mayoría en malas condiciones de higiene, lo cual incrementa el riesgo de muerte.

A esto súmale que aún no estás preparada para cuidar a un hijo, ni educarlo en las mejores condiciones, no tienes los recursos económicos para mantener un bebé y generalmente se termina viviendo con los padres, lo que ocasiona conflictos.

> **Muchas chavas que se embarazan abandonan la escuela y dejan de lado experiencias y diversiones que aún deseaban tener antes de enfrentar responsabilidades de personas adultas.**

No sé qué hacer, estoy embarazada...

Para muchas jóvenes un embarazo es una sorpresa agradable, para otras no lo es tanto.

Si estás feliz con este maravilloso suceso, ¡felicidades! Disfruta tu embarazo.

Las opciones cuando no es el caso son: aprender a gozar la idea de tener un bebé, pensar si lo quieres cuidar y educar, si deseas darlo en adopción o te inclinas por un aborto. En la ciudad de México abortar es legal.

¿POR QUÉ HAY TANTOS PROBLEMAS PARA PREVENIR EMBARAZOS EN LA ADOLESCENCIA?

Debido a numerosos mitos y falsas creencias en torno a la sexualidad y el uso de anticonceptivos. Por otro lado, hay una fuerte represión en torno a la sexualidad juvenil bajo el argumento de que "no están preparados" para la vida sexual.

¿PUEDES ESTAR EMBARAZADA Y SEGUIR MENSTRUANDO?

¡¡No!! Lo que sí sucede es que haya sangrado que no se deba a menstruación. En estos casos es importante ir al ginecólogo para que haga una revisión y vea las causas. Muchas veces es necesario mantener reposo completo por unos días mientras se detiene el sangrado.

¿QUÉ SON LOS ANTICONCEPTIVOS?

Métodos a través de los cuales se previena un embarazo, básicamente:

a) De barrera: diafragma, DIU, condón masculino y femenino.
b) Químicos: pastillas anticonceptivas y espermaticidas como espumas, jaleas y supositorios u óvulos vaginales.
c) Definitivos: vasectomía para hombres y la salpingoclasia para mujeres.
d) Naturales: el ritmo, *Billings* o moco cervical y la temperatura basal.

ES IMPORTANTE SABER QUE...

- Las píldoras anticonceptivas no causan cáncer.
- La ducha vaginal no previene el embarazo. No es un método efectivo de anticoncepción y no se recomienda ni para el aseo normal pues destruye la flora vaginal.
- Si tomas una pastilla anticonceptiva sólo cuando tienes relaciones no estás protegida.
- Aparte de pastillas u otro método siempre usa condón para prevenir infecciones de transmisión sexual y VIH/SIDA.

¿CUÁLES SON LOS MÉTODOS MÁS CONVENIENTES PARA LOS JÓVENES?

Cada persona tiene necesidades de acuerdo con su edad, costumbres o frecuencia de relaciones sexuales. En términos generales, un método muy adecuado es combinar el condón con algún espermaticida (los óvulos son los más fáciles de conseguir).

¿QUÉ ES UN CONDÓN?

Es una funda de látex (a veces de poliuretano) que se pone en el pene erecto unos momentos antes del coito. Evita que los espermatozoides entren en la vagina, por lo que forma parte de los anticonceptivos de barrera.

¿CÓMO SE USA UN CONDÓN?

Unos momentos antes de la penetración, se coloca cuando el pene está en erección. Es importante revisar la fecha de caducidad, no lo uses si ya venció. Revisa de dos maneras: algunos paquetes dicen "cad" (caducidad) otros "man" (manufactura)… caducan dos años después de esta fecha siempre y cuando se conserven en temperaturas no mayores a 38°C. Asegúrate de abrir el paquete con los dedos, sin uñas o dientes, y no guardarlo donde haga calor, o sea, en la bolsa del pantalón se echa a perder.

1. Saca el condón del empaque y desenróllalo un poco para ver de qué lado lo tienes que colocar.
2. Cuando el pene esté erecto y antes de iniciar el contacto sexual, coloca el condón en la cabeza (glande) del pene. Antes de desenrollarlo, asegúrate de apretar el receptáculo (punta) del condón con los dedos para expulsar el aire. Con la fricción una burbuja de aire puede romperlo.
3. Desenrolla el condón a lo largo del pene hasta que el anillo quede lo más cerca posible del cuerpo. Debido a que con frecuencia hay secreción de esperma previa a la eyaculación, evita el contacto sexual antes de colocarlo.
4. Inmediatamente después de la eyaculación y antes de que el pene pierda firmeza, retíralo de la vagina sosteniendo el anillo del condón para que siga cubriendo el pene.
5. Una vez separado de tu pareja, retira el condón.

Si deseas tener otro coito, usa otro condón. En caso de que se rompa, pon un espermaticida (óvulo, jalea, espuma) inmediatamente en el fondo de la vagina.

¿CUÁLES SON LAS VENTAJAS DE USAR CONDÓN?

¡¡Muchas!!

- El espermaticida nonoxinol 9 que tienen algunos condones protege contra la gonorrea y clamidia.
- El condón es el único método que además de prevenir el embarazo te protege de infecciones y del VIH/SIDA.
- No requiere receta médica (esto es algo importante en especial para los chavos).
- Es comercial y relativamente barato.
- Es fácil de llevar consigo (o de ocultar, si fuera necesario).
- No causa complicaciones de tipo médico.
- Da la oportunidad de participar con la pareja (por ejemplo, poniéndoselo) en la prevención de una enfermedad de transmisión sexual y de un embarazo no planeado.

¿ES CIERTO QUE EL USO DEL CONDÓN HACE QUE SE "SIENTA MENOS"?

Algunos hombres dicen que sienten menos cuando usan condón, otros dicen que hace mucho más erótica la relación. La realidad es que cada quien le da la interpretación que quiere y si queremos convencernos de una forma u otra lo podemos hacer, Después de todo, las ideas están en la mente. ¿Has oído de control mental? Los condones son tan delgados que no deben restar sensibilidad y son altamente efectivos para la prevención de embarazos, infecciones de transmisión sexual y de VIH/ SIDA, por lo que es importante usarlos cada vez que se tienen relaciones sexuales.

> **Gran parte de la posibilidad de obtener placer sexual está en la mente de cada quien.**

¿POR QUÉ SE ROMPEN LOS CONDONES?

Porque se abren con las uñas o los dientes, se jalan demasiado a la hora de ponérselos, ya caducaron o se usan con algún lubricante derivado del petróleo como la vaselina, en vez de uno con base de agua. Es importante revisar bien la fecha de caducidad, la bolsa y el condón mismo antes de colocarlo, así como seguir detalladamente los pasos para su uso.

¿CUÁLES SON LAS DIFERENCIAS ENTRE LOS CONDONES?

Aunque hay de diferentes tamaños, colores y sabores, corrugados o lisos, y con adornos, todos tienen la misma función… ¡Lo importante es utilizarlos correctamente!

¿SON MÁS SEGUROS LOS CONDONES CON ESPERMATICIDA?

Sí. De esta manera, además de un método de barrera como el condón, se cuenta con una sustancia (el espermaticida nonoxinol 9) que elimina los espermatozoides.

¿SABÍAS QUE...?

El uso adecuado de un condón es un método anticonceptivo, es decir, previene embarazos y además infecciones de transmisión sexual y VIH/SIDA.

Los demás métodos evitan el embarazo pero NO previenen infecciones de transmisión sexual ni del SIDA/VIH. Mucho ojo... aunque la efectividad del condón es alta, se recomienda combinarlo con óvulos u otros espermaticidas, para que su efectividad sea mayor.

¿SI SE ROMPE EL CONDÓN, PUEDO PREVENIR UN EMBARAZO SI ME LAVO CON AGUA, JABÓN Y ESPERMATICIDAS?

¡¡No!! El agua y el jabón son importantes para mantener la higiene no para prevenir un embarazo. Los espermaticidas, por su parte, sólo previenen un embarazo usados antes de la penetración, no después.

¿SE PUEDE USAR UN CONDÓN MÁS DE UNA VEZ?

¡¡Nooo!! Cada condón sólo debe usarse para UN coito.

¿QUÉ ES UN CONDÓN FEMENINO?

Es una funda de plástico que se usa durante las relaciones sexuales para prevenir embarazos y reducir el riesgo de enfermedades de transmisión sexual. Tiene aros flexibles en cada extremo. Justo antes de una relación se introduce profundamente dentro de la vagina. El aro del extremo cerrado sostiene la funda en la vagina. El aro del extremo abierto permanece fuera del orificio vaginal durante la relación sexual. En una relación anal, se introduce en el ano.

¿QUÉ ES EL DIAFRAGMA?

Es una "cazuelita" de hule blando, resistente y ligero con una orilla flexible. Mide entre 5 y 10 cm de diámetro. El borde está hecho con un resorte metálico muy delgadito, en forma de aro y cubierto de goma. Se comprime para meterse fácilmente en la parte superior de la vagina y así cubre el cérvix como una copita en forma de taza. Sirve por mucho tiempo si se usa correctamente. De preferencia se debe usar junto con óvulos, jaleas o cremas vaginales.

¿QUÉ ES EL DISPOSITIVO INTRAUTERINO (DIU)?

Es un pequeño aparato generalmente de cobre y diferentes formas. Puede ser como una T, una S o un 7 con unos hilitos en la punta. Mide alrededor de 7 cm y lo coloca el ginecólogo en el útero de la mujer por medio de un aplicador especial; impide que se implante y desarrolle el óvulo en el útero.

¿QUÉ RIESGOS TIENE UTILIZAR EL DISPOSITIVO INTRAUTERINO (DIU)?

Puede provocar en algunas mujeres inflamación, dolor o sangrados menstruales abundantes. La mujer debe acudir a revisión médica cada 6 meses para confirmar que se encuentra en su lugar. Se mueve cuando no se acude a revisiones o puede ser expulsado; quizá se presenten embarazos extrauterinos (fuera del útero) y no protege de infecciones de transmisión sexual.

¿CUÁLES SON LAS VENTAJAS DEL DIU?

Facilita las relaciones sexuales sin una preparación previa, al igual que ocurre con otros métodos de barrera y sin tomar hormonas como en métodos que veremos más adelante. Una vez aplicado y aceptado por la mujer puede durar un año, y sólo requiere dos revisiones médicas durante ese periodo.

¿QUÉ SON LOS ESPERMATICIDAS?

Son sustancias que destruyen a los espermatozoides antes de que fecunden al óvulo. Sus presentaciones: espumas, jaleas, cremas, etcétera. Las más comunes son los óvulos.

¿CÓMO SE USAN LOS ESPERMATICIDAS?

Se introducen con un aplicador (en el caso de la espuma y jaleas) o con los dedos (en el caso de óvulos o supositorios vaginales) 15 a 20 minutos antes del coito para que actúe. Después del contacto sexual no deben realizarse lavados vaginales antes de 6 horas. Cada vez que haya penetración del pene en la vagina se necesita aplicar otro y asegurarse que pasen otros 15 a 20 minutos antes de repetir la penetración. Es un tiempo que las parejas pueden dedicar a tocarse, besarse y explorarse. Se pueden conseguir en farmacias y tiendas de autoservicio.

¿CUÁLES SON LAS VENTAJAS DE LOS ESPERMATICIDAS?

- Se consiguen sin receta médica.
- Son fáciles de aplicar.
- Son relativamente baratos (en particular los óvulos).
- Ss combinan con otro método para mayor eficacia.
- Dan oportunidad de que la mujer conozca y toque sus órganos sexuales.

¿CUÁLES SON LAS DESVENTAJAS DE LOS ESPERMATICIDAS?

- Si la mujer no ha tenido contacto con sus órganos sexuales puede dificultársele su aplicación, por todos esos miedos que nos meten: "ay no te toques", "ay no te veas", "ay esas partes no".
- Pueden causar alergias o irritación al hombre o a la mujer.
- Requiere motivación para su uso.
- Las espumas y jaleas vaginales anticonceptivas no se consiguen fácilmente.

- Su eficacia es baja, por lo que se recomienda combinar-
los con el condón.

¿Y si entendiéramos que cada parte de nuestro cuerpo es NUES-
TRA y es bella y se vale tocarla y verla?

¿SIRVE LA SALSA *CATSUP*, EL VINAGRE, EL *PEPTO BISMOL* O EL LIMÓN COMO ESPERMATICIDA?

¡¡No!!... Como tantas y tantas… y tantas cosas que oímos por ahí,
es uno más de esos mitos o creencias equivocadas. Son sustancias que no tienen un efecto anticonceptivo y causan irritación.

¿ESTÁ BIEN COMBINAR ÓVULOS CON UN CONDÓN?

Claro que sí. De esta manera se aumenta la probabilidad de prevenir tanto un embarazo como una infección de transmisión sexual
como el VIH/SID

¿SABÍAS QUE…?

El primer documento que habla sobre anticonceptivos es
un papiro egipcio del año 1850 a. C. En él se menciona una
poción de excrementos cocidos de cocodrilo mezclados con
leche agria y miel. Ésta se coloca en la vagina como si fuera
un óvulo. La acidez de la leche era un espermaticida natural
y la miel actuaba como barrera.

¿QUÉ SON LAS PASTILLAS ANTICONCEPTIVAS?

Unas pequeñas pildoritas hechas con hormonas sintéticas seme-jantes a las que produce el organismo. Su mecanismo de acción inhibe la ovulación.

¿CÓMO SE USAN LAS PASTILLAS ANTICONCEPTIVAS?

Hay dos presentaciones: una de 21 pastillas y otra de 28. En el caso de la de 21 se comienzan a tomar de una en una el primer día de la menstruación y se siguen tomando durante 21 días; se dejan de tomar durante 7 días antes de empezar un nuevo pa-quete.

En la presentación de 28 pastillas se toma una diaria duran-te 28 días. Las últimas 7 son de un color o forma diferente y sólo contienen hierro; se incluyen en el paquete para que la mujer no pierda la costumbre de tomar una pastilla cada día. ¡Así que abu-sada!, asegúrate de empezar con las del color de la mayoría, no las de hierro, el primer día de la menstruación.

La pastilla debe ingerirse a la misma hora cada día, de pre-ferencia en la noche. Si se te olvida un día debes tomarla tan pronto como sea posible y la siguiente a la hora de siempre. Si se te olvida tomarla más de dos días suspende su uso y usa mé-todos de barrera (como condón y óvulos) hasta un nuevo ciclo menstrual.

¿CUÁLES SON LAS VENTAJAS DE LAS PASTILLAS ANTICONCEPTIVAS?

- Son fáciles de usar.
- No requieren preparación antes del coito.
- Dan protección continua y efectiva.
- Pueden regular el ciclo menstrual.
- No interfieren con el acto sexual.

¿CUÁLES SON LAS DESVENTAJAS DE LAS PÍLDORAS ANTICONCEPTIVAS?

- No previenen infecciones de transmisión sexual.
- No previenen del VIH/SIDA
- Requieren de motivación diaria.
- Es necesaria una consulta médica antes de usarlas.
- Están contraindicadas en algunos padecimientos (várices, problemas del sistema endocrinológico, problemas nerviosos o psiquiátricos).

¿QUÉ ES EL PARCHE ANTICONCEPTIVO Y CÓMO SE USA?

Es un cuadro con adhesivo que mide menos de 5 cm por lado y libera una combinación de dos hormonas cada 24 horas. Debe aplicarse en zonas del cuerpo con poca fricción, como la cara externa del brazo, el vientre, la parte superior del glúteo o la espalda.

Cuando se usa por primera vez se coloca el primer día de la menstruación. En un ciclo se utilizan tres parches, uno cada siete días y la cuarta semana se suspende. No produce aumento de peso, acné, ni incremento del vello facial, pero sí altera la menstruación. Una contraindicación es la hipersensibilidad al adhesivo, porque se presenta irritación local, lo que no permitiría la absorción adecuada de hormonas.

El parche es eficaz desde que se coloca y cuando se deja de utilizar la fertilidad se recupera a partir del segundo ciclo menstrual. Su efectividad es mayor a 99 por ciento. Sólo está disponible en farmacias.

¿QUÉ SON LOS MÉTODOS NATURALES?

Se basan en conocer el ciclo menstrual para tener relaciones coitales sólo durante los días menos fértiles (aproximadamente del día 20 al día 1 y del día 1 al 7 del ciclo menstrual) y evitar el coito durante los días fértiles. Entre estos métodos están el ritmo, la temperatura basal y el coito interrumpido.

Su eficacia es MUY baja, fallan muchas veces debido a que el ciclo de la mujer (que no siempre es regular) puede alterarse por diferentes causas (como por ejemplo tensiones emocionales) y entonces la posibilidad de error es aún más alta.

¿QUÉ ES EL RITMO?

Método a través del cual solamente se tienen relaciones sexuales durante los días del ciclo menstrual en que es menos probable embarazarse. Se recomienda que los días en los que no haya relaciones sexuales sean del octavo al décimo sexto del ciclo. La forma de contar es a partir del primer día que se empieza a menstruar, el segundo día es dos del ciclo, el tercero el tres y así sucesivamente. Muchas jóvenes son muy irregulares en su ciclo menstrual, a veces lo tienen cada 26 días, otras cada 28 o 30; además unos meses les dura más días que otros. Por supuesto, además varían los días en que ovula. Por ello este método conlleva un grado de seguridad muy bajo pero si se usa junto con condón y algún espermaticida aumenta su grado de seguridad.

¿QUÉ ES EL MÉTODO DE *BILLINGS* O MOCO CERVICAL?

Consiste en observar día tras día la consistencia del moco cervical. Este flujo o moco cambia a lo largo del ciclo menstrual. Es más espeso durante la ovulación (parece como clara de huevo). Durante este periodo se evitan las relaciones sexuales. Dado que este moco ayuda a la movilidad de los espermatozoides es especialmente importante que, si se usa alguno de los métodos naturales, no se tengan relaciones en los días de la ovulación ni los cercanos a ésta. Al igual que los otros métodos naturales, dada la irregularidad del ciclo menstrual tiene un bajo grado de seguridad.

¿EN QUÉ CONSISTE EL MÉTODO DE LA TEMPERATURA BASAL?

Se toma la temperatura cada mañana antes de hacer cualquier cosa y se lleva un registro de ésta día a día. La teoría dice que en los días en que ovulan las mujeres la temperatura de su cuerpo es un poco más alta que en el resto del mes. Por lo tanto, cuando se usa este método se recomienda tomarse la temperatura cada día durante tres o cuatro meses y establecer cuáles son los días de mayor seguridad para tener relaciones sexuales con el menor riesgo de un embarazo.

Este método es riesgoso ya que depende de variaciones en el ciclo menstrual. Además, la temperatura varía si hay estrés o inflamaciones o variaciones en la temperatura del medio ambiente. Por ello se recomienda utilizar métodos más seguros; si por algún motivo se usa este, hacerlo junto con otros: condón y espermaticidas.

¿QUÉ ES EL COITO INTERRUMPIDO?

Indica retirar el pene de la vagina antes de la eyaculación. Dado que puede haber expulsión de pequeñas cantidades de fluido pre eyaculatorio, que contiene semen, no es un método muy confiable.

¿SABÍAS QUE...?

Es preferible que la mujer que utilice la píldora tenga ciclos menstruales regulares durante 2 años o más antes de usarla.

Es aconsejable suspender uno o dos meses el uso de la píldora después de un año continuo de uso, en este periodo se debe usar otro método.

La píldora es un método aconsejable para las parejas con alta frecuencia de relaciones sexuales, no para quienes las tienen de manera ocasional.

¿EN QUÉ CONSISTEN LOS MÉTODOS DEFINITIVOS?

Requieren una cirugía muy sencilla y se utilizan cuando no se quieren hijos o no más de los que se tienen. Se llaman definitivos pues una vez llevados a cabo, por lo general, ya no se tienen. Decimos por lo general pues a veces se lleva a cabo una operación para revertir, o sea, para echar atrás el proceso.

¿EN QUÉ CONSISTE LA SALPINGOCLASIA?

Operación muy sencilla, también conocida como OTB (oclusión tubaria), que se hace a la mujer que no quiere tener hijos. Consiste en amarrar (se puede revertir más adelante) o cortar (no es reversible) las trompas de Falopio u oviductos.

¿EN QUÉ CONSISTE LA VASECTOMÍA?

Operación que se hace al hombre cuando ya no quiere tener hijos. Consiste en amarrar (es reversible) o cortar (no es reversible) los conductos deferentes. De esta manera se bloquea el paso de los espermatozoides de los testículos a la uretra de manera que hay eyaculación pero sin espermatozoides.

¿ES CIERTO QUE NO EXISTE UN MÉTODO ANTICONCEPTIVO CIEN POR CIENTO SEGURO?

Sí, es verdad. Muchos métodos anticonceptivos tienen un alto grado de eficiencia y si se usan dos combinados (por ejemplo pastillas y condón u óvulos y condón) aumenta de manera significativa la eficacia. Es importante tener claro que las pastillas tienen una efectividad de más de 99 por ciento para prevenir un embarazo y los condones de más de 95 por ciento.

> El condón es el único método eficaz para prevenir además de un embarazo el VIH/SIDA.

¿SON DAÑINOS LOS MÉTODOS ANTICONCEPTIVOS?

La creencia de que los métodos anticonceptivos causan enfermedades o daños se basa en datos parciales o características especiales de las personas afectadas. Si se usan con precauciones prevendrán un problema realmente grave. ¡¡¡ Un embarazo no deseado!!!

¿ES CIERTO QUE SI NO TENGO HIJOS SE ME SECA LA MATRIZ?

¡¡¡Claro que no: mitos, mitos, mitos!!! La matriz de la mujer se seguirá desarrollando normalmente con o sin hijos. Algunas personas intentan presionar a otras para tener hijos o tener más de los que desean y recurren a estos cuentos chinos para presionar o simplemente lo hacen por ignorancia.

¿TODAS LAS PERSONAS DEBEMOS USAR LOS MISMOS ANTICONCEPTIVOS?

¡¡Nooo!! No cualquier método es útil para todos, hay algunos más indicados según lo que las personas experimenten. Es distinto una práctica sexual regular a otra ocasional. Es diferente si ya hay hijos o si no. No es igual tener 40 que 17 y el estado de salud también debe considerarse antes de decidir cuál método usar.

¿QUÉ ES LA ANTICONCEPCIÓN DE EMERGENCIA?

Son pastillas que contienen hormonas (etanilestradiol o lovonorgestrel) que evitan el embarazo. Pueden conseguirse casi en todas farmacias o centros comerciales sin necesidad de receta médica. Las anticonceptivas de emergencia (PAE) pueden ser comunes, tomadas en dosis concentradas y por corto tiempo o bien, productos específicos para ese uso, como las Vika, Glanique o Postinor 2.

¿POR QUÉ ANTES NO ERA LEGAL LA ANTICONCEPCIÓN DE EMERGENCIA?

Nunca ha sido ilegal. Pero en muchos países no se conocía por lo cual no era parte de su norma oficial de salud.

¿ES LO MISMO LA PASTILLA DE EMERGENCIA QUE LA DEL DÍA SIGUIENTE?

Sí, simplemente es otro nombre.

¿CUÁNDO PUEDEN TOMARSE LAS PAE?

En caso del uso incorrecto o errores al usar un método anticonceptivo de uso regular, como por ejemplo:

- Si el condón se rompió o se deslizó.
- Si se movió el diafragma.
- Si se expulsó el dispositivo intrauterino (DIU).
- Si se olvidó tomar las pastillas anticonceptivas o aplicar la inyección.
- Si hubo una violación.
- O cuando se tuvo una relación sexual y no se usó ningún método para prevenir un embarazo.

¿QUÉ TAN EFECTIVAS SON LAS PAE?

Tienen una confiabilidad de 98 por ciento. Es decir, de cada cien mujeres que la utilizaron adecuadamente, sólo dos podrán quedar embarazadas. Su efectividad depende de tomarla dentro de las 72 horas (3 días) posteriores a la relación sexual no protegida y de que se sigan las indicaciones de uso.

¿PUEDEN FALLAR LAS PAE?

Sí, pueden fallar cuando:

- No se toman en los tiempos indicados.
- No se toma el tratamiento completo.
- Se presenta vómito en la primera hora después de haber ingerido alguna dosis.

¿QUÉ HAGO SI VÓMITO DESPUÉS DE TOMAR LAS PAE?

Si hay vómito durante la primera hora después de tomar las de anticoncepción de emergencia, hay que repetir la dosis.

¿QUÉ EFECTOS PUEDE TENER TOMAR LAS PAE?

Cada organismo es diferente y por lo tanto su reacción varía. Sin embargo, los síntomas transitorios más comunes en mujeres que las tomaron de manera ocasional son: náuseas, vómito, dolor de cabeza, cansancio y sensibilidad en los senos.

La siguiente tabla indica cómo tomar la dosis adecuada (de acuerdo con el nombre comercial de las pastillas). Algunas marcas tienen presentaciones con 28 pastillas, si seleccionas este tipo, asegúrate de utilizar las primeras, pues las últimas 7, que frecuentemente son de otro color, no contienen hormonas y se componen de hierro o azúcar. Sólo toma el número indicado en la tabla:

Progestina pura

Marca	Dosis durante las primeras 12 horas después de la relación
Ladiades 1.5	1 pastilla
Postinor 2 Unidosis	1 pastilla
Silogin 1.5mg	1 pastilla

Marca	Dosis durante las primeras 12 horas después de la relación
Alterna	2 pastillas
Glanique	2 pastillas
Ladiades 0.75	2 pastillas
PostDay	2 pastillas
Postinor-2	2 pastillas
Silogin 0.75	2 pastillas
Vika	2 pastillas

Nota: Comercialmente en México se llama Glanique. Comprimidos de 0.750 mg. (Levonorgestrel 2). Se toma 1 comprimido cada 12 horas dentro de las primeras 72 tras tener relaciones sexuales (Si vomitas el comprimido antes de 3 horas, tómala nuevamente).

Marca	Dosis durante las primeras 12 horas después de la relación
Microlut	50 pastillas
Microval	50 pastillas

Progestina-Estrógeno combinados

Marca	Dosis durante las primeras 12 horas	Dosis 12 horas después
Mycrogynon CD	4 pastillas	4 pastillas
Lorsax	4 pastillas	4 pastillas
Microgynon-30	4 pastillas	4 pastillas
Mithuri	4 pastillas	4 pastillas
Nordet	4 pastillas	4 pastillas
Nordette	4 pastillas	4 pastillas
Rigevidon	4 pastillas	4 pastillas

Eugynon	2 pastillas	2 pastillas
Eugynon CD	2 pastillas	2 pastillas
Neogynon	2 pastillas	2 pastillas
Neogynon CD	2 pastillas	2 pastillas
Nordiol	2 pastillas	2 pastillas
Ovral	2 pastillas	2 pastillas

Femexin	5 pastillas	5 pastillas

Las molestias no duran más de 24 horas. Para disminuirlas toma las PAE antes de acostarte (si es dentro de las 72 hrs.), con alimentos o una pastilla para mareo y vómito en caso necesario (como Dramamine, Bonadoxina o Vomisin) media hora antes de cada dosis.

¿CUÁLES SON LAS VENTAJAS DE LAS PAE?

Es un método muy efectivo para evitar embarazos (98 por ciento de efectividad), en caso de emergencia. Es el único método anticonceptivo que se usa después de la relación sexual. No afecta al organismo, siempre y cuando no se utilice con frecuencia. Tampoco al embrión si ya hay embarazo.

¿CUÁLES SON LAS DESVENTAJAS DE LAS PAE?

- No protegen contra infecciones de transmisión sexual ni contra el VIH/SIDA.
- Si las PAE se usan como método rutinario, son menos efectivas que otros métodos y alteran el funcionamiento hormonal.
- Tiene efectos colaterales más intensos (náusea y vómito) que las pastillas anticonceptivas usadas de forma convencional.
- Sólo se tienen 72 horas después de la relación sexual no protegida o mal protegida para usarlas.

¿SABÍAS QUE...?

Las PAE no deben utilizarse como método anticonceptivo regular. Tomarlas con frecuencia disminuye su efectividad para prevenir el embarazo y además su uso frecuente causa irregularidades en el ciclo hormonal.

¿QUÉ PASA CON LA MENSTRUACIÓN CUANDO USO PAE?

Una vez ingeridas, la próxima menstruación debe ocurrir en la fecha prevista, aunque puede adelantarse o atrasarse algunos días. Si no aparece una semana después de la fecha esperada, es importante ir al médico. Si se tienen relaciones sexuales después de tomarlas y antes de la siguiente menstruación, es necesario otro método de protección. Y debe recordarse que cualquier método requiere además de condón.

> **Aunque ya lo dijimos, vale la pena repetirlo: el condón es el único método que además de protegernos contra un embarazo lo hace contra el VIH/SIDA.**

¿TOMAR LAS PAE PUEDE DAÑAR MI ORGANISMO?

No. Si se hace sólo en caso de EMERGENCIA, es decir, de manera muuuuy ocasional. Este método fue probado después de un alto número de pruebas e investigaciones alrededor del mundo. Aunque las dosis hormonales son más altas de lo que tomaríamos normalmente, no tienen efectos secundarios permanentes, siempre y cuando las usemos esporádicamente. ¿Sí quedó claro? ESPORÁDICAMENTE, son para una EMERGENCIA, no cada rato.

> ## ¿SABÍAS QUE…?
>
> Sólo 22 por ciento de los adolescentes mexicanos conocen las pastillas anticonceptivas de emergencia.

¿ES ILEGAL EL USO DE LAS PAE?

No, forman parte de la norma Oficial de Salud de México. Las pastillas están registradas ante la Secretaría de Salud, son anticonceptivas de uso comercial y se consiguen en cualquier farmacia.

¿POR QUÉ SE LLAMAN DE EMERGENCIA?

Porque… ¡sólo deben usarse en emergencias! Es decir, rara vez. Por ejemplo, cuando no se pudo prevenir un embarazo.

¿ES CIERTO QUE LA ANTICONCEPCIÓN DE EMERGENCIA ES UN ABORTIVO?

¡¡No!!, funciona ANTES de que se dé un embarazo. Por eso se llama anticoncepción; opera para prevenir la fecundación o implantación. Algunos grupos conservadores que están en contra de la anticoncepción o consideran que las relaciones sexuales deben ser sólo con fines reproductivos, usan este tipo de datos para asustar a la gente.

¿QUÉ PASA SI USO LA ANTICONCEPCIÓN DE EMERGENCIA DE MANERA REGULAR?

Es importante no hacerlo porque se incrementa tanto el nivel hormonal que se provoca un aumento en la probabilidad de quedar embarazada, por alteraciones en el ciclo menstrual.

EJERCICIO

¿Cuáles crees que sean las ventajas del embarazo en la adolescencia? _____

_____

_____

_____

¿Cuáles crees las desventajas? _____

_____

_____

_____

¿Quieres saber cómo sería tu vida con un bebé recién nacido? _____

_____

_____

_____

Es fácil simular un ensayo. Simplemente toma un huevo de la cocina de tu casa y cuídalo una semana. Tráelo contigo todo el tiempo, no se te puede caer ni olvidar, no lo puedes aplastar o romper. Debes estar al pendiente de él la mayor parte del día. Comprueba al final de la semana si pudiste cuidarlo sin alejarte de él y cómo te sentiste. Coméntalo con tus amigos.

17. Encuentro la clave para prevenir infecciones de transmisión sexual

Estas infecciones (ITS) son causadas por diferentes virus, bacterias o parásitos que invaden uretra, vagina, pene, boca o ano. La principal vía de transmisión es el contacto sexual. También se transmiten por contacto directo no sexual: mediante sangre infectada, por compartir jeringas, en transfusiones de sangre, transmisión de la madre al feto a través de la placenta, durante el parto y, rara vez, a través de la leche al amamantar al bebé.

Se transmiten tanto por prácticas heterosexuales (mujer-hombre) como homosexuales (mujer-mujer, hombre-hombre) y pueden transferirse a otra persona durante una relación anal, vaginal u oral. Las ITS suelen causar molestias, aunque algunas de ellas pasan inadvertidas. También ocasionan graves complicaciones y secuelas como infertilidad, embarazos ectópicos (fuera del útero), cáncer cervicouterino, bajo peso al nacer e infecciones congénitas (transmitidas de madre a bebé) e incluso la muerte.

Sus manifestaciones son muy variadas y no se dan igual en hombres y mujeres debido a las diferencias anatómico-fisiológicas. Por ejemplo, la vagina presenta mayor humedad y calor; es un ambiente propicio para que crezcan y prosperen bacterias y hongos que provocan infecciones. Además, los órganos sexuales femeninos están más escondidos, lo que hace más difícil su revisión y es necesario acudir al médico para diagnosticar una ITS.

¿QUÉ ES EL HERPES?

Es un virus que causa lesiones en boca y órganos sexuales. La mayoría de la gente con herpes no lo sabe debido a que no hay signos. Algunas personas desarrollan herpes en la boca o cerca de ella por cambios de temperatura, permanecer demasiado tiempo al sol o tensión emocional. Esta última también se relaciona con la aparición de herpes genitales.

Muchas personas sienten primero cosquilleo o leve dolor en la zona en que unas horas o días más tarde aparece la lesión. Parece una ampollita al principio. Ésta se rompe y sale una costra pocos días más tarde. Entre cinco y ocho días, por lo general, es lo que toma secarse por completo. Una vez que se tuvo herpes, el virus permanece en el cuerpo y reaparece en situaciones de tensión. Es muy contagioso y se debe informar a la pareja sexual para evitar el contacto con esa parte del cuerpo.

¿QUÉ ES EL VIH?

Es el virus de inmunodeficiencia humana.

¿CÓMO SE TRANSMITE EL VIH?

Cuando se da un intercambio de fluidos en una pareja y alguno tiene el virus. Este intercambio ocurre través de relaciones vaginales, orales o anales o de cualquier otro tipo que implique el contacto con un fluido; a través de besos sólo si ambos miembros de la pareja tienen una cortada que permite la transmisión del virus. Si no hay cortadas no hay riesgo porque no se transmite mediante la saliva. Otras maneras de contagio son transfusiones o de madre a bebé durante el embarazo; también por el uso de jeringas que tengan restos de sangre de un portador del virus.

¿CUÁL ES LA DIFERENCIA ENTRE VIH Y SIDA?

El VIH es el virus que puede llevar al SIDA que es el (Síndrome de Inmunodeficiencia Adquirida) es la enfermedad que se desarrolla después de varios años (se sabe de casos de más de diez) de tener el virus.

¿SE PUEDE CONTAGIAR EL VIH POR SEXO ORAL?

Si hay una cortada en labios o lengua y la persona con la que tenemos la relación porta VIH, éste se transmite por esa vía.

¿CÓMO PREVENIR EL VIH SI QUIERO TENER RELACIONES SEXUALES?

A través del sexo seguro o protegido.

¿SABÍAS QUE...?

El órgano sexual más grande del ser humano es la piel y el órgano sexual más importante es el cerebro.

¿QUÉ QUIERE DECIR SEXO PROTEGIDO?

Se refiere a prácticas sexuales en que se utilizan implementos para protegerse. Si habrá penetración debe usarse condón. Si se inserta un dedo debe ser con guantes de látex. Si se trata de sexo oral, con condón o plástico para cubrir la zona por la que se pueda transmitir el virus.

¿QUÉ SIGNIFICA SEXO SEGURO?

Prácticas sexuales que eliminan la posibilidad de embarazo y de infección, aun cuando se viva con una persona infectada. Es importante hablar de sexo seguro con la pareja MUCHO antes de tenerlo. De esta manera se preparan y echan a volar la la imaginación sobre cómo tener placer sexual sin intercambio de fluidos.

Se puede tener gran placer a través de caricias, besos, tocándose, explorándose.

¿POR QUÉ PARA ALGUNAS PERSONAS LA ÚNICA MANERA DE SEXO SEGURO ES LA ABSTINENCIA?

Es cien por ciento segura porque no hay intercambio de fluidos. Pero hay otras formas de evitar el contagio de infecciones de transmisión sexual, así como un embarazo no deseado. El sexo seguro es una de las más placenteras.

El sexo seguro incluye todas las prácticas sexuales que cumplan los siguientes criterios:

- Evitar el contacto de fluidos que pueden transmitir infecciones (sangre, semen, fluidos vaginales, menstruación, líquido pre eyaculatorio) con puntos de entrada (boca, vagina, ano, heridas).
- Que no requieran barreras de protección de ningún tipo.
- Que sean eróticas; es decir, que provoquen placer sexual sin intercambio de fluidos de ningún tipo.

Por ejemplo:
- Masaje.
- Acariciar y ser acariciado en todo el cuerpo (cara, espalda, pechos, nalgas, piernas, axilas, brazos, pies) evitando el contacto con los fluidos.

- Fantasear y compartir las fantasías.
- Mirarse vestidos, desnudos o desnudándose.
- Ser mirado de la misma manera.
- Hablar acerca de cosas excitantes.
- Mirar juntos una película, revista, libro erótico.
- Bailar.
- Chatear.
- Masturbarse (acariciar el propio cuerpo) a solas o al mismo tiempo que la otra persona.
- Utilizar, sin intercambiar, juguetes sexuales.
- Besarse.
- Frotar los cuerpos evitando el contacto con los fluidos… y cientos de cosas más que podamos inventar.

¿POR QUÉ SE DICE QUE EL ÓRGANO SEXUAL MÁS GRANDE ES LA PIEL?

Es una de las fuentes de mayor placer y además de las más seguras en términos de prevención de embarazos o enfermedades, mediante caricias, abrazos, besos, masajes, etcétera.

¿CÓMO NO SE CONTAGIA EL VIH/SIDA?

- Por la saliva ni por darle la mano a una persona seropositiva (que tenga el virus del VIH).

- Tampoco por un piquete de mosco, ni por tocar a una persona enferma de VIH, abrazarla o comer de su plato, usar sus cubiertos, beber de su vaso o usar su baño.

De hecho, las personas con VIH/SIDA necesitan apoyo, afecto y comprensión por parte de familiares, amigos y personas con las que trabajan o conviven.

La siguiente tabla resume las principales ITS, sus mecanismos de transmisión, consecuencias, diagnóstico y síntomas.

Principales Infecciones de Transmisión Sexual

Gonorrea (producida por bacterias)

MECANISMOS	CONSECUENCIAS DE TRANSMISIÓN	SÍNTOMAS Y DIAGNÓSTICO
Por una relación sexual (vaginal, oral o anal) sin protección o por transmisión de la madre infectada al bebé durante el nacimiento.	Puede infectar al bebé durante el nacimiento si la madre no es tratada. Produce ceguera en el bebé. Es curable con atención médica.	En las mujeres puede no haber síntomas, pero cuando se presentan, pueden ser flujo abundante blanco o amarillento, ardor y dolor al orinar, y comezón en los órganos sexuales. En los hombres una secreción blanco amarillenta por la uretra, ardor y dolor al orinar. Algunas veces se presenta inflamación y dolor en los testículos.

Sífilis (producida por bacterias)

MECANISMOS	CONSECUENCIAS DE TRANSMISIÓN	SÍNTOMAS Y DIAGNÓSTICO
Por una relación sexual sin protección con una persona que tenga llagas de sífilis. Estas llagas se presentan principalmente en los órganos sexuales externos.	Puede afectar el corazón, la columna, el cerebro. Las complicaciones son incapacitantes y a veces mortales. Es muy grave para el feto en desarrollo. Es curable con atención médica en cualquier etapa que se detecte.	En mujeres y hombres los síntomas varían de acuerdo con la etapa en que se encuentre la infección. Primera etapa: aparecen uno o varios chancros (generalmente redondos, pequeños y duros y no causan dolor). Segunda etapa: aparecen erupciones que no causan comezón, cuando los chancros están desapareciendo. Puede haber fiebre, inflamación de los ganglios linfáticos, llagas en la garganta, caída del cabello, dolores de cabeza, pérdida de peso, dolor muscular y cansancio. Tercera etapa: los signos y síntomas desaparecen, pero se comienza a dañar órganos internos incluyendo el cerebro y el corazón hasta provocar la muerte.

Clamidia (producida por bacterias)

MECANISMOS	CONSECUENCIAS DE TRANSMISIÓN	SÍNTOMAS Y DIAGNÓSTICO
Por una relación sexual sin protección o por transmisión de una madre infectada al bebé durante el nacimiento.	Puede producir infertilidad tanto en hombres como en mujeres; infecciones en ojos y pulmones de los recién nacidos. Es curable con atención médica.	La mayoría de las mujeres no tienen síntomas. Algunas pueden presentar un flujo anormal y dolor al orinar. Cuando la infección ha avanzado a los oviductos puede haber dolor en el vientre o en la cadera, náusea, fiebre, dolor durante las relaciones sexuales y sangrado entre los periodos menstruales. En hombres, después de siete o quince días sólo la mitad presenta síntomas, que en general son dolor al orinar o secreción acuosa en el pene. También pueden presentar ardor y comezón en el meato urinario y dolor e hinchazón en los testículos.

El chancro blando, el granuloma inguinal, el linfogranuloma venéreo también son infecciones causadas por bacterias, pero son menos frecuentes.

Tricomoniasis (producida por parásitos)

MECANISMOS	CONSECUENCIAS DE TRANSMISIÓN	SÍNTOMAS Y DIAGNÓSTICO
Por contacto de pene con vagina de una pareja infectada al tener relaciones sexuales sin protección.	En la mayoría de los casos se asocia con otras ITS como la candidiasis. Es curable con atención médica.	En mujeres aparece flujo espumoso amarillo verdoso y con fuerte mal olor que produce comezón. Puede provocar molestias durante las relaciones sexuales. En la mayoría de los hombres no se producen síntomas, pero pueden presentar irritación dentro del pene, flujo ligero y ardor después de orinar o eyacular.

Pediculosis de pubis o ladilla
(piojos del pubis) (producida por parásitos)

MECANISMOS	CONSECUENCIAS DE TRANSMISIÓN	SÍNTOMAS Y DIAGNÓSTICO
Por una relación sexual sin protección o contacto con ropa, cama, baños y toallas.	Puede contraerse, además de por contacto sexual, ropa, baños y toallas usadas que tengan piojos. Es curable con atención médica.	En mujeres y hombres, también conocida como piojos o ladillas de pubis. Produce mucha comezón donde se encuentra el piojo o sus huevecillos (liendres).

Virus del Papiloma Humano (VPH) (producida por virus)

MECANISMOS	CONSECUENCIAS DE TRANSMISIÓN	SÍNTOMAS Y DIAGNÓSTICO
Por una relación sexual sin protección. Muy rara vez una madre puede transmitirlo durante el parto al bebé.	Si la infección persiste es un factor de riesgo para el desarrollo del cáncer cervical en las mujeres. Debe ser tratada por un médico. No hay cura sólo se controlan las lesiones.	En las mujeres las más comunes son verrugas o crestas en vulva, vagina, cérvix o ano. En hombres, cuando se presentan síntomas puede haber verrugas o crestas en ano, perineo o escroto.

Herpes genital tipo 1 y tipo 2 (producida por virus)

MECANISMOS	CONSECUENCIAS DE TRANSMISIÓN	SÍNTOMAS Y DIAGNÓSTICO
Por una relación sexual sin protección con una pareja infecta por el virus (tipo 2) o por contacto sexual oral al entrar en contacto con la saliva de una persona infectada con herpes genital oral (tipo 1).	Aunque no es curable debe recibir atención médica. Los síntomas pueden reaparecer después de un tiempo.	En mujeres y hombres existen los dos tipos de herpes genital. El herpes de tipo 2 produce ligeros síntomas o signos, como llagas dolorosas recurrentes en los órganos sexuales o simplemente ningún síntoma. El herpes tipo 1 provoca una infección en la boca y en los labios, también conocida como fuego.

Virus de Inmunodeficiencia Humana (VIH)
(producida por virus)

MECANISMOS	CONSECUENCIAS DE TRANSMISIÓN	SÍNTOMAS Y DIAGNÓSTICO
Por una relación sexual sin protección con personas infectadas con VIH, por transfusiones o contacto con sangre infectada o por transmisión de la madre al bebé durante el parto o al darle leche materna.	Esta enfermedad es mortal y aún no existe cura pero debe ser atendida por un médico.	En mujeres y hombres se debilita el sistema inmunológico encargado de protegernos contra las enfermedades e infecciones. Dependiendo de la etapa en que se encuentre la infección, pueden presentarse síntomas gripales, inflamación de los ganglios en ciertas partes del cuerpo y de manera bilateral (ambos lados del cuerpo), debilidad, pérdida de peso, fiebre nocturna, diarreas, entre otras.

Hepatitis B (producida por virus)

MECANISMOS	CONSECUENCIAS DE TRANSMISIÓN	SÍNTOMAS Y DIAGNÓSTICO
Por una relación sexual sin protección, por transfusiones de sangre infectada, por intercambio de jeringas infectadas o de la madre al bebé durante el embarazo.	Es la principal causa de cáncer de hígado. Puede llegar a ser mortal. Debe ser atendida por un médico. Es prevenible por vacunación (previa detección de anticuerpos en la sangre).	En mujeres y hombres varían mucho los síntomas, desde ausencia hasta pérdida del apetito, fiebre, cansancio, dolor, ictericia (ponerse amarillo), cáncer e incluso la muerte.

EJERCICIO

¿Cómo te sentirías si alguien que tiene SIDA estuviera en tu salón de clases? _____

_____

_____

_____

_____

¿Cómo lo tratarías? _____

_____

_____

_____

_____

¿Qué sientes al hablar de ITS, VIH/SIDA? _____

_____

_____

_____

_____

Compra un condón y conócelo. Ábrelo y tócalo sin miedo.

18. ¿Cómo quiero vivir en mi comunidad?

Los grupos sociales generalmente dan seguridad. Si decides pertenecer por uno es porque te atraen las ideas y los valores que comparten, sus actividades y metas. Por lo tanto, pertenecer a dicho grupo te hace sentir bien, te ayuda a sentirte aceptado, comprendido y apoyado. Quizá te hace sentir parte de "la banda", decir "son de los nuestros" o así "somos nosotros". En este tema analizaremos cuál es nuestro papel en la comunidad y cómo participar para construir una mejor sociedad.

¿QUÉ ES UNA COMUNIDAD?

Conjunto de personas que interactúan con objetivos comunes y comparten un mismo territorio, una misma cultura. De hecho, la combinación de características individuales le da diversidad y riqueza a una comunidad. Por lo tanto, son importantes ambas cosas. La constituyen el grupo de personas así como cada una de ellas.

¿QUÉ QUIERE DECIR SER ANTISOCIAL?

Todos, por el sólo hecho de ser personas, somos sociales. Algunas veces tenemos necesidad de estar a solas, otras no compartimos las ideas de un grupo y preferimos aislarnos o quisiéramos participar en la comunidad pero no sabemos cómo. También hay personas que parecen vivir su vida aisladas de lo que sucede a su alrededor. A estas personas se les llama antisociales; sin embargo, también podríamos decir que en realidad son poco participativas, pero todos pertenecemos a grupos sociales. Como hemos dicho, la familia y la escuela son grupos sociales.

¿PUEDO DECIDIR A QUÉ GRUPO QUIERO PERTENECER?

Hay grupos a los que perteneces porque así lo deseas. Tienes un papel activo y tuviste la iniciativa para pertenecer a ellos, como cuando eliges la escuela a la que te inscribes. Hay otros a los que perteneces sin decidirlo, por ejemplo, nadie te pregunta en qué familia quieres nacer, en qué país o en qué época.

Algunos de estos aspectos puedes cambiarlos en la edad adulta al elegir cómo vivir, solo o acompañado, en este país o en otro, por ejemplo.

¿SABÍAS QUE...?

Los griegos inventaron la democracia, pero al mismo tiempo eran una sociedad con esclavos y diferencias sociales. En muchas comunidades actualmente no se han podido resolver muchos problemas aun cuando existe un gobierno democrático. La democracia es un proceso que cuesta trabajo consolidar y sólo se logra con la participación ciudadana.

¿QUÉ ES LA PARTICIPACIÓN CIUDADANA?

Proceso mediante el cual las personas que forman la comunidad interactúan con el gobierno de la localidad. Se da, por ejemplo entre los alumnos y las autoridades escolares o entre las personas de una zona de la ciudad y las autoridades de su municipio o delegación con la finalidad de sugerir, denunciar hechos, solicitar y dar ofrecer servicios, entre otros.

¿QUÉ HARÍA SI NO VIVIERA EN SOCIEDAD?

Una vez que has vivido en sociedad asimilas reglas, necesidades y costumbres que no puedes olvidar. De hecho, las necesitas para sobrevivir como ser humano. Un ejemplo claro es la historia de Robinson Crusoe. Él naufragó en una isla donde permaneció por años, acompañado por un aborigen a quien llamó "Viernes"; en ese casi aislamiento buscaba hacer artefactos y herramientas que utilizaba en su sociedad, usaba técnicas de cultivo aprendidas y hasta hizo una constitución y reglas para gobernar la isla.

¿QUÉ SON LAS NORMAS SOCIALES?

Reglas que comparten personas para orientar sus conductas en diferentes situaciones.

¿CÓMO PARTICIPO EN LA SOCIEDAD?

Hay muchas maneras, ahí van algunas: votando, ayudando a grupos que necesitan apoyo (personas con discapacidades mentales, económicas, visuales, de salud o físicas), participando en asambleas comunitarias y en la organización de acontecimientos. Otra manera de participar es a través de partidos políticos. La Constitución los define como "entidades de interés público" y explica que tienen como finalidad promover la participación del pueblo en la vida democrática, contribuir a la integración de la representación nacional y los reconoce como organizaciones de ciudadanos.

> Los partidos políticos hacen posible el acceso al poder público de acuerdo con programas, ideas y planes elegidos mediante el voto.

¿PARA QUÉ SIRVE PARTICIPAR?

La participación garantiza que a pesar de las diferencias de opiniones, votes para lograr cambios y mejoras en tu comunidad, en la sociedad y en el país para buscar un objetivo común: "el bienestar colectivo". Es decir, participar ayuda a que entre todos logremos nuestras metas y las de nuestro grupo social.

¿QUÉ IMPLICA PARTICIPAR EN LA SOCIEDAD?

Un compromiso contigo mismo y las demás personas de la comunidad. Cuando participas, primero piensas qué quieres expresar, cómo hacerlo, de qué manera defender tus ideas o buscar tu bienestar. Todo eso quiere decir que haces un ejercicio de reflexión y de compromiso contigo mismo.

¿QUÉ PASA CUANDO NO ESTAMOS DE ACUERDO CON LA DECISIÓN DE LA COMUNIDAD?

Generalmente las decisiones en los grupos sociales se toman de acuerdo con la opinión de la mayoría. Si no participas es menos probable que alguien se entere de que existen otros puntos de vista y de encontrar personas que apoyen tu opinión. Si no participas, no te quejes de lo que sucede… Probablemente al participar lograrás que se reflexione sobre asuntos que no se habían tomado en cuenta, que se llegue a acuerdos o que incluso se cambie de opinión.

SÍ SE VALE...

Buscar en el diccionario, preguntar o investigar más sobre lo que no entiendes.

NO SE VALE...

Dejar de participar porque no tienes suficiente información o las demás personas tienen más experiencia en el tema. ¡Actualízate! ¡Aporta tus ideas!

¿POR QUÉ DEBO DIFUNDIR MIS IDEAS?

Comunicar lo que sabes y piensas, lo que te gustaría hacer ayuda a divulgar la información y a mejorar tu comunidad. Tus ideas pueden servir de base para otras o apoyar acciones que beneficiarán a toda la sociedad.

¿CUÁLES SON LOS FACTORES QUE TRASTORNAN LA VIDA COMUNITARIA?

En todas las comunidades hay problemas que requieren de la participación de sus integrantes para resolverlos. Algunos tienen que ver con el comportamiento de las personas y la convivencia. Pueden depender de acciones concretas como política, economía y relaciones sociales. Otros, como los trastornos que causan los desastres naturales, son poco previsibles y de igual manera trastornan el orden de las comunidades.

¿CÓMO RESOLVER LOS PROBLEMAS DE MI COMUNIDAD?

El comportamiento de cada miembro de la comunidad es la base para su buen funcionamiento. Participar en acciones que te mejoren a ti o a tu comunidad, como las mencionadas, es aportar un "granito de arena" en beneficio de tu comunidad. Apoyar en acciones solidarias ante problemas comunitarios y desastres naturales es otra tarea con la que participas y ayudas a los demás.

Por cierto que no se requieren desastres naturales para ayudar a otras personas. La ayuda puede ser enseñar a leer a alguien o trabajar para juntar dinero y aportarlo cuando se hacen colectas.

Otro aspecto es denunciar acciones de las que seas víctima para lograr soluciones que te beneficiarán a ti y al resto de la comunidad.

EJERCICIO

¿Qué harías si naufragaras en una isla desierta?

_____

_____

_____

¿Qué extrañarías de tu sociedad?

_____

_____

_____

¿Qué no te haría falta?

_____

_____

_____

¿Qué cosas innovarías que ahora no existen en tu sociedad?

_____

_____

_____

19. ¿Qué estudio y dónde?

En esta sección revisaremos algunas posibilidades de realizar estudios profesionales en nuestro país. Tal vez aún no estás en el momento de elegir una carrera, sin embargo, la decisión respecto a qué hacer cuando termines la preparatoria te acercará a lo que deseas a futuro con tus estudios. Tener información a tiempo de diferentes posibilidades es de gran utilidad para tomar una decisión acertada.

¿PARA QUÉ ME SIRVE ESTUDIAR UNA CARRERA, SI HAY POCAS OPORTUNIDADES?

Estudiar una carrera técnica o tradicional siempre será mejor opción que contar únicamente con el bachillerato, porque te introduce y especializa en el campo de acción laboral que más te interesa; te orienta en lo que quieres hacer y de lo que quieres vivir; te da más herramientas para salir adelante y conocer otras formas de ver y resolver los problemas.

¿QUÉ CARRERA DEBO ESTUDIAR PARA GANAR MÁS DINERO?

Es una pregunta frecuente; sin embargo, no se trata de escoger una carrera para ganar más dinero, por lo general te va mejor cuando eliges de acuerdo con tus intereses, habilidades, plan de estudios y, sobre todo, para el quehacer laboral al que orienta la carrera: que te apasione, te guste tanto que realmente lo harás muy bien.

La retribución económica depende en gran medida del área laboral y también de que te guste, pues si en verdad te agrada, darás tu máximo esfuerzo, lo desarrollarás con gusto y realmente comprometido con esa labor.

En cambio, si escoges una carrera buscando sólo el beneficio económico, es muy poco probable que te desarrolles adecuadamente, que no satisfagas las necesidades del trabajo, ni las tuyas; por esto no será duradero ese trabajo y mucho menos te permitirá desarrollarte intelectual y profesionalmente, dejándote un mal sabor de boca y frustraciones.

¿QUÉ NECESITO SABER DE MÍ PARA ESCOGER ADECUADAMENTE MI CARRERA?

Antes las características básicas de tu personalidad; por ejemplo, capacidad para concentrarte en trabajos teóricos, para hacer trabajos manuales, qué tanto te afectan las circunstancias de otras personas y cómo lo manifiestas; hay personas que se motivan al involucrarse en las situaciones de otras personas y otras las sufren y se paralizan ante ellas; es decir, tu manera de reaccionar ante distintas situaciones y emociones.

Después de analizar eso, piensa cuáles son tus intereses. Esto es, los temas y aspectos de la vida que te gustan y motivan. Te sugerimos contemplarlos desde dos puntos de vista:

1. El tipo de información que te interesa conocer y manejar.
2. Si estos temas los puedes traducir en acciones concretas que te gustaría realizar.

Lo siguiente son tus habilidades; es decir, la facilidad que tienes para hacer distintas cosas. Normalmente pensamos en habilidades físicas, como la destreza manual; sin embargo, la idea de habilidades va mucho más allá, porque puedes ser hábil para identificar las ideas fundamentales de un texto o para explicar a otras personas algún tema; también puede ser la habilidad que tienes de persuadir a otros, etcétera.

> Piensa e investiga qué habilidades son indispensables para las carreras que te interesan, si se pueden compensar con otras o si son habilidades que tienes de manera muy general y que a lo largo de los estudios puedes desarrollar.

¿CÓMO PUEDO DIVIDIR MIS INTERESES?

Existen muchas opciones, depende de la creatividad de cada persona. Aquí mencionamos dos principales:

La primera es de acuerdo con las áreas en que se divide la preparatoria inscrita a la Universidad Nacional Autónoma de México: físico-matemática, químico-biológica, económico-administrativa, disciplinas sociales, artes plásticas y humanidades.

La otra opción, más personal, sería haciendo una división entre las áreas o materias que te gustan y las que no, pensar qué te agrada o desagrada de cada una, relacionarlas con la actividad profesional y las carreras afines que tendrías en cada una de ellas, y formar un perfil de lo que te gustaría hacer y estudiar.

¿QUÉ TIPO DE PREPARATORIAS EXISTEN?

Los CCH, que es el Colegio de Ciencias y Humanidades, con un enfoque más humanista y social; por lo general acuden personas que quieren estudiar carreras de humanidades como antropología, filosofía, sociología, ciencias políticas, literatura, etcétera.

Luego está el bachillerato incorporado a la Secretaría de Educación Pública, y el incorporado a la Universidad Nacional Autónoma de México. La diferencia entre estos dos es el plan de estudios y las divisiones de las áreas. Éstas cambian de un estado de la República a otro o de una escuela a otra, dependiendo de las necesidades específicas de la población y de las instituciones.

Dentro de este bachillerato encontramos el sistema abierto; esto es, cursamos las materias a nuestro ritmo, y en nuestra casa, sin asistir a clases de manera formal; lo que aquí podemos encontrar en lugar de las clases, son asesorías: grupos o alumnos se reúnen con los maestros para aclarar dudas y profundizar en los temas previamente estudiados.

La frecuencia de estas asesorías es variable según la institución y el alumno; pueden ser diarias, semanales, mensuales o quincenales pero no son como clases en una escuela tradicional, sino para compartir dudas, reflexiones y opiniones.

El último tipo de bachillerato se acompaña de una carrera técnica, en que se dan los elementos mínimos necesarios sobre una especialidad, para completar de mejor manera la preparatoria; sin embargo, no tiene el mismo reconocimiento que una licenciatura, pues es más breve, específica y técnica, como su nombre lo indica.

¿SABÍAS QUE...?

La mejor universidad es la que esté de acuerdo con lo que tú quieres de ella; es decir, que te acerque al mundo laboral deseado o que te interese, sea flexible y se adapte a tus horarios y recursos económicos.

Ya lo demás es responsabilidad tuya, no será la universidad la que te dé satisfacciones profesionales, sino tu esfuerzo y elegir bien tanto la actividad profesional, como el camino para desempeñarla.

¿QUÉ HACER SI NO SÉ QUÉ ESTUDIAR?

¡No te desanimes!, investiga el campo que más te interesa, por ejemplo: escribe en una lista las materias y los aspectos que más te interesan, y junto a ella otra con lo que menos te gusta, cada una con sus razones y compáralas; las que te gustan entre sí, al igual que las que no te gustan, y después las que te agradan con las que no.

Debes ir a diversas universidades y preguntar por los planes de estudio, el perfil de egreso y el campo laboral. Esto te permitirá conocer diferentes planes de estudio y oportunidades de cada institución y conocer de una manera más cercana el campo laboral de las profesiones.

O acude con un orientador vocacional para que te haga un estudio a partir de entrevistas y diferentes pruebas; así conocerás tus intereses, habilidades y las carreras con las cuales son compatibles, así como para tener un acercamiento al campo laboral de las opciones que te den.

¿QUÉ ES EL PERFIL DE EGRESO?

En las distintas universidades se imparten muchas carreras en común, las más frecuentes son Derecho, Psicología, Ingenierías, Administración y Medicina. Difieren entre sí por el tipo de institución, es decir, unas tienden más a lo administrativo, otras más a lo social y algunas son más empresariales, etcétera. Es recomendable que te fijes en el perfil de egreso, para buscar el más relacionado con tu forma de ser y tus metas.

¿QUÉ PASA SI ME EQUIVOCO AL ELEGIR CARRERA?

Puedes escoger una carrera que no sea la óptima para ti porque quizá no se relacione con la actividad que quieres desempeñar.

También hay personas que estudian una carrera, totalmente convencidas de querer dedicarse a eso, y al cabo del tiempo se ocupan de algo totalmente distinto.

Lo anterior muchas veces obedece a oportunidades y situaciones especiales; otras por querer cambiar el rumbo. Obviamente, es mejor estudiar a lo que te quieres dedicar, pues son muchos años destinados a conocimientos y habilidades adquiridas; sin embargo, siempre tienes la posibilidad de cambiar y acercarte a la actividad que realmente te gusta y satisface.

¿ES CIERTO QUE HAY PROFESIONES PARA MUJERES Y PROFESIONES PARA HOMBRES?

¡¡No!!, no es cierto. Tienen la misma capacidad para estudiar, trabajar, tomar decisiones, adquirir responsabilidades y superar retos. Lo que sucede es que el tipo de sociedad en que vivimos recurre a estereotipos sobre profesiones, porque aún se piensa que las mujeres se deben dedicar al hogar y los hombres a mantenerlo.

> Todos tenemos la misma necesidad de satisfacernos personal, profesional, social y afectivamente.

NO SE VALE...

Limitar a la mujer al quehacer doméstico si ella quiere desempeñarse en otras cosas o alejar al hombre de sus derechos y obligaciones familiares y del hogar, cuando esto también satisface necesidades personales, afectivas y familiares.

SÍ SE VALE...

Investigar la diversidad de temas y profesiones, a través de las cuales puedas satisfacer tus necesidades y curiosidades intelectuales y laborales; lo que conlleva a una mejoría social.

¿QUÉ PROMEDIO NECESITO PARA ENTRAR A LA UNIVERSIDAD?

Normalmente es alrededor de 8; si es menor será más difícil que entres a la universidad como tu primera opción; además, como ya dijimos, los estudios son muy importantes; pero lo es aún más el esfuerzo por aprender y sacar el mejor provecho de la escuela, por lo que un 8 puede estar debajo de lo que puedes ofrecer y obtener.

¿QUÉ CARRERAS TÉCNICAS EXISTEN?

Hay muchas carreras técnicas que se ajustan a diferentes intereses; las más comunes son: técnicos en enfermería, secretaria, mecánica, electricista, técnicos en odontología, cocina, ventas, contabilidad, diseño, puericultura, publicidad, sistemas computacionales, comunicaciones, biblioteconomía, moda y cultura de belleza.

¿CUÁLES SON LAS LICENCIATURAS MÁS CONOCIDAS?

Derecho, Psicología, Administración de Empresas, Contabilidad, Arquitectura, Diseño, Comunicaciones, Medicina, Química, Odontología, Ingeniería, Filosofía, Veterinaria y Sistemas Computacionales.

¿QUÉ ES LO QUE SE TOMA EN CUENTA PARA ACREDITAR EL EXAMEN DE ADMISIÓN?

Depende de la carrera y la institución. Los dos factores que entran en juego son los conocimientos y el estudio psicométrico. Muchas veces son generales y básicos para entrar a la carrera, por ejemplo, matemáticas, historia, comprensión de lectura o sucesos políticos. Las instituciones suelen proporcionar guías de estudio sobre qué van a preguntar y cuáles son los conocimientos básicos para la carrera. El estudio psicométrico tiene la finalidad de conocer tu perfil; es decir, tus habilidades, intereses, gustos, un poco sobre la personalidad, y constatar que no tengas problemas de aprendizaje severos que te impidan el acceso a las instituciones.

¿QUÉ HAGO SI A LA MITAD DE LA CARRERA QUIERO CAMBIARME A OTRA?

Es una decisión muy personal, porque depende mucho de qué tanto te llena la carrera en la que estás y, sobre todo, el campo y oportunidad laboral que te brinda la segunda opción: si tienes oportunidad de seguir con un posgrado después de la carrera en donde se empaten ambas, etcétera. Aunque depende mucho de las circunstancias concretas de cada caso, es necesario remarcar que lo más importante es la actitud y responsabilidad con respecto a tus estudios y a descubrir o buscar la actividad profesional que te guste y satisfaga.

¿POR QUÉ DEBO TOMAR UNA DECISIÓN TAN IMPORTANTE COMO ES LA ELECCIÓN DE CARRERA EN UNA ETAPA EN LA QUE NO SÉ QUÉ QUIERO ESTUDIAR, NI A QUÉ ME QUIERO DEDICAR?

Porque terminaste la etapa de conocimientos generales que te abren el panorama respecto a las actividades profesionales y los distintos ámbitos de intereses. También porque la etapa de mayor desarrollo intelectual y en la que aprendes con mayor facilidad es de los 18 a los 22 o 23 años, aproximadamente. Es decir, es la mejor etapa para formarte e informarte sobre la gran amplitud de conocimientos básicos que requieres para desarrollar la actividad profesional. Además de que elecciones de este tipo te ayudan a crecer, madurar y pensar sobre lo que quieres en tu vida.

¿ES NORMAL QUE A VECES ME INTERESEN UNOS TEMAS Y A VECES OTROS DIFERENTES?

Síií, es muy normal. La adolescencia es una etapa en la que tienes un gran desarrollo intelectual, de memoria, capacidad de abstracción, análisis, síntesis, comprensión, etcétera.

Esto te permite entender y cuestionar los sistemas en que vivimos: político, histórico, económico, social, familiar… y cuando te enfrentas a todas estas partes de la realidad, te cuestionas por qué son así las cosas, qué pasaría si cambiaran, cómo mejorar tu entorno, qué cosas ves y piensas que están mal, cuáles están bien o puedes mejorar.

¿CÓMO VOY A SABER A QUÉ ME QUIERO DEDICAR?

En esta etapa todavía no estás del todo listo para decidir exactamente qué función o puesto quieres desempeñar en el futuro, sin embargo, una carrera no te limita a un solo puesto u opción. De los temas que te gusta hablar y discutir, de las situaciones que te gustaría cambiar o mejorar, de ahí saldrá la información básica para tomar las decisiones que van de la mano con tu futuro.

Entonces lo único que debes hacer es pensar en esas cosas, qué te gusta, identificar en qué te sientes con habilidades, qué te gustaría hacer y sobre todo qué te gustaría saber. Luego tendrás una idea general del perfil que tienes.

> **Es muy importante que nos preparemos en todo lo posible, tanto hombres como mujeres, pues no sabemos qué circunstancias enfrentemos mañana.**

REFLEXIONA

Ya es hora de que valoremos las carreras técnicas en las que adquirimos habilidades prácticas que nos abren muchas puertas a empleos bien pagados.

¿CÓMO PUEDO TENER MUCHO DINERO CUANDO SEA MÁS GRANDE?

Trabajando y esforzándote siempre al máximo. Esto te va a dar una sensación de satisfacción y crecimiento, además de que vas a destacar en las actividades que te gustan, en la profesión que escogiste y en el campo laboral adecuado a tus intereses y a la profesión. Es difícil empezar desde abajo, pero esto, además de dejarte un buen sabor de boca, te da la seguridad de que podrás salir adelante por tus propios medios ante cualquier adversidad.

¿CÓMO SE DIVIDE EL MERCADO LABORAL, PARA SABER DÓNDE PUEDO TRABAJAR?

Pregunta muy difícil de contestar, sobre todo porque es relativa, ya que en la mayoría de las empresas necesitan personas de muy diversas profesiones.

Por ejemplo, en la industria alimenticia personas que sepan sobre alimentación y aspectos nutrimentales, pero también que hagan la publicidad, vean las contrataciones y perfiles adecuados, hagan ventas. Aunque las empresas tienen un perfil específico y una actividad, servicio o productos, en que requieren especialización, también buscan perfiles profesionales no especializados. Por lo tanto, para ti lo más importante es escoger la profesión de acuerdo con tus intereses. Además, para cuando termines tus estudios, quizá el campo laboral ya sufrió muchos cambios.

¿SON MEJORES LAS UNIVERSIDADES PRIVADAS O LAS PARTICULARES?

No se puede generalizar. Lo importante es tomar en cuenta la carrera, tu presupuesto, incluso la lejanía de la universidad y el ambiente, para que te desarrolles de la mejor manera y siempre dar el máximo. Unas universidades cubren un perfil y ciertas necesidades que otras no. De esta manera se complementan las opciones que el sistema educativo te presenta, las del mercado laboral y tus gustos e intereses.

HE ESCUCHADO MUCHAS VECES QUE LA MEJOR ESCUELA ES LA VIDA Y QUE EN LA UNIVERSIDAD SE VEN COSAS DIFERENTES A LO QUE PASA EN EL MUNDO LABORAL, ¿QUÉ TAN CIERTO ES?

Lo que sucede es que en la universidad los conocimientos son principalmente teóricos y en el trabajo se ponen en práctica; sin embargo, aunque no siempre apliques todo lo aprendido en la universidad, y aprendas en el trabajo otras cosas, es parte del proceso de aprender a trabajar, a resolver problemas y satisfacer necesidades, a poner en práctica tu iniciativa. Además, al estudiar una carrera, no sólo adquieres conocimientos y habilidades, también hábitos y responsabilidades, formas tu manera de pensar, analizar y resolver problemas. Todo esto es muy importante para entrar al mundo laboral preparado.

¿QUÉ TAN NECESARIO ES QUE ME GUSTE LEER PARA ESTUDIAR UNA CARRERA?

Esto varía de acuerdo con la carrera, no es la misma cantidad ni el mismo tipo libros los que se leen en filosofía, medicina o ingeniería civil. Sin embargo, es muy bueno hacerte del hábito de la lectura, pues te ayudará a resolver las dudas que tengas, a plantearte otras nuevas, ampliar tus horizontes, conocer más sobre el campo laboral de tu carrera y las opciones que ésta te presenta, así como el de otras carreras, y otros tipos de conocimiento. La lectura te ayudará a conocer más de ti mismo y de otras personas, culturas e ideas.

¿QUÉ PUEDO HACER CUANDO SALGA DEL BACHILLERATO?

Tienes dos opciones: trabajar o seguir estudiando.

La opción de trabajar te traerá beneficios económicos y experiencia laboral. Muchas veces la escogemos por dificultades económicas y preferimos ganar dinero; o falta de interés en el estudio, problemas familiares, indecisión sobre lo que haremos con nuestras vidas. Esta opción es válida y respetable; sin embargo, como ya veíamos, mientras más herramientas tengas para enfrentar el futuro, encontrarás mayores posibilidades y facilidades en el campo laboral, por lo que es recomendable seguir tus estudios.

> Debes escoger la opción que más te guste, te complemente y satisfaga tus necesidades.

¿QUÉ DIFERENCIA EXISTE ENTRE LA SECUNDARIA Y LA PREPARATORIA?

Hay varias diferencias entre estos dos niveles de educación. El primero es el contenido de las materias.

En primaria nos acostumbramos a tener un solo profesor o dos para clases que llevaban otros grupos y otros grados.

En la secundaria tenemos un profesor por cada materia, mayor capacidad de análisis y adaptación que nos permite identificar distintas materias y contenidos, con personas y metodologías diferentes. Empezamos a tener mayor apertura hacia otras personas y a hacernos responsables ante cada una.

También los temas son más generales que en la preparatoria, porque son base o antecedente de ésta; tenemos mayores conocimientos sobre temas que alguna vez vimos, pero ya desde el estudio específico de su ciencia y no visto de manera general. Estos temas son la introducción a otros más complejos que necesitan de conocimientos previos, estructura mental y hábitos adquiridos en secundaria.

La estructura mental se desarrolla poco a poco, al ser más analíticos en las diferentes materias, al separar unos temas de otros, entenderlos como procesos ajenos unos de otros, y finalmente los integramos y aplicamos.

La educación secundaria ayuda a desarrollar un pensamiento más lógico y estructurado y analizar cada tema según sus necesidades. Esto lo aplicaremos en preparatoria, donde para abordar esos temas necesitamos tener bien desarrolladas esas habilidades y métodos de estudio.

La preparatoria te servirá para conocimientos generales, para la vida y para una carrera universitaria o para tener bases y antecedentes que te permitan desempeñar mejor un trabajo.

¿QUÉ PUEDO HACER SI NO ENTRÉ A PREPARATORIA?

No te desanimes, tienes varias opciones, como trabajar, sea de manera definitiva o mientras empieza el siguiente curso escolar. En ese caso, cuando ingreses a la escuela, puedes acoplar tus actividades para estudiar y trabajar si es parte de tus intereses.

También estudiar una carrera técnica o algún idioma, tomar cursos que te sean interesantes o entrar a una preparatoria abierta.

¿A QUÉ LE DOY PRIORIDAD SI TRABAJO Y ESTUDIO?

Depende mucho de las circunstancias específicas. Hay veces en que es muy difícil conjuntar ambas actividades, tanto por horarios, como por las actividades que requiere cada una y, aunque lo mejor sería mantener ambas, no siempre se puede. Necesitas analizar tu situación y pensar qué quieres y deseas más: trabajar o estudiar.

También está la opción de la preparatoria abierta, donde estudias a tu ritmo y según tus necesidades. Ahí puedes terminarla en año y medio. Sólo que debes ser muy constante, responsable y sobre todo saber muy bien qué deseas, pues no siempre es fácil cumplir con este sistema. Requiere dedicación, constancia, paciencia y perseverancia.

¿CÓMO MEJORAR MIS CALIFICACIONES?

Muchas veces nos dicen que para mejorarlas lo único es estudiar. Pero éste es el problema, ¿cómo?, ¿cuánto tiempo? Además, aunque te aprendes de memoria las cosas, repruebas los exámenes porque no tienes claro qué estudiar y cómo hacerlo.

Normalmente cuando estudias aprendes conceptos y datos de memoria. Esto casi nunca sirve porque con el paso del tiempo se olvidan y, a veces, ni siquiera pasas los exámenes. Lo que debes hacer es leer tus apuntes diarios, hacer esquemas y dibujos, explicarte a ti mismo los temas de las clases, es decir, aprender.

Si te acostumbras a leer los apuntes de una materia distinta cada día, no será necesario estudiar más de 45 minutos diarios y para los exámenes será suficiente una repasada; no tendrás que estudiar 4 horas diarias, ni desvelarte para el examen.

El lugar ideal para estudiar debe estar bien iluminado y ventilado, con privacidad y pocos distractores, con todos los materiales que necesites para aprovechar al máximo esos 45 minutos. Cómodo, pero no para provocarte sueño y flojera; acostúmbrate a estudiar o repasar los apuntes generalmente a la misma hora y dormir bien; no es necesario desvelarte o incluso quedarte sin dormir si organizas bien tus tiempos y actividades, porque si no, bajarás tu rendimiento físico y de atención el día del examen, y tu aprovechamiento será muy malo ya que sólo memorizarás, no aprenderás.

¿CÓMO MEJORAR MI CONCENTRACIÓN?

Haz ejercicios de cálculo mental, ya que te obligas a abstraer y trabajar sobre un concepto que no estás viendo; haciendo diariamente un poco de ejercicio, ya que desarrolla la atención y elimina tensiones; hacer dibujos con la mano que no usas; es decir, si escribes con la derecha, haz ejercicios 5 o 10 minutos al día con la mano opuesta, para poner atención en esos movimientos; haz rompecabezas y sopas de letras en tus tiempos libres; copia dibujos a escala y grecas; anagramas para estudiar (es decir, cuando tengas que memorizar alguna lista, formas una palabra con las iniciales de cada una de las enlistadas); deletrear palabras al revés, jugar Sudoku, repetir trabalenguas y descifrar palabras en clave Morse o alguna clave con signos que tú establezcas; saltar y esquivar objetos que estén en tu camino mientras corres.

¿ES VERDAD QUE SOY UN "NERD" SI SACO BUENAS CALIFICACIONES?

¡¡No!! Esto es una manipulación social de personas que no le echan ganas a la escuela. Es más fácil no estudiar. Quien estudia, hace las tareas, es responsable y tiene interés en salir adelante, tiene mucho más mérito y mejor futuro, ya que es responsable de sus obligaciones. Esto a la larga le traerá el beneficio de tomar mejores decisiones, escoger de manera más acertada y decididir lo que quiere estudiar o hacer en su vida con mejores oportunidades.

EJERCICIO

Resuelve los siguientes acertijos. Al final analiza cuál te atrajo más. ¿Con qué área o materia crees que se relaciona? ¿Cuál crees que sea tu área de mayor interés?

Acertijo 1. La palabra "entretener" tiene una propiedad. Con sus letras podemos formar dos veces la palabra "tener". ¿Cuántas palabras puedes formar con la palabra termómetro?

_____

_____

_____

Acertijo 2. Hay tres presos y sólo uno obtendrá la amnistía si resuelve el siguiente acertijo.

El carcelero tiene 5 bolas: 3 blancas y 2 negras. Los presos se colocan en triángulo y les tapan los ojos para ponerle una bola en la cabeza a cada uno. Posteriormente les destapan los ojos, y el primero en descubrir de qué color es la bola que tiene en su cabeza será indultado. Pasados tres segundos, uno de ellos dice que su bola es BLANCA, lo cual es correcto. ¿Qué razonamiento habrá seguido para afirmar que es blanca?

_____

_____

_____

Acertijo 3. Si seis pintores pintan un edificio en tres días. ¿Cuántos días tardarían nueve pintores?

_____

_____

_____

Acertijo 4. ¿Cuál es el nombre de un árbol que tiene las cinco vocales?

_____

_____

_____

Respuestas:

Acertijo 1. 2 veces la palabra termo y dos veces la palabra metro.

Acertijo 2. Vio que los otros 2 tenían bolas negras en la cabeza.

Acertijo 3. 2 días.

Acertijo 4. Eucalipto.

20. ¿Podré ser un emprendedor?

La mayoría de las personas en nuestro país no reciben "educación financiera", es decir, nadie enseña a ahorrar, utilizar una tarjeta de débito o crédito; es más, algunas no saben la diferencia entre ellas. Casi siempre se aprende sobre el ahorro y las finanzas, una vez que se empieza a trabajar y no cuando se es adolescente. Lo primero que necesitas aprender antes de ser emprendedor es a reflexionar sobre lo que gastas y lo que tienes. En este capítulo aprenderás sobre el ahorro y las finanzas, dando ese primer paso estarás más cerca de ser un emprendedor. Seguramente te interesará mucho y será un complemento fundamental en tu proyecto de vida.

¿QUÉ ES LA EDUCACIÓN FINANCIERA?

La educación económica o financiera busca facilitar conocimientos y habilidades para aplicar los métodos más eficaces y aprovechar de la mejor manera los recursos materiales. Esta ayuda a las personas a mejorar su bienestar económico y facilita una mayor equidad e igualdad de oportunidades, la formación del hábito del ahorro y el mayor bienestar económico para el futuro. Por su parte, el ahorro facilita la inversión de los recursos y se traduce en un mayor crecimiento como individuos, como sociedad o país.

¿PODRÉ AHORRAR Y PONER UN NEGOCIO?

Si lo planeas desde ahora, seguramente tendrás altas posibilidades de hacerlo. Generar dinero con base en tu trabajo, ahorrar, poner un negocio, triunfar o realizar tus sueños forman parte de las metas de tu proyecto de vida. Planear lo que quieres es el primer paso para lograrlo. Los adolescentes que desarrollan sus habilidades personales, trabajan en un plan de vida y dirigen sus acciones hacia lo que desean, generalmente son exitosos en la vida adulta.

Tienes tu vida en tus manos y entre tus metas seguramente está ser autosuficiente económicamente para mejorar tu calidad de vida y la de las personas que te rodean.

¿POR DÓNDE EMPIEZO?

Por el principio. Seguramente tendrás la idea de que para ahorrar se necesita dinero, y pensarás que es imposible ahorrar si ahora no trabajas; tal vez con el dinero que te dan en casa apenas te alcanza para tus gastos de la escuela o ir a algún sitio con tus amigos. Sin embargo, puedes aprender a ahorrar de muchas otras formas y producir dinero utilizando tu creatividad y constancia.

ENTONCES, ¿QUÉ ES EL AHORRO?

Ahorrar significa cuidar los recursos que tenemos de la mejor manera. Es decir, no significa nada más guardar dinero. Lo primero es analizar, ¿cuánto cuestas tú en tu casa? Es un ejercicio interesante si te dedicas a observar unos tres días todo lo que haces y lo que consumes. Por ejemplo: piensa lo que sucede en el instante en que despiertas, probablemente suena un despertador. ¿Quién llevó ese despertador a la casa, cuánto cuesta, a cuántas personas les sirve y cuál es el costo de ese despertador para que te dé servicio? Por ejemplo, si el despertador cuesta 300 pesos y da servicio a dos personas, podrías calcular que el costo es de 150 por persona. También calcular desde hace cuánto utilizas el mismo despertador y cuánto ha costado por día. Puedes seguir calculando el costo de tu cama, las cobijas que utilizas; del agua y jabón con los que te bañas; de la toalla con la que te secas; de la ropa que utilizas; de los alimentos que consumes en el desayuno y los que llevas a la escuela. Por supuesto que le podemos sumar útiles escolares, libros, costo del transporte, la ida al cine del sábado, el regalo de cumpleaños de tu amiga, la consulta del dentista o el costo de la computadora, de un teléfono celular y de Internet. Si sumas todo eso te darás cuenta de cuánto cuesta que vivas cada día.

Piensa en qué puedes ahorrar y cómo usar mejor lo que consumes. Cuida de no desperdiciar el agua, el papel, guarda los alimentos en el refrigerador, usa focos de bajo consumo, solo sírvete lo que vas a comer, etcétera.

¡Felicidades... has empezado a ahorrar!

¿Y CÓMO AHORRO DINERO?

Primero debes producirlo. Si bien tus papás te dan dinero cada semana o cada vez que lo necesitas, seguro te sentirás mejor si ganas tu propio dinero haciendo trabajos sencillos. Es importante aprender que nadie te regalará el dinero y hay que trabajar para producirlo. Tampoco debes caer en el extremo de querer cobrar por todo lo que haces. Lo importante es hacer bien las cosas que te gustan y gradualmente distinguir qué cosas haces porque te gusta ayudar y quieres hacerlas y cuáles son un servicio por el que mereces un pago.

¿EN QUÉ PUEDO TRABAJAR?

Si eres mayor de edad puedes trabajar en muchas cosas de manera formal. Tal vez conseguir un empleo los fines de semana o trabajar por tu cuenta algunas horas una vez que organices tu trabajo escolar. Si eres menor de edad, las leyes protegen a los niños y no está permitido que trabajen de manera formal, pero puedes producir dinero si ofreces tu ayuda a familiares, vecinos o en la escuela. Recuerda que para vender alguna cosa en ella quizá debas conseguir un permiso.

La lista de actividades con las que puedes ganar dinero es tan grande como tu imaginación: lavar coches, cortar pasto, arreglar el jardín, bañar perros, sacarlos a pasear, hacer galletas, pasteles, pulseras, arreglar clósets, poner botones, coser ropa, archivar papeles, cuidar adultos mayores, ir al mercado o al súper a comprar cosas para personas enfermas, lavar platos, pintar paredes, vender lo que ya no utilizas (periódico, revistas, latas, etcétera), hacer bufandas tejidas, cuidar niños, hacer llamadas telefónicas, organizar la agenda de otras personas, pedir informes, llevar papeles de un lugar a otro, hacer trámites bancarios, comprar flores y hacer arreglos para vender, comprar materiales, muebles usados o adornos en bodegas industriales y arreglarlos para vender, dar clases de algo que sepas hacer, distribuir folletos, invitar a personas a participar en redes sociales, entre otros.

> **No importa que ganes muy poco, lo importante es que decidas ahorrar desde el primer momento en que recibas dinero.**

¿CUÁLES SON LOS PASOS PARA AHORRAR DINERO?

1. Establece una meta de ahorro. Es decir, ahorra para algo en especial. Será más emocionante si ahorras para un objetivo concreto y en un plazo determinado. Por ejemplo:

"Ahorro porque quiero comprar unas piedras para hacer unas pulseras y venderlas." Pregúntate, ¿para qué quieres ahorrar? ¿Cuánto dinero necesitarías? ¿Cuánto tiempo te tardarías en reunirlo de acuerdo con el dinero que recibes y los gastos que tienes?

2. Piensa más allá del futuro inmediato. ¡Se vale soñar! Si piensas en ahorrar para comprar piedras y hacer pulseras, investiga cuál sería su costo, a quién se las venderías, cuántas podrías hacer y vender y qué harías con las ganancias. Vigila tus gastos. Anota todos los del día, hasta los que parecen obvios o insignificantes. Te sorprenderá saber en qué gastas tu dinero. Observa tu lista de gastos y piensa en qué puedes ahorrar. Ahorra, no importa que sea poco, lo importante es hacerlo. Si las cantidades periódicas no son suficientes para abrir una cuenta de banco guarda el dinero en una alcancía u organiza un banco con tus amigos.

3. Investiga los requisitos para abrir una cuenta de ahorros. No te endeudes. Piensa cuánto puedes pagar en caso de que necesites invertir. Investiga qué son las tasas de interés y cuántas opciones hay en los bancos para pedir un préstamo y poner un negocio.

¿QUÉ TIPO DE CUENTAS DE AHORRO EXISTEN EN LOS BANCOS?

Hoy las personas tienen a su alcance una diversidad de instrumentos financieros, entre los que destacan:

1. Cuentas de ahorro (convencionales): son instrumentos de fácil manejo y contratación que proporcionan a los clientes liquidez inmediata. Se pueden realizar retiros en las sucursales del banco elegido. Otorgan una tarjeta de débito por medio de la cual se realizan retiros y consultas a través de cajeros automáticos, y también se pagan en establecimientos afiliados.

2. Pagarés bancarios (plazo fijo): es un documento que obliga al deudor a cubrir cierta cantidad en un tiempo determinado, una promesa incondicional de pagar determinada suma de dinero dentro de un plazo preciso. El pagaré es un compromiso efectivo, un título de crédito, una forma simple de contraer obligaciones y derechos.

3. Sociedades de inversión: representan una de las opciones más accesibles en materia de inversión para el pequeño y mediano inversionista, teniendo acceso a una gran variedad de instrumentos en el mercado de valores. Una sociedad de inversión es una institución financiera autorizada por la Comisión Nacional Bancaria y de Valores, que se constituye para que las personas físicas o pequeños y medianos empresarios puedan invertir cantidades menores de dinero en instrumentos que se cotizan en el mercado de valores; reúne el dinero de varios inversionistas para entrar a dicho mercado.

4. Afore: las Administradoras de Fondos para el Retiro son instituciones financieras que administran las aportaciones de los trabajadores, sus patrones y el gobierno, que aseguran las pensiones para el retiro.

¿QUÉ ES UN BANCO COMUNITARIO?

Es una organización de crédito y ahorro formado por grupos de entre 10 y 50 personas, familiares, amigos, vecinos. Se asocian para autogestionar un sistema de ahorro y microcréditos, basado en la solidaridad, el compromiso y el apoyo mutuo. Los miembros del grupo administran el sistema y garantizan los préstamos entre sí. Forman un comité para que administre las distintas tareas: recolectar ahorros e intereses, realizar pagos de intereses, llevar controles y dirigir la toma de decisiones cuando se requiera. Está formado por presidente, tesorero, secretario y el grupo los elige de manera democrática. El comité levanta actas de las sesiones y registra todos los movimientos del dinero en un libro, preparando al final un informe de su gestión.

¿AHORRAR ES LO MISMO QUE INVERTIR?

No es lo mismo. Ahorrar es no gastar una cantidad de dinero que tienes hoy, para destinarla a un gasto a corto plazo. Invertir es poner el dinero ahorrado a trabajar para que genere más dinero a largo plazo, es destinar una parte de nuestros recursos a actividades productivas con el propósito de obtener un beneficio.[1] Cuando alguien habla de invertir significa que espera que el dinero crezca. La primera regla para invertir es utilizar lo ahorrado y no necesitaremos a corto plazo.

---

[1] CONDUSEF, *ABC de Educación Financiera*, 2009.

¿CÓMO ENTENDER EL LENGUAJE FINANCIERO?

Hay muchos términos que puedes aprender a medida que te haces cargo de tus gastos. A continuación encontrarás una lista de los más comunes:

Emprendedor: persona que ve hacia el futuro en su vida financiera y además administra su dinero y lo invierte de la mejor manera.

Invertir: destinar una parte de nuestros recursos a actividades productivas con el propósito de obtener un rendimiento de intereses o un beneficio económico de otro tipo.

Tarjetas de débito: plástico que se otorga al abrir una cuenta bancaria y permite tener acceso al dinero a través de cajeros automáticos o pagando con ellas. Estas tarjetas se ven y se usan igual que una tarjeta de crédito, la única diferencia reside en que el dinero que se gasta viene de una cuenta, por lo que evita el endeudamiento. Cada vez es más común que las empresas e instituciones paguen a sus empleados a través de cuentas bancarias y dispongan de sus recursos por medio de tarjetas de débito.

Tarjeta de crédito: plástico numerado que presenta una banda magnética o un microchip, y permite realizar compras que se pagan a futuro. Para solicitar una tarjeta de este tipo es necesario dirigirse a una institución financiera o entidad bancaria, la cual solicitará al interesado documentos y garantías para asegurarse de que es una persona solvente y capaz de cumplir con sus obligaciones.

Tasa de interés: porcentaje al que se invierte un capital en un determinado periodo. Podría decirse que la tasa de interés es el precio que tiene el dinero que se abona o percibe para pedirlo o cederlo en préstamo en un momento dado.

PIB: resume la expresión Producto Interno Bruto o Producto Interior Bruto, concepto extendido en numerosos países como PBI (Producto Bruto Interno).

Noción que engloba a la producción total de servicios y bienes de una nación durante determinado tiempo expresada en un monto o precio monetario.

Bolsa de valores: organización privada que brinda facilidades para que sus miembros, atendiendo los mandatos de sus clientes, introduzcan órdenes y realicen negociaciones de compra y venta de valores, como acciones de sociedades o compañías anónimas, bonos públicos y privados, certificados, títulos de participación y una amplia variedad de instrumentos de inversión.

Otros términos que debes conocer si llegas a utilizar una tarjeta de débito o crédito son:

Saldo vencido: falta de pago de productos o servicios previamente pedidos y autorizados por el cliente.

Saldo al corte: monto total de gastos generados por la tarjeta de crédito, incluyendo intereses e IVA, y otros cargos; en ese caso ya es la deuda total que tienes en un periodo determinado, por eso es la fecha de corte; esa fecha es el día que el banco dice "en este mes has comprado "x" cantidad de cosas".

Fecha de corte: se deja de contabilizar todo lo consumido y esto se pasa a facturación la "fecha máxima de pago".

Fecha máxima o límite de pago: día en que debes pagar sin cargos por servicio e intereses por financiamiento (no te pases de esta fecha a menos que estés en verdadera emergencia).

Comisiones: cantidad que se cobra por realizar una operación de carácter comercial; particularmente un tanto por ciento que percibe el que negocia en una compraventa, poniendo en contacto a un comprador y un vendedor.

Intereses: índice utilizado para medir la rentabilidad de los ahorros o el costo de un crédito. Se expresa generalmente como un porcentaje.

Cuenta revolvente: se puede utilizar repetidamente y retirar fondos hasta un límite pre aprobado. La cantidad de crédito disponible disminuye cada vez que pedimos prestado y aumenta cuando pagamos.

Presupuesto: registro puntual de ingresos y planeación de gastos en un periodo determinado.

¿QUÉ QUIERE DECIR SALDO POSITIVO?

El balance entre ingresos y egresos nos puede dar las siguientes combinaciones:

Saldo positivo: los egresos (o gastos) son menores que los ingresos y por tanto es posible generar ahorro si somos constantes.

Saldo cero: si se gasta todo el ingreso hay dos opciones: aumentar el ingreso o reducir el egreso. Evidentemente incrementar nuestras entradas no es algo sencillo, por lo que siempre es recomendable disminuir los gastos con un control adecuado y una planeación permanente que permita establecer presupuestos de corto, mediano y largo plazo.

Saldo negativo: el egreso es mayor que el ingreso, por lo que terminamos endeudados y es urgente establecer un plan para reducir nuestros gastos o incluso eliminar algunos y salir de nuestras deudas lo más pronto posible.

¿QUÉ ES UN CRÉDITO?

El crédito es confiar o tener confianza en la capacidad de alguien para cumplir una obligación contraída, gracias a su voluntad y compromiso. La economía nacional y personal requiere del crédito para un mejor desarrollo. Nadie tiene el dinero suficiente siempre que lo necesite. Son muchos los casos en que no se puede, no se quiere o no conviene adquirir bienes o servicios pagando inmediatamente todo de contado, por lo cual habrá que conocer con detalle las opciones de crédito disponibles en el mercado y elegir la más adecuada a nuestras necesidades.

¿QUÉ TIPO DE CRÉDITOS EXISTEN?

Destacan: crédito automotriz, hipotecario (para comprar terrenos o casas), personal y especialmente los que se dan a través de las tarjetas de crédito. Es importante mencionar que una tarjeta de crédito no significa más dinero. Son una herramienta que te permite fluidez inmediata de dinero, pero a cambio de intereses. Su mal uso puede meterte en serios problemas y comprometer tus ingresos a futuro por largo tiempo.

¿CÓMO SABER SI TENGO CARACTERÍSTICAS DE EMPRENDEDOR?

Una persona emprendedora no es necesariamente quien establece una empresa. Hay quienes dentro de empresas o negocios también son emprendedoras. Tienen algunas características no exclusivas del emprendedor nato, también se pueden formar a lo largo de la vida.

Todas las personas pueden ser emprendedoras, algunas empiezan más temprano que otras y algunas nunca lo hacen. Seguramente tienes amigos que siempre piensan en hacer algún negocio, vender o comprar algo y piensan constantemente cómo poner en práctica sus ideas. No todas las personas piensan de esta manera, depende de lo que aprendan en su familia y de sus propios intereses y habilidades.

¿PODRÉ SABER SI TENGO UN PERFIL DE EMPRENDEDOR?

Contesta las siguientes preguntas, anota qué tanto crees poseer cada una de las siguientes características:

Anota del 1 al 10 en la escala. 1 corresponde a poco y 10 a mucho.

1. Iniciativa
2. Creatividad
3. Liderazgo
4. Tolerancia a la frustración
5. Organización
6. Capacidad de planear
7. Capacidad de decidir
8. Responsabilidad
9. Flexibilidad
10. Paciencia

Ahora suma el puntaje obtenido.

Si tu puntaje es 80-100 ya eres un emprendedor. Seguramente tendrás éxito en lo que te propongas. Ahora sólo necesitas planear un negocio y llevarlo a cabo.

Si tu puntaje esta entre 60-79 vas por buen camino. Revisa las características que tienes más bajas y trabaja en ello. Probablemente ya tienes un poco de cada una y necesitas ponerlas en práctica.

Si tu puntaje es menor a 60 no significa que no poseas estas características y no puedas ser un emprendedor. Revisa qué sucede. Muy probablemente tienes miedo, pena o hay alguna otra barrera que te impide avanzar. Platica con personas cercanas y exitosas en sus negocios y cuéntales lo que sucedió con este ejercicio. Pide un consejo.

¿QUÉ ME GUSTA HACER?

Piensa qué es lo que más disfrutas, evalúa por qué te gusta y piensa qué posibilidades de negocio hay en ello. Además, piensa cuántos negocios similares ya existen y qué hace falta en tu comunidad.

> **Haz de aquello que te guste, un negocio.**

¿QUÉ SÉ HACER BIEN?

Seguramente lo que mejor haces te puede llevar a un buen negocio. Por ejemplo: ¿Sabes dibujar? Puedes hacer ilustraciones para libros o dar clases de dibujo a niños de escuela primaria. Tal vez sabes escribir muy bien y con buena ortografía; puedes revisar textos o escribir un libro de cuentos. Si sabes bailar, organiza clases de baile en el patio de tu casa. Si eres organizado y te gusta preparar alimentos haz un *lunch* saludable para tus amigos de la escuela. Pregúntate para qué eres bueno y a las personas que te rodean su opinión al respecto.

¿CÓMO CONVIERTO MIS IDEAS EN NEGOCIOS?

Anota tus ideas día tras día. En una idea puede haber un negocio, en un negocio se necesitan muchas ideas. Los negocios nacen, crecen y se transforman de manera que llegan a impactar a tu comunidad, tu país y hasta al mundo entero. La idea de negocio irá tomando forma conforme la pruebas con los clientes potenciales. No creas que las mejores ideas se te ocurrirán encerrado. Para aumentar tu creatividad, escucha a otras personas, y pregúntales sus necesidades y opiniones de tus ideas. Así, ampliarás tu visión de mundo y verás nuevas y mejores oportunidades.

> No temas fracasar… tenle miedo a no tratar. Cuando eres emprendedor, tu mayor impulso es ir más allá de tus propios horizontes.

¿QUÉ HAGO SI YA TENGO UNA GRAN IDEA Y UN PRODUCTO PARA VENDER?

Si ya estás en esta fase las siguientes preguntas te ayudarán a comercializar tu producto:

1. ¿Cuál es el producto o servicio que vas a comercializar?
2. ¿Cuánto dinero necesito para iniciar el negocio?
3. ¿De dónde sacaré el dinero para empezar?
4. ¿Cuántas personas estarán interesadas en comprar el producto? En este paso es necesario saber además, qué

edad tiene el cliente?, ¿en dónde viven estas personas (ciudad, barrio, país)?

5. ¿Existe algún producto similar o que preste la misma utilidad?

6. ¿Cuál es el costo de este producto?

7. ¿Cuál sería su precio de venta?

8. ¿Cuántos puedo producir con el dinero destinado a mi producto?

9. ¿Cuánto tiempo tardo en producirlo, desde comprar los materiales hasta empacarlo para la venta?

10. ¿Cuánto puedo producir en un día?

11. ¿Cuántas personas se necesitan para producir el producto de principio a fin?

12. ¿Dónde lo voy a anunciar? ¿Cuánto cuesta anunciarlo?

13. ¿Qué trámites y documentos necesito para este proyecto?

Entre más preguntas hagas y más precisas sean reduces el riesgo de fracaso.

QUIERO SER EMPRENDEDOR PERO NO TENGO TIEMPO, ¿QUÉ HAGO?

El tiempo es un recurso precioso no renovable. Prioriza qué cosas son más importantes y cuáles no. Por ejemplo, haz un cronograma diario de tus actividades, define si tienes que reunirte con otra persona y consulta su agenda. Lleva en la tuya lo que debes hacer cada día. ¡¡Ojo!! Incluye tu tarea escolar y horas de estudio en esa agenda. Poco a poco aprenderás cuánto tiempo necesitas para las diferentes actividades y para desplazarte de un lugar a otro. Después de crear tu cronograma debes aprender a decir: "No" a propuestas de negocios, salidas o gastos no relacionadoscon tu proyecto de emprendedor.

¿CÓMO HACER PARA ATERRIZAR MIS IDEAS?

Las ideas se aterrizan mediante un plan de negocios. Es importante saber que existen redes de emprendedores. Están en casi todos los países del mundo. En ellas podrás encontrar un apoyo a tu idea o tal vez aprender de la experiencia de otros. Es muy fácil, búscalas a través de redes sociales y organiza tu agenda para asistir a las reuniones que convocan, en México existe:

- LinkedIn (busca grupos de emprendedores mexicanos)
- Brecha.org (http://brecha.org)
- Hub (http://www.the-hub.net/)
- Meetups: Lead Startup DF (http://www.meetup.com/Lean-Startup-DF/)

Cuando escribas tus ideas en un documento, hay organizaciones que podrían apoyarte para hacer crecer tu iniciativa. Contáctalas sin temor ni pena.

- Ashoka (http://mexico.ashoka.org/)
- New Ventures (http://www.nvm.org.mx/aceleradora.html)
- Wayra (http://wayra.org/es/que-es-wayra)
- Fundemex (http://www.fundemex.org.mx/)

- Instituto Nacional del Emprendedor INADEM (http://www.inadem.gob.mx/)
- Angel Ventures Mexico (http://www.angelventuresmexico.com/)
- IBM SmartCamps
- Microsoft BizSpark

¿SABÍAS QUE...?

Algunas personas no contactan grupos ni a otros emprendedores porque les da pena o miedo que descubran que no saben mucho del tema o no te vistes o actúas como supones que ellos creen debes hacerlo.

¿QUÉ HAGO SI ME DA MIEDO EMPRENDER?

El principal temor es el temor al "no", al rechazo. El miedo a empezar a un negocio está asociado a la posibilidad de que fracase. Seguramente en los primeros meses o años de tu negocio se generen ingresos pequeños. Pero mantenerse firme y con los ojos bien abiertos a los movimientos del mercado para ajustar tu negocio te permitirá abrir más y más puertas para que crezca. Si planeas tu negocio, buscas asesoría y ayuda seguramente tendrás menos posibilidades de fracasar.

¿QUÉ ES TEMOR AL ÉXITO?

Condición psicológica de personas que tienen oportunidades o posibilidades de alcanzar el éxito, pero realizan esfuerzos conscientes o inconscientes por arruinar esa posibilidad. Por ejemplo, Margarita reprobó en la primera vuelta el examen de matemáticas; para la segunda vuelta estudió bajo la tutoría de un profesor particular. Pero justo el día del examen se levantó tarde y no llegó a tiempo, ya que se desveló pensando si sería capaz o no de responder de manera adecuada. Muchas veces tiene su origen en la presión social… es decir la presión que ejerce alguien o nosotros sentimos, ya sea directa o indirectamente para no triunfar.

¿QUÉ ES TEMOR AL FRACASO?

Condición que nosotros mismos u otros crean alrededor de nuestras expectativas o iniciativas, de tal forma que creemos nunca las alcanzaremos. El miedo al fracaso no nos permite dar lo mejor, lo cual frena nuestro espíritu innovador y emprendedor ante las posibilidades de cambio en nuestras vidas.

No temas ni al éxito ni al fracaso, no te dejes influir negativamente. No te pares, paso a paso sigue tu plan, sigue con una mentalidad de: ¡Claro que si puedo! No siempre es fácil pero si te lo propones lograrás lo que quieras.

Repite para ti mismo: "Yo quiero Yo puedo"

¿SE PUEDE SER EMPRESARIO DESDE JOVEN?

¡Claro! Existen muchas historias de éxito que te pueden inspirar. A continuación encontrarás algunos nombres que puedes investigar:

- Steve Jobs, construyó un gran imperio con las computadoras Apple.
- Mark Zuckerberg creó el famoso Facebook.

Sólo tú sabes cuánto puedes arriesgar y hasta dónde puedes perder. Si te quedas con tu idea de negocio bajo la almohada, nunca sabrás si podrías ser un empresario exitoso.

Sobre las autoras

Martha Givaudan es doctora en Psicología especializada en crear estrategias educativas y de promoción de la salud y productividad basadas en investigación y evaluación científica, cuyo fin es eliminar las barreras psicosociales que limitan el desarrollo del potencial de cada persona. Cuenta con más de 50 artículos en revistas especializadas y más de 100 materiales educativos en rendimiento escolar y educación para la salud. Su trabajo se enfoca en edades desde la primera infancia hasta la edad adulta. Dirige el desarrollo y evaluación de programas de Yo quiero Yo puedo (IMIFAP).

Susan Pick es doctora en Psicología social e investigadora que ha dirigido el desarrollo de programas pioneros de salud, educación y reducción de pobreza. Es autora y coautora de más de 300 obras, incluyendo libros para niños y de texto que forman parte del currículo escolar nacional, en temas de metodología de la salud y empoderamiento, formación cívica y ética, habilidades y competencias para la vida, educación para la sexualidad y escuela para padres. Es profesora de la Facultad de Psicología de la UNAM y Presidente de Yo quiero Yo puedo (IMIFAP).

Soy adolescente de Susan Pick y Martha Givaudan
se terminó de imprimir en marzo de 2016
en los talleres de
Litográfica Ingramex, S.A. de C.V.
Centeno 162-1, Col. Granjas Esmeralda, C.P. 09810 México, D.F.